TARRYN FISHER

Tradução: Fábio Alberti

FARO EDITORIAL

COPYRIGHT © 2015 BY TARRYN FISHER
COPYRIGHT © FARO EDITORIAL, 2017

Todos os direitos reservados.
Nenhuma parte deste livro pode ser reproduzida sob quaisquer meios existentes sem autorização por escrito do editor.

Diretor editorial PEDRO ALMEIDA
Preparação BARBARA PARENTE
Revisão LUIZA DEL MONACO
Capa MARIPILI MENCHACA
Diagramação OSMANE GARCIA FILHO

Dados Internacionais de Catalogação na Publicação (CIP)
(Câmara Brasileira do Livro, SP, Brasil)

Fisher, Tarryn
Fuck love / Tarryn Fisher ; [tradução Fábio Alberti]. — 1. ed. — Barueri, SP : Faro Editorial, 2017.

   Título original: Fuck Love
   ISBN 978-85-62409-99-8

   1. Ficção norte-americana) I. Título.

17-04486   CDD-813

Índice para catálogo sistemático:
1. Ficção : Literatura norte-americana 813

1ª edição brasileira: 2017
Direitos de edição em língua portuguesa, para o Brasil, adquiridos por FARO EDITORIAL

Avenida Andrômeda, 885 — Sala 310
Alphaville — Barueri — SP — Brasil
CEP: 06473-000 — Tel.: +55 11 4208-0868
www.faroeditorial.com.br

F*CK Love

CAPÍTULO 1

#masquediabo

— É COMIGO QUE VOCÊ DEVERIA ESTAR.

O que ele quer dizer com isso? Fico espantada ao ouvir essas palavras, e a princípio chego a pensar que não ouvi bem. Ele está inclinado sobre a mesa enquanto nossos parceiros esperam a nossa comida na fila a poucos metros de nós.

— Você e eu — ele diz. — Não nós e eles.

Olho para ele e hesito, ainda sem saber ao certo do que se trata, até que percebo que está brincando. Solto uma risada e volto a ler a minha revista. Na verdade, é uma revista de palavras cruzadas. Eu adoro essas coisas.

— Helena...

Não o encaro de imediato. Tenho medo. Se eu levantar a cabeça e constatar que ele não está de brincadeira, tudo vai mudar.

— Helena. — Ele toca a minha mão, mas eu fujo do contato recuando bruscamente, e acabo arrastando a cadeira para trás, que range causando um barulho horrível. Isso chama a atenção de Neil, que olha ao redor. Finjo que deixei cair alguma coisa e me abaixo para observar por debaixo da mesa. Além dos nossos sapatos e pernas, encontro sob a mesa um lápis de cor azul próximo ao meu pé; eu o apanho do chão e volto a me erguer.

Neil está no balcão do restaurante, fazendo o pedido, enquanto o namorado da minha melhor amiga aguarda a minha resposta, com uma expressão aflita nos olhos.

— Você andou bebendo? — sussurro com irritação. — Que porra é essa?

— Não — ele diz. Mas não parece muito seguro do que afirma. Pela primeira vez, noto sua barba por fazer. A pele em torno dos seus olhos está amarelada. Será que ele está passando por alguma situação difícil? A vida, às vezes, pode ser mesmo uma merda.

— Se isso for algum tipo de brincadeira, você está me deixando constrangida de verdade — aviso. — Della está bem ali. O que você pensa que está fazendo?

— Eu só tenho dez minutos, Helena. — Os olhos dele se voltam para o lápis azul que repousa sobre a mesa, entre as nossas mãos.

— Dez minutos para quê? Por que você está suando tanto? — pergunto. — Que coisa estranha. O que você tomou? Que tipo de droga faz uma pessoa suar assim? Crack? Heroína?

Estou ansiosa para que Neil e Della retornem. Quero que tudo volte ao normal. Olho a minha volta para ver onde eles estão.

— Helena...

— Pare de repetir o meu nome desse jeito — peço com voz trêmula. Começo a me levantar, mas ele pega o lápis e agarra a minha mão.

— Eu não tenho muito tempo. Vou mostrar a você.

Ele parece bastante tranquilo sentado diante de mim, mas seus olhos me lembram os de um animal acuado: assustados, aterrorizados, brilhantes. Nunca vi esse olhar no rosto dele, mas isso não significa muita coisa, já que Della e ele estão namorando há apenas poucos meses. A verdade é que eu não conheço esse cara. E se for um viciado em drogas? Ele vira a palma da minha mão para cima, e eu deixo que ele o faça. Não sei por que, mas desta vez eu não recuo.

Ele coloca o lápis na minha mão e fecha os meus dedos em torno do objeto.

— Você precisa dizer isso em voz alta — ele pede. — Tem que dizer: "Mostre-me, Kit". Diga isso, Helena, por favor. Tenho medo do que possa acontecer se você não fizer o que peço.

Há tanta aflição nos olhos dele que acabo cedendo.

— Mostre-me, Kit — eu digo. — Eu deveria saber o que é isso?

— Ninguém deveria — ele responde. E então a escuridão toma conta de tudo.

KIT ESTÁ AO MEU LADO QUANDO ACORDO. MINHA CABEÇA DÓI e minha língua está grudada no céu da boca. Acho que desmaiei. Isso nunca aconteceu comigo antes. Sento-me, mas me dou conta de que não estou no chão da lanchonete Bread Company, e sim acomodada em um sofá que eu não reconheço. É um sofá lindíssimo, do tipo que a gente vê nos catálogos da Pottery Barn. Cinco quaquilhões de dólares da mais fina camurça. Eu raspo as unhas nele, e depois cheiro os dedos. *Camurça.*

— Neil? — chamo, olhando ao meu redor. Será que me trouxeram para o escritório da gerência? Que coisa constrangedora. Mas esse sofá não é sofisticado demais para o escritório de uma lanchonete? — Kit, o que aconteceu? Onde está o Neil?

— Ele não está aqui.

Levanto tão rapidamente que meu movimento me causa vertigem. Eu desmorono de volta no sofá, e enfio a cabeça entre os joelhos.

— Vá buscar o Neil, por favor. — Minha voz soa anasalada. Olho para cima e noto que Kit continua na minha frente. Ele não demonstra nenhuma intenção de atender ao meu pedido. Apenas suspira profundamente e se senta ao meu lado.

— Neil está em Barbados, em lua de mel.

— Quer dizer que ele se casou antes mesmo de voltar com a comida para a nossa mesa? — digo com rispidez, irritada. Estou cheia desse jogo. Della só pode ser pirada para continuar com esse cara. O sujeito deve ser drogado, ou maluco, ou as duas coisas.

Kit tosse de modo forçado para limpar a garganta.

— Na verdade, esse é o segundo casamento dele. Ele foi casado com você durante algum tempo.

Eu perco a cabeça e o fuzilo com o olhar. Ele se intimida ao ver minha expressão furiosa.

Uma criança entra correndo na sala e se lança diretamente em meu colo. Eu me encolho. Não gosto de crianças. Elas são bagunceiras, barulhentas e...

A criança me pede um sanduíche.

— Ei, amigão! Vou lhe dar um sanduíche. Mas vamos deixar a mamãe sossegada por um minuto.

MAS O QUE ESTÁ ACONTECENDO, AFINAL?

Levanto do sofá sem saber o que fazer. Kit e a pequena criatura já saíram do cômodo em que eu estou. Posso ouvir as vozes deles, felizes e cheias de excitação. O espaço todo parece ser um showroom de loja chique de decoração. Vejo a cor azul-marinho em toda parte, para onde quer que eu olhe. Molduras azul-marinho nos quadros, tapetes trançados azul-marinho, jardineiras azul-marinho repletas de vistosas samambaias. Caminho até a janela, convencida de que verei o familiar estacionamento da Bread Company. Talvez eles tenham me levado até o Pier One. Em vez disso, o que vejo diante de mim é um lindo jardim, com um imponente carvalho no centro, circundado por pedras brancas.

Ao me afastar da janela, esbarro em alguma coisa. É Kit. Ele segura meus braços para que eu não perca o equilíbrio. Sinto a pele formigar quando ele me toca. Acho que sou alérgica a doidos.

— Onde diabos estou? — pergunto, dando-lhe um empurrão. — O que está acontecendo?

— Você está em sua casa — ele responde. — Rua Sycamore Circle, 214. — Kit faz uma longa pausa antes de concluir: — Port Townsend, Washington.

Solto uma gargalhada. A pessoa que fez isso comigo, seja lá quem for, me pegou direitinho. Passo por Kit e saio correndo pela casa. Uma sala de jantar conduz a uma cozinha grande e arejada. Posso ver água do lado de fora das janelas, que estão salpicadas pela chuva. Enquanto observo a chuva, ouço uma voz fina e doce:

— Que é que você tá *olhando*?

O menino. Ele está sentado à mesa da cozinha, com a boca cheia de pão.

— Quem é você? — pergunto.

— Thomas. — Quando ele me diz seu nome, pedaços de pão voam da sua boca e se espalham pela mesa.

— Thomas de quê? Qual é o seu sobrenome?

— O mesmo sobrenome do papai, mas não o mesmo que o seu — ele responde sem hesitar.

Um calafrio percorre a minha espinha.

— Thomas Finn Browster. E você é Helena Marie Conway. — Ele agita o punho no ar euforicamente.

Browster! Esse é o sobrenome de Neil.

Percebo a presença de Kit atrás de mim, e quando me volto para olhá-lo, ele está encostado à geladeira, com uma expressão séria no rosto.

Ele leva um dedo aos lábios quando percebe que o estou observando, e então se volta para o garoto.

— Você tem mais um — Kit diz.

— Mais um o quê?

— Mais um filho. — Ele se afasta da geladeira e caminha em minha direção. De repente, percebo que há cabelos brancos em suas têmporas e linhas finas em torno dos olhos. Tive a impressão de que não era o mesmo Kit que estava na Bread Company.

Ele me conduz até um quarto e abre a porta. É um quarto de criança. Vejo uma cabeça pequenina coberta com uma penugem preta. Eu olho para o interior do berço, com o coração acelerado.

— Você disse que Neil está em lua de mel, mas ela é uma bebê...

— Ela é nossa filha.

Engulo em seco.

— Sua e minha? De nós dois?

— Sim.

Meu coração está pulando dentro do peito. Parece que vai sair pela boca a qualquer momento.

— Você é um viajante do tempo?

Kit sorri pela primeira vez. Um sorriso largo e fácil se estampa em seu rosto, como se ele estivesse acostumado a sorrir assim. O engraçado é que não consigo me lembrar de já tê-lo visto sorrir. Ele sempre pareceu bem sério, e Della gostava que ele fosse assim.

Della.

— Onde está Della?

Ah, meu Deus. Eu tive um bebê com o namorado da minha melhor amiga. Olho direto para a minha mão, mas não vejo nenhuma aliança no dedo.

Ele se retira do quarto. Olho mais uma vez o bebê antes de ir atrás dele.

Ao sairmos do quarto, Kit fecha a porta atrás de nós.

— Na verdade, não temos muito contato com Della — ele responde.

Isso me deixa muito triste. Della e eu tínhamos uma amizade de mais de dez anos. Kit nota a mágoa em meu rosto e desvia o olhar rapidamente.

— Isso é um sonho — digo. Kit faz que não com a cabeça. Então eu vislumbro a minha imagem refletida no grande e luxuoso espelho atrás dele. Meu cabelo está curto. E com luzes.

— Não, é um pesadelo! — Levanto a mão e toco o cabelo. — Eu pareço uma mãe.

— Você é uma mãe.

Nesse universo paralelo, ou túnel do tempo, ou sonho, eu sou realmente uma mãe. Em minha mente, porém, ainda sou apenas a jovem Helena, sem filhos e sem barriga de grávida. E diante de mim está Kit. O cara que a minha melhor amiga considera a outra metade da sua laranja. Não é possível que eu tenha me sentido atraída por Kit alguma vez na vida. Neste momento, estou olhando para ele, tentando enxergá-lo de uma maneira diferente. Ele não poderia ser menos parecido com Neil. É corpulento, meio desmazelado. Neil raspava os pelos dos braços; os braços de Kit são cobertos de pelos negros. Neil tem olhos castanho-escuros; Kit tem olhos claros. Neil usa lentes de contato; Kit usa óculos. Della e eu sempre tivemos gostos bem diferentes no que diz respeito a homens, o que era bastante conveniente. Assim não corríamos risco de as duas se interessarem pelo mesmo homem.

— Onde ela está? — pergunto.

— Della ainda está na Flórida. Nós nos mudamos para cá há dois anos. — Kit pega na minha mão. — Vou lhe mostrar uma coisa.

Isso parece tão errado. Nossos dedos não formam um conjunto harmonioso. As mãos dele são pesadas e seus dedos são volumosos. Minha mão parece não combinar com a dele. Della sempre dizia que mãos devem se encaixar como peças de quebra-cabeça. As mãos dela e de Kit combinavam de maneira perfeita. Ela me disse isso!

De súbito, o menininho aparece, vindo da cozinha. Kit solta a minha mão para pegar o menino nos braços alegremente.

Os dois parecem se dar muito bem, considerando que ele não é o pai do garoto. Neil é o pai. Aliás, onde mesmo está Neil? E o que será que aconteceu entre nós?

— O que aconteceu com Neil? Por que não estamos juntos?

Kit olha para o pequenino (qual é mesmo o nome dele? Tim? Tom?) e o coloca no chão.

— Vá escolher um filme, rapazinho. Daqui a pouco eu me junto a você, está bem?

Parece ser um menino obediente, pois concorda com a cabeça sem argumentar e sai correndo, batendo os pés descalços no chão de madeira.

— Neil a traiu, Helena — ele diz. — Mas a coisa não é tão simples assim. Você não ficou furiosa com ele. Você compreendeu.

Sinto o rubor tomar conta do meu rosto. Neil me traiu com outra mulher? Ele não era esse tipo de homem, ele venerava o chão que eu pisava.

— Ele jamais faria isso — respondo.

— As pessoas são assim — Kit comenta, dando de ombros. — As coisas mudam.

— Não. Viver assim, cercada de luxo... Eu nunca quis isso.

— Como eu disse, a questão não é tão simples. Ele teve os seus... motivos.

Antes que eu pudesse perguntar quais foram esses motivos, ouço o bebê começar a chorar. Kit olha para a porta e depois para mim.

— Ela quer você, só isso. Os dentes dela estão nascendo. Se eu entrar no quarto e pegá-la, ela vai se angustiar e chorar mais ainda.

— Mas eu nem gosto de bebês!

Ele segura os meus braços e gira meu corpo até que eu fique de frente para a porta do quarto da criança.

— Desse você gosta — ele diz, dando-me um pequeno empurrão.

— Qual é o nome dela? — pergunto, contrariada, antes de abrir a porta.

Ele hesita, meio sem jeito. Por alguma razão que desconheço, sinto um frio no estômago.

— Brandi.

Olho para ele com expressão indignada.

— Como a bebida, você quer dizer?

Ele tenta se conter, mas não consegue, e subitamente eu o vejo abrir um sorriso mais uma vez.

13

— Era o que você estava bebendo na noite em que engravidou.

— Ah, Deus — digo, abrindo a porta. — Isso não poderia ser mais clichê.

Brandi está sentada em seu berço, berrando. Ela levanta os braços no instante em que me vê. Nunca, em toda a minha vida, um bebê estendeu os braços para mim. Eles gostam de mim ainda menos do que eu gosto deles.

Eu a pego no colo e ela logo para de chorar. Ela é pequena. Delicada. E tem tanto cabelo que mais parece um leãozinho. Se eu gostasse de bebês, provavelmente acharia esta uma fofura. Levo a bebê até o... pai dela.

— Tome — digo, fazendo menção de passar a bebê para Kit. Mas ele recusa e balança a cabeça negativamente.

— Segure-a você.

Continuo carregando-a nos braços, rígida, enquanto caminhamos na direção do que parece ser uma outra sala de estar. É tão luxuosa quanto a primeira, só que mais ao estilo infantil. Santo Deus. Se isso estiver acontecendo de verdade, o que foi que houve comigo? Eu não gosto dessas merdas. Meu apartamento parecia um brechó abandonado.

— Por que tudo está desse jeito? — pergunto.

— Desse jeito como?

— Como se eu não tivesse personalidade.

Kit se mostra surpreso.

— Não sei, Helena. As coisas estão do modo como você gosta. Nunca pensei nisso antes.

— Há quanto tempo nós estamos juntos?

Os cantos de sua boca tremem de leve, em sinal de hesitação, e antes que ele diga alguma coisa eu já sei que vai mentir.

— Faz alguns anos.

— E nós nos amamos?

Ele para de vasculhar uma gaveta e olha para mim.

— Sabe essa mistura de sentimentos que você está experimentando agora? A perplexidade, o medo, o fascínio?

Faço que sim com a cabeça.

— Pois é isso que eu sinto todos os dias. Porque nunca amei ninguém como amo você.

Antes que eu consiga me dar conta, um suspiro involuntário escapa da minha boca. Uma sensação de culpa me invade, porque o namorado da minha melhor amiga me provoca arrepios de emoção. Felizmente, Brandi puxa o meu cabelo com força, o que faz o meu comportamento parecer mais uma manifestação de dor do que uma reação às palavras dele.

Kit se volta outra vez para a gaveta e retira dela um livro para colorir. A princípio, penso que ele está pegando o livro para o garoto, mas então ele o entrega a mim.

— Você quer que eu dê isso a Tim? — pergunto, confusa.

— Tom — ele me corrige. — Não, não é para ele. Era isso que eu queria mostrar a você.

Abro o livro na primeira página e me surpreendo com o que encontro. Lindos desenhos de castelos feitos de doce, casas de fadas no alto de lindas árvores e princesas lutando com dragões. O tipo de livro de colorir que eu adoraria ter se fosse criança.

— O que é isso? — pergunto sem tirar os olhos das páginas. Quero ver mais.

— É seu — ele responde, tirando a bebê de mim.

— Não sei desenhar. — Dou uma risada. — Não tenho nenhum talento artístico. — Fecho o livro e o devolvo a Kit. Que sonho mais estranho. Eu me belisco com força, sinto dor, mas ainda assim não acordo.

— Foi assim que você comprou esta casa e se mudou para Washington. Você tem uma linha deles, e são muito populares. Existem até pôsteres e agendas dos seus desenhos. Estão à venda no país inteiro.

— Há desenhos meus à venda no país inteiro? — repito. — Estou estudando para ser contadora! Mas que grande bobagem. Quero acordar.

Por que estou tão nervosa? Se isso é um sonho, o melhor é deixar que siga seu curso. Por que não?

Justamente neste momento, Tom se aproxima correndo e avisa que derramou suco de uva no chão. Kit sai apressado da sala, deixando-me sozinha para cuidar da menininha. Coloco-a sentada em meu colo e passo a mão na sua cabeleira sedosa. Ela suspira de satisfação, e percebo que ela gosta disso.

— Também gosto de cafuné — digo à pequenina. — Uma vez peguei no sono em um funeral porque o meu pai ficou mexendo no meu cabelo.

Continuo acariciando Brandi para que ela não chore e alerte Kit para o fato de eu não saber nada sobre bebês. Quando ele volta, estamos sentadas no sofá, e ela cochila aconchegada em meu peito. Continuo tentando despertar desse estranho sonho. Kit se encosta ao batente da porta, com aquele seu meio sorriso, que em tão pouco tempo eu já considero como característico, estampado no rosto.

— Ela se parece tanto com você — ele diz.

— Você não sabe como eu sou, então não pode saber com quem me pareço.

— É mesmo, Helena? Tem certeza de que não sei?

Hesito. Não tenho certeza de nada.

AINDA ESTOU ESPERANDO O FIM DESSE SONHO, MAS ELE NÃO acaba. Tenho a sensação de que já faz horas que estou na companhia de Kit, Tom e Brandi enquanto eles levam a sua vida normalmente. Eu tento agir com naturalidade, finjo me ajustar à vida de Kit, e até mesmo caminho com eles pelo bosque mais verde que já vi na vida. E esse deve ser o sonho mais longo que já tive.

Por que será que quando acordamos, os sonhos nos parecem tão confusos e distorcidos?

Paramos à beira de um lago, e Kit e Tom atiram pedras na superfície da água para fazê-las saltarem. Enquanto isso, seguro Brandi, que na verdade, para o meu horror, não quer estar com mais ninguém além de mim. Recolho com a ponta do dedo um pouco da terra úmida e brilhante e levo-a à boca. Terra não deveria ter gosto em um sonho. Ou deveria ter um gosto parecido com o de biscoito recheado. Mas gosto de terra mesmo não deveria ter, definitivamente.

Depois da caminhada, Kit prepara um jantar para todos nós. Faz um peixe que ele mesmo pescou. Ele cozinha na área externa da casa, no pátio que Kit afirma que eu mesma projetei. Mais uma vez, eu o relembro sobre o fato de eu não ter criatividade suficiente para desenhar algo tão majestoso como um pátio. O lugar me faz recordar um pouco os livros para colorir, com suas casas na árvore e lampiões pendurados nos troncos. O peixe é servido, e está delicioso. Quando Kit leva Brandi e Tom para dentro dizendo que vai dar banho neles, entro em pânico. Recorro a filmes que já vi para tentar entender o que está acontecendo comigo. Filmes relacionados a sonhos: *A Origem, O Mágico de Oz, Quero Ser Grande*. Quando Kit retorna trazendo uma garrafa de vinho e duas taças, estou chorando e rasgando o guardanapo de papel em pedaços.

Ele não faz nenhum comentário a respeito das minhas lágrimas, apenas abre a garrafa e enche uma taça, e então a coloca diante de mim.

Bebo tudo de um só gole, como se fosse uma estudante universitária. Porque afinal de contas eu sou uma universitária, não uma mãe!

— Isso não é real — afirmo. — Se é real, então onde foram parar todas as minhas lembranças?

Ele se senta ao meu lado e cruza as pernas.

— Helena, eu me apaixonei por você no dia em que você se descobriu. Você nem mesmo era minha ainda.

Através das lágrimas, enxergo um Kit desfocado e distorcido. Deixo que ele passe a mão em meu rosto enquanto o escuto.

— Você sempre insistiu que as suas habilidades eram predominantemente lógicas e matemáticas, mas nunca acreditei nisso. Um artista sempre reconhece outro artista. E nós nos reconhecemos um ao outro. Certa noite, estávamos todos bêbados e curtindo juntos na casa da Della. Ela disse que queria pintar, e então foi buscar todos aqueles livros para colorir, lápis de cor e canetas marca-texto. E todos nós nos deitamos de barriga para baixo e colorimos aquelas páginas como se fôssemos crianças de cinco anos. Nunca me esqueci dessa noite, porque foi estranha demais... — Ele faz silêncio por um instante antes de concluir: — E também porque foi quando eu me apaixonei por você.

Quero ouvir mais, quero que ele continue falando. A história que ele conta nunca aconteceu nas minhas memórias, mas parece tão real.

— Você estava deitada no carpete, entre mim e Neil. A sua pintura foi a melhor. Não estava apenas boa; estava incrível. Todos piraram quando viram o seu trabalho, mas eu me senti orgulhoso, como se já soubesse que você se sairia bem. Começamos a fazer graça com o seu talento artístico, e então você disse que adoraria ser capaz de desenhar muito bem, para que pudesse ter a sua própria linha de livros para colorir. Então eu lhe disse para ir em frente.

Fico boquiaberta e com os olhos vidrados quando o ouço falar comigo como se me conhecesse há muito tempo. Isso é algo íntimo. Eu sempre quis conhecer a mim mesma, e nunca soube por onde começar.

— Eu não sei...

— Desenhar — ele completa. — Sim, foi o que você disse. Mas você se animou com a ideia e tomou aulas. E não contou nada para ninguém, só para mim.

Penso em pegar uma caneta e constatar se isso é verdade, se de fato tenho um talento oculto que jamais soube que tinha. E me pergunto por que, entre todos os meus amigos, fui contar tudo logo para Kit. Se isso não for um sonho...

Mas é um sonho.

— Q-que tipo de coisas nós fazemos juntos? — pergunto.

— Você e eu somos iguais — ele diz, e então passa a língua nos lábios. — Não olhe assim para mim.

Reprimo uma risada, cobrindo a boca com as costas da mão.

— Somos muito diferentes. — Ele sorri. — Sou um otimista e você é uma pessimista. Evito o confronto, enquanto você o procura.

— Se é assim, então em que somos iguais?

— Nós dois estávamos em busca de algo que fosse verdadeiro. Algumas vezes, a verdade de uma pessoa é o amor de outra.

Não compreendo o significado do que ele acaba de dizer, mas tenho vergonha de admitir isso.

— Nós gostamos das mesmas coisas?

— Sim, Helena. — A expressão em seu rosto é indecifrável. Ele coça o queixo com a ponta dos dedos, e consigo ouvir o ruído que esse movimento produz. — Nós gostamos de arte. De comida. De pequenos momentos que duram para sempre. Gostamos de transar. Gostamos das nossas crianças. — Esta última parte do relato me causa arrepios. — Viajamos um pouco antes de Brandi nascer. Combinamos que faríamos isso mais vezes. Temos uma lista de todos os lugares onde queremos fazer amor, e...

— O que tem nessa lista? — pergunto, interrompendo-o. Sinto que a minha boca está seca.

— Bem... O Trem Azul — ele responde em voz baixa.

— E o que é isso? — Eu me inclino para a frente, curiosa.

Ele sorri para mim.

— É um trem na África do Sul que parte de Pretória e segue viagem até a Cidade do Cabo.

Meu corpo se projeta para trás de novo.

— Um trem? Hum.

Kit levanta as sobrancelhas, com ar animado.

— É um trem turístico. No interior desse trem o passageiro tem a oportunidade de ver com os próprios olhos algumas das paisagens mais maravilhosas do mundo. Cabine privativa, *chef* de cozinha...

Arregalo os olhos.

— E o que mais está na lista?

— Um cemitério numa noite de lua cheia. Uma casa na árvore.

Ele se inclina para a frente e coloca mais vinho em sua taça.

— O que eu... Por que eu gosto de ter você ao meu lado?

— Você deseja ter controle sobre o próprio destino e ser você mesma — Kit responde. — E isso não me incomoda.

Mais uma vez, não faço a menor ideia do que ele está dizendo. Eu era uma pessoa totalmente comum. Entediante. Não precisava fazer muito esforço para ser eu mesma.

Bebemos a garrafa de vinho em silêncio, ouvindo os sapos, a água, as folhas das árvores. Uma cacofonia de aspectos divinos. Quando me levanto, sinto a cabeça girar. Cambaleio e tento me segurar no encosto da minha cadeira. Kit também se levanta e eu — não sei se por causa do vinho ou porque me convenci de que isso é um sonho — vou direto na direção dele, sem hesitar. *Isso já aconteceu antes.* Essa é a sensação que me invade quando as mãos e os braços dele envolvem o meu corpo. Tudo que diz respeito a ele me é familiar: a solidez, seu cheiro, os calos nas pontas dos seus dedos. Não existe aqui o constrangimento desajeitado de duas pessoas que estão se tocando pela primeira vez. Ele abre o meu sutiã e tira a minha camisa, e então eu me entrego a Kit. Eu o beijo pela primeira vez, nua da cintura para cima, enquanto ele acaricia com os polegares a região logo abaixo dos meus seios. Sinto um arrepio de prazer erótico quando o vento sopra em minha pele. As mãos que me tocam agora são bem diferentes das mãos delicadas e elegantes de Neil. Kit tem mãos grandes e quentes, com dedos largos. Sua boca tem gosto de vinho. Quando beijo o rosto dele, os pelos de sua barba por fazer arranham os meus lábios. Não é uma sensação exatamente desagradável. Puxo a camisa dele e ele termina de tirá-la. Seu corpo é torneado e eu gosto disso. E gosto mais ainda de perceber o quanto ele está rijo quando me ergue e me coloca em cima da mesa, e estendo as pernas a fim de envolvê-lo.

Isso não é real. Fecho os olhos. Ele tira a minha calça e começa a beijar minha pele sob a calcinha. Então se posiciona sobre mim. Nossa garrafa de vinho cai no chão e se quebra, e eu volto a cabeça para olhar os cacos no momento em que Kit está beijando o meu pescoço com avidez, e seus dedos estão explorando minhas partes íntimas. Sinto a pele formigar, e meu quadril se posiciona, ansiando. Ansiando por... Kit. A cabeça dele está inclinada. Posso vê-lo, e ele está se preparando para me penetrar. No momento seguinte, já posso sentir o contato do seu sexo rijo em mim. Agarro os braços dele, frenética. E nesse momento já não me importa quem ele seja, e a quem ele supostamente pertença. Isso parece natural, Kit e eu fazendo as mesmas coisas que sempre fizemos. Fecho os olhos e dou um gemido de puro êxtase quando ele começa a se movimentar dentro de mim.

E então eu acordo.

CAPÍTULO 2

#bebaokisuco

ACORDO DENTRO DO MEU CARRO. LUZES ATRAVESSAM O para-brisa, atingindo meu rosto em cheio. Vou abrindo os olhos aos poucos, com cuidado. Há marcas de dedos engordurados na janela do motorista. Alguém esfregou as mãos nela. Essas marcas estão aí já faz algum tempo... Eu me lembro de estar bêbada, comendo frango frito, e de não conseguir encontrar minhas chaves. Pretendo limpá-las, claro, mas estou tão... ocupada. Procuro por Kit. Onde ele está? Não, eu não deveria estar procurando Kit. Meu namorado é Neil. Eu amo Neil. Será que a minha mente ainda está presa ao meu... sonho? Levanto o assento e fricciono a região do coração. Está doendo. Sinto essa dor como se fosse real. Pode ser um ataque cardíaco; tenho a impressão de que o meu colesterol está alto. Não, não pode ser, é outra coisa. Estou tão triste. Como é possível que um sonho tenha tantos detalhes? Nunca tive uma experiência igual a essa, nem de longe. A tela do meu telefone celular se ilumina. É Neil. Eles estão no restaurante, procurando por mim. Neil, Della e Kit. *Kit.* Agora eu me lembro. Cheguei uma hora mais cedo e aproveitei para cochilar por alguns minutos, antes que todos chegassem ao restaurante. As tantas noites estudando até tarde agora cobram o seu preço.

Saio do carro devagar e olho ao meu redor. Falta uma semana para os exames finais e eu não tenho dormido bem. Depois virá a formatura e então eu me tornarei adulta. Não exatamente como a adulta do meu sonho, com crianças e uma casa, e um Kit. Ainda consigo sentir os lábios dele em meu pescoço. Passo a mão de leve pela região logo abaixo da orelha. Dou uma risada a caminho da entrada do restaurante. Que coisa estúpida. Jamais pensei nesse cara dessa maneira. O sonho deve se dissipar em breve, mas a verdade é que quando entro no restaurante e ando na direção do meu namorado, o sonho insiste em me perseguir. Não me sinto como a

Helena de sempre, mas sim como a Helena do meu sonho. Procuro por Kit. Ele está sentado ao lado de Della, escutando com atenção alguma coisa que ela está sussurrando ao seu ouvido. A qualquer momento, ele vai levantar a cabeça e olhar para mim. Não sei o que espero ver nos olhos dele; intimidade, talvez. Mas que grande idiotice. Coisas assim não acontecem. Quando Kit me vê caminhando até a mesa, sorri gentil, e seu olhar é desinteressado e normal. E como poderia ser diferente? Nós mal nos conhecemos. Della me recebe com muito mais entusiasmo. Abro um sorriso simpático quando ela corre ao meu encontro para me abraçar, e ainda faz alguns comentários sobre a minha camisa. Kit está olhando para o menu. Sinto vontade de arrancar o papel da mão dele.

Não está me vendo aqui? Nós tivemos uma filha juntos!

Eu me envergonho dos meus próprios pensamentos quando Neil puxa a minha cadeira e me dá um beijo no rosto. Fecho os olhos e tento agir de modo natural, mas a presença dele me incomoda. Não me sinto bem quando ele massageia o meu pescoço com seus longos e estúpidos dedos.

Ah, meu Deus. Estou agindo como se estivesse drogada.

— Está tudo bem com você? — Neil pergunta.

Tomo um gole da minha água, derramando um pouco em mim.

— Está sim, não tem nada de mais — respondo. — Só estou com muita fome.

Neil tenta chamar a atenção do garçom, e quando faz isso eu me pergunto se ele de fato seria capaz de me trair. Logo Neil, que gosta das coisas simples e fáceis. Trair dá trabalho. Neil não foi feito para lidar com misturas complicadas de emoções.

Quando o garçom chega, peço uma taça vinho. Neil me olha com espanto. Não posso culpá-lo. Até este momento eu só costumava beber cerveja.

— Pensei que você não gostasse de vinho, Helena.

— E não gosto — digo olhando na direção de Kit. — Mas é o que eu quero agora. Fiquei com vontade.

Kit também pede vinho. Della e Neil fazem piada com a nossa cara. "Esses velhos", dizem. Eu também teria dito isso... na semana passada, nesta manhã, uma hora atrás. Será mesmo que um simples sonho pode influenciar nosso paladar? Não acredito nessa possibilidade.

Eles conversam sobre diversos assuntos, mas não **presto** atenção ao que dizem. Não ligo mais a mínima para esses papos. Apanho uma caneta em minha bolsa e começo a desenhar no jogo americano de papel. Estou tentando desenhar as coisas que vi no livro para colorir, mas eu me saio terrivelmente mal.

— O que você está fazendo? — Della me pergunta. — Volte para o nosso planeta, garota! — Ela está recostada em Kit, esfregando com força a coxa dele. Ela pega o papel da mesa e o examina. — Isto é uma... casa na árvore?

— É, sim! — respondo, excitada. Ela dá uma risadinha boba e fico magoada.

— Você não nasceu pra isso, Helena — ela diz. — O seu talento sempre foi voltado para os números.

Pego de volta o jogo americano e o coloco de volta sob do meu prato, com o desenho virado para baixo. Kit olha para mim pela primeira vez — quero dizer, olha para mim de verdade, com algum interesse.

— Você gosta de desenhar? — ele pergunta.

Na verdade, gosto de comparar os olhos das pessoas a doces. Os olhos de Kit são como chocolate: suaves e quentes. Não sou uma grande fã de chocolate, mas Neil tem olhos de bala de menta, e, neste momento, eu realmente preciso de alguma coisa doce.

— Não, ela não gosta — Neil responde por mim. — Já conheço Helena há anos, e nunca a vi fazer sequer um rabisco em um caderno.

Olho para Kit, esperando alguma reação dele. Penso em falar sobre aquela história de querer ter minha própria linha de livros para colorir, mas isso não é verdade, e eu me sentiria uma idiota se dissesse isso. Talvez eu só esteja assustada.

— Não sei — digo a Kit. — Não sou muito boa nisso.

Fico na expectativa de que ele me diga palavras de encorajamento, mas o garçom chega com a nossa comida e toda a questão é esquecida. Eles passam o resto do jantar falando sobre uma viagem que planejamos fazer no verão. Enquanto falam, fico pensando no sonho. Uma vida que eu jamais soube que gostaria de ter. Quero voltar ao sonho. Quero dormir outra vez para ver se consigo visitar a casa de Helena e Kit em Port Townsend, em Washington, mobiliada com artigos da Pottery Barn. Quando Kit diz alguma coisa, presto atenção. Ele não é muito diferente da pessoa que conheci no sonho, só menos consciente de si mesmo, eu acho. Pela primeira vez, porém, noto o quanto ele é atencioso para com a minha melhor amiga. Ele é mesmo bastante amoroso e sensível, sem ser chato e sufocante. Gosta realmente de tocá-la, e isso me faz sentir ciúme. Quando abre a boca para falar, Kit sempre tem algo relevante a dizer. Diz coisas que deixam Neil num silêncio pensativo e fazem Della fitá-lo com uma expressão sonhadora no rosto. Para mim, já chega dessa loucura. Eu me levanto.

— Tenho que ir embora — anuncio.

— Como assim? — Neil protesta. — E o cinema que a gente tinha combinado?

— Não estou me sentindo bem — respondo. Então me inclino e lhe dou um beijo no rosto. Não há barba rala para arranhar meus lábios. — Vejo vocês amanhã. Tchau, pessoal. — Aceno para Della e Kit e caminho depressa para o meu carro. Olho furtiva para trás e sinto uma pontada de tristeza por ver todos eles conversando na mesa como se eu nunca tivesse estado lá.

DIRIJO DIRETO PARA A MINHA CASA. AINDA NÃO CONSEGUI ME livrar do estranho sentimento que me persegue desde que acordei do sonho. Em vez de pegar os meus livros para estudar, acho um caderno vazio e começo a escrever os detalhes do sonho. *Que coisa estúpida. Quanta perda de tempo.* Isso é o que eu digo a mim mesma, mas não paro de escrever, e quando me dou por satisfeita tenho dez páginas de desabafo escritas à mão. Quando termino, estou exausta. Porque foi, sem dúvida, uma experiência emocionalmente desgastante. Mas sobretudo porque eu me sinto diferente. Transformada. Purificada.

Bebo três copos de água e tomo um banho. Quando nada mais pode me distrair da minha sensação de estranhamento, abro o meu *laptop* e acesso o perfil de Kit no Facebook. Iniciamos uma amizade virtual há pouco tempo, logo depois que Della nos apresentou. Sempre parece uma coisa natural a se fazer quando você conhece alguém — adicionar essa pessoa à sua rede social. *Agora somos amigos!* Agora você pode ver o que eu como no almoço, fotos dos meus tênis de corrida e *selfies* tiradas aqui e ali. E pode também ler minhas postagens sentimentais sobre o meu namoro com o melhor cara do universo (comentários geralmente feitos no aniversário dele ou na data do nosso aniversário de namoro). Cada momento pretensioso e fictício da minha vida será seu. Seja bem-vindo, meu seguidor!

Depois que nos conectamos em nossas mídias sociais, nunca pensei em voltar a acessar os perfis de Kit. Embora eu o siga no Twitter, no Facebook e no Instagram, Kit não é de postar coisas com frequência. Encontro uma foto de Della sentada no colo dele e estudo os dois com atenção — os dentes brancos e perfeitos dela e o sorriso de lábios cerrados de Kit. Onde foi que eles se conheceram, afinal? Tento me lembrar. Ele era músico, acho. Della não parava de falar sobre isso. Procuro pistas no Instagram de Kit, mas ele só posta imagens do pôr do sol e da praia, sem qualquer humano no cenário. Fotografias realmente boas, diga-se de passagem. Ele sabe usar muito bem a câmera do telefone celular. Fecho com força o meu *laptop*, ignoro uma ligação de Della e me arrasto até a cama. Se eu tiver sorte, talvez consiga retornar a Port Townsend durante o sono. Talvez o sonho se transforme em pesadelo, para que eu *possa* enfim esquecê-lo. Amanhã já estarei pensando com mais clareza. Amanhã, Kit será apenas o namorado de Della. Amanhã, serei aquela garota apaixonada por Neil, e voltarei a ter os mesmos anseios de antes.

CAPÍTULO 3

#meias

ACORDO E ENTRO MAIS UMA VEZ EM TODOS OS PERFIS DE KIT. Nada mudou desde a última noite, mas é a primeira coisa que penso em fazer. Tenho sete ligações perdidas de Della e Neil. Ligo primeiro para Neil, deitada de bruços, enquanto observo uma foto que Kit tirou de uma gaivota pousada em um pedaço de madeira na praia.

— O filme foi ótimo — ele me informa. — Só não sei se Kit e Della prestaram atenção, porque eles não pararam de se pegar nem por um minuto.

Denuncio a fotografia de Kit como inapropriada só para me vingar.
— O que você quer dizer com isso? — questiono. — Ele não é um cara que gosta de demonstrações de afeto em público.

— Acho que eles gostam um do outro de verdade. Na noite passada, eles ficaram fazendo piadas sobre fugirem juntos.

— O quê? Ah, não! — Aperto o travesseiro contra a boca e me viro de barriga para cima. Felizmente, Neil pensa que estou irritada com Della.

— Fique tranquila. Você sabe que Della não é de se prender a uma pessoa por muito tempo. Não vai ser desta vez que ela vai se casar.

Faço o sinal da cruz e olho para o teto com ar de súplica.

— Eles nos chamaram para ir ao Barclays esta noite, mas eu disse que não sabia se você toparia, porque precisa estudar.

— Eu topo — respondo rápido. Rolo para fora da cama e tento colocar os pés no chão, mas me prendo aos lençóis, perco o equilíbrio e acabo caindo. Neil não escuta o barulho da minha queda nem meu uivo de dor.

— Passo aí às sete — Neil avisa antes de desligar.

Nem tenho tempo de me despedir. Estou aqui parada, enrolada em minhas cobertas, fingindo que sou Frodo e que fiquei presa na teia de

Shelob, a aranha. Quase pego no sono novamente, mas o meu telefone toca. É Della.

— Neil me disse que vocês sairão com a gente hoje à noite, Helena. Que bom que você topou. Escute, sei que isso vai deixar você maluca, mas é sério, acho que o Kit vai me pedir em casamento!

Solto um *HEIN?* histérico, que é abafado pelo cobertor.

— Eu sei, eu sei — ela diz. — Mas a gente meio que sente que essas coisas estão para acontecer. É o que todo mundo diz.

Eu me livro das cobertas e fico de pé num salto. Vejo minha imagem refletida no espelho e me assusto. Meu coque vai de mal a pior, está torto e bagunçado, e o meu cabelo está espalhado em todas as direções, como uma juba de leão. Para colaborar com a cena, estou usando meu pijama com figuras dos personagem d'*O Rei Leão* que tenho desde os tempos de escola. Não tive coragem de jogá-lo fora, porque o amor de Simba e Nala era lindo demais. Ouço alguém batendo em minha porta. Quando começo a abri-la, Della volta a falar:

— Ah, sim, já ia me esquecendo. Kit deve chegar aí em alguns minutos. Eu pedi para ele passar na sua casa para pegar a capa do meu *laptop*.

Tarde demais para retroceder agora. Com a namorada dele falando em meu ouvido sem parar, abro a porta para o marido do meu sonho. Não o meu marido dos sonhos, apenas o marido do sonho que eu tive. Se bem que não tenho certeza se nós estávamos casados ou se apenas tínhamos bebês fora do casamento e vivíamos juntos em Port Townsend.

Kit ergue as sobrancelhas com cara de espanto quando me vê.

— Hakuna Matata.

— Nossa, que engraçadinho. E nada previsível. E aí, cumprindo tarefas para a rainha?

Penso em ajeitar a minha juba com as mãos mesmo, mas já que abri a porta desse jeito resolvo seguir assim até o fim.

— Ela deixou a capa aqui?

— Deixou.

Dou um passo para o lado a fim de lhe abrir caminho. Quando ele passa por mim, sinto no ar o seu perfume. Não é o mesmo do sonho, mas é bom. Neil não costuma usar perfume. Noto que ele corre os olhos pela sala à procura da capa de Della. Sei onde está, mas quero observá-lo. Também quero tentar entender por que ele está arruinando a minha vida.

— Está ali, ao lado da cadeira de bar — digo por fim.

Kit se agacha para apanhá-la. Nunca tivemos muita coisa a dizer um ao outro, e é sempre um pouco constrangedor. Mas agora eu pelo menos sinto que o conheço.

Passo por ele, entro na cozinha e então tiro o bacon da geladeira.

Ele hesita, sem saber ao certo se vai embora ou se conversa um pouco antes de sair.

Não gosto muito da ideia de dividir com ele o meu bacon — é de um tipo caro, com grãos de pimenta —, mas estou curiosa para saber mais sobre Kit.

— Com fome? — pergunto.

— Esse é do tipo que vem com pimenta? O especial?

Faço que sim com a cabeça.

Kit se senta em uma das minhas cadeiras de bar e junta as mãos sobre o balcão.

— Não sei cozinhar. É uma das minhas maiores limitações — ele diz.

Olho para ele com indiferença e dou de ombros.

— Há vídeos na internet, programas de culinária com pessoas preparando receitas passo a passo... Você ainda pode tomar aulas por cinquenta mangos por hora. O seu caso tem salvação, você só precisa de um pouco de orientação.

Minha observação o faz rir. Seu sorriso não se situa no centro do rosto; concentra-se inteiro no lado esquerdo, como se ele estivesse bêbado. Nem todos sabem dessa particularidade, porque ele raramente ri. E rindo assim, parece mais jovem e malicioso.

— Talvez eu deva fazer isso — ele responde. — Tornar-me assistente de chef de cozinha por conta própria.

— Minha previsão: em dez anos você aprenderá a cozinhar e vai passar a adorar essa atividade. — Viro o bacon. — Então você vai ter que preparar para mim alguma coisa incrível, afinal vou merecer uma recompensa por ter despertado em você o amor pela gastronomia.

— Trato feito — ele responde, olhando para mim. — O que você vai querer que eu cozinhe?

— Peixe — digo sem hesitar. — Pescado por você mesmo.

— E depois disso ainda vou cortar lenha para você.

Uma estranha agitação me invade e procuro disfarçar olhando para o meu bacon. Essa brincadeira aconteceu tão naturalmente. Essa é a primeira vez que conversamos sozinhos, e nos demos bem. Pego ovos e queijo também, porque essa emoção me deu fome.

— QUER DIZER QUE VOCÊ SÓ TEM QUE...

Kit imita o movimento que estou fazendo para bater os ovos.

— Sim — respondo. — Quer tentar?

Sem dúvida ele está fazendo isso para debochar de mim. Por que ele iria querer bater ovos em uma tigela? Ele enche o meu balcão de respingos de ovo, mas reconheço que a tentativa dele é simpática. Eu o instruo a derramar os ovos na frigideira, e então, quando percebo que ele é um ajudante esforçado, entrego-lhe a espátula. Ele observa enquanto termino o bacon e espalho o queijo sobre os ovos. Eu deveria estar envergonhada por causa do meu cabelo desgrenhado, mas a verdade é que eu fico uma gracinha com esse cabelo de psicopata.

Será que é demais?, eu me pergunto. *Ah, quem se importa?* Sirvo a comida em nossos pratos e sigo em direção à minha pequena sala de jantar. Kit me segue e, enquanto ele se acomoda, vou pegar o café.

— Não bebo café — ele me avisa.

Tomo um grande gole da minha xícara e olho para ele.

— É por isso que você nunca sorri. Você seria um homem melhor se tomasse café.

Ele abre um sorriso pela segunda vez, e sinto uma ponta de euforia quando lhe entrego uma xícara.

Kit bebe o café que lhe ofereci. Fico à espera de uma reação negativa ou que ele faça alguma das reclamações que os não amantes de café sempre fazem. Mas ele toma a bebida sem problemas, e concluo que ele não é tão desagradável quanto eu pensava. Talvez um pouco fechado. Melancólico. Mas juro, quando você consegue fazer o cara rir, sente-se como se tivesse ganhado o dia.

— Helena, obrigado por me ensinar a bater os ovos e também por dividir a comida comigo — ele diz quando é hora de ir embora.

— Tudo bem, Kit. Vejo você hoje à noite — respondo com uma gentileza fria. Não posso me descuidar e correr o risco de ter uma crise histérica bem na frente dele.

— Hoje à noite? — ele diz.

— Sim, Neil e eu vamos com vocês ao Barclays.

— Ah, legal. Eu não sabia que vocês iriam.

— Della decidiu tudo e informou a gente — digo. Quero ver como ele reage a isso. Quero saber se Kit fica contrariado com essa tendência que Della tem de controlar o tempo dos amigos. Mas ele não parece ligar.

— Certo, então nos vemos mais tarde.

Depois que ele se vai, olho-me no espelho e percebo que há ovo em meu cabelo. Como se não bastasse, constato que não estou tão gata quanto imaginava. Nem perto disso, aliás.

Della aparece em casa mais tarde, no momento em que estou mexendo na minha caixa de meias sem par. Ela entra rápido e joga as suas tralhas de marca em meu sofá.

— Ah, não — ela diz. — Por que você está fuçando nisso?

— Por quê? Por nada, ué. — Tento esconder a caixa, mas é inútil, pois ela já a havia visto.

Ela me segura pelos ombros e me olha direto nos olhos.

— Você só abre essa caixa quando tem ataque de ansiedade — Della afirma. — O que está acontecendo?

Della tem razão. Minha caixa de meias me acompanha desde que eu era criança. Quando minha mãe reclamava que uma das minhas meias havia sumido, ela fatalmente jogava no lixo a outra que restou. Então eu — Helena aos cinco anos de idade — tirava a meia do lixo quando a mamãe não estava olhando e a enfiava na fronha do meu travesseiro. A outra meia acabaria aparecendo. Eu já sabia disso, mesmo sendo tão pequena. Só queria manter a parceira dela em segurança até que isso acontecesse. Ao trocar os lençóis da minha cama, minha mãe ficava uma fera quando encontrava todas aquelas meias de um pé só dentro da minha fronha. Ouvi quando ela reclamou com o meu pai que eu era uma acumuladora. Lembro-me de ter sentido vergonha. Havia algo de errado comigo;

30

minha mãe havia afirmado isso com tanta convicção. *Acumuladora! Acumuladora de meias!* Mais tarde, meu pai foi conversar comigo em meu quarto. Ele me disse que quando era pequeno costumava guardar todas as tampas de tubo de pasta de dente. Não conseguia suportar a ideia de jogar fora as tampas. Então ele me deu uma caixa de sapatos e me disse para guardar as meias dentro dela, e não mais nas fronhas. Eu a escondi debaixo da cama — minha caixinha da vergonha —, e quando me sentia ansiosa ou perdida eu a tirava de lá e tocava todas as minhas meias. Todas solitárias. Todas esperando o momento em que se encontrariam novamente com sua gêmea. Com o passar do tempo, parei de encher a caixa... Mesmo porque já havia meias demais dentro dela.

CAPÍTULO 4

#amantedoobsceno

KIT NÃO APARECE NO BARCLAYS. NO ÚLTIMO MINUTO, ELE LIGA para Della e diz que algo inesperado aconteceu. Não sei quem está mais desapontado: Della, que começa a chorar, ou eu, que estou mal-humorada e finjo escutar Neil enquanto ele fala sobre engenharia espacial ou alguma merda do tipo. Pedimos as bebidas eu pego uma caneta para rabiscar em meu jogo americano de papel. Mais uma vez, Neil e Della conversam entre si e eu não participo. Eu me pergunto quando foi que me tornei a esquisita, a enjeitadinha que se senta afastada dos outros, tentando descobrir seu talento artístico oculto. Até pedi uma bebida diferente da caipirinha de amora que costumava tomar. A escolha anterior parece tão infantil, agora que mobiliei uma casa com artigos da Pottery Barn. Peço outra taça de vinho. Vinho branco, desta vez. A noite termina mais cedo do que o imaginado e Neil nos leva para casa. Della me pergunta se pode dormir na minha casa. Respondo que sim, mas na verdade eu não gosto quando ela passa a noite em casa. Apesar de ter uma pele lisa e linda, e os olhos muito azuis, Della solta pum durante o sono. É uma situação definitivamente incômoda. Na maioria das noites, vou dormir no sofá e depois volto sorrateira para a cama antes que ela acorde.

Neil nos acompanha até a porta e me dá um beijo de boa-noite.

— Achei que a gente pudesse passar algum tempo juntos hoje à noite. Para... você sabe... — Ele me olha com malícia, as sobrancelhas subindo e descendo.

— Para o quê? — pergunto secamente. Neil não entende o meu humor. Às vezes, gosto de mexer com os nervos dele. Não é nada contra ele, não é pessoal; é mesmo uma coisa minha.

— Para fazer... aquilo. — Ele olha na direção de Della, que já está na sala, a certa distância, tirando os sapatos e pegando o controle remoto da televisão.

— Aquilo? Aquilo o quê?

— Transar — ele sussurra.

— Hein? Por que você está falando tão baixo?

— Transar! — ele diz em voz alta.

— Gente! — Della protesta da sala. — Eu estou aqui.

Neil fica todo vermelho de vergonha, o que me faz rir. Ele é um fofo.

— Semana que vem teremos bastante tempo pra isso, garanhão — digo. — Depois dos exames finais.

Ele me dá um beijo delicioso de despedida. Quase fico impressionada quando me lembro de todos os motivos que me fazem amar esse cara:

Beija bem
É agradável
É um tonto

DELLA ME FAZ COZINHAR ALGUMA COISA PARA ELA. ISSO mesmo, cozinhar. Como se eu tivesse a obrigação de derreter manteiga e cortar alho para alimentá-la. Ela se senta no sofá, com a televisão no mudo exibindo o programa *Jovens e Mães*, e fala o tempo todo sobre Kit. Ela acreditava que uma proposta de casamento estava próxima, mas agora acha que ele a está traindo.

— Tenho estado tão distante — ela me conta. E eu me pergunto como isso é possível, já que todas as evidências mostram o contrário.

— Emocionalmente distante? — indago. — Ou fisicamente? Porque vejo você no colo dele o tempo todo.

— Emocionalmente — ela responde sem vacilar. — Na semana passada, eu deixei de atender duas ligações dele. Eu estava no banheiro. E ontem, quando Kit me perguntou o que eu achava do desempenho dele tocando baixo, dei a ele uma resposta bem vaga.

— Que pena! — eu digo. — Adeus, casamento.

— Isso não é piada, Helena! Ele é o amor da minha vida. É a minha alma gêmea!

Espere aí... Eu já não li em algum lugar que existe uma diferença entre essas duas coisas? Penso na possibilidade de contar o meu sonho a ela. Talvez isso me faça bem. Provocar gargalhadas falando da minha vida com Kit. Mas Della sem dúvida diria que Kit e eu não temos nada em comum. E isso me deixaria furiosa. Ela não nos viu tomando café da manhã juntos. Ela não sabe que, por minha causa, Kit mudou de ideia a respeito de beber café. E também não sabe que estou trabalhando duro para ser uma desenhista de livros de colorir, porque em meu sonho ele me disse que eu era uma artista. Isso não é pouco.

Levo a comida para Della e me sento no sofá, o mais longe possível da minha amiga.

— Venha ficar aqui, pertinho de mim — ela diz.

— Não.

Ela se volta para a televisão, com ar de tédio, checando o telefone celular a cada trinta segundos.

— Ele não respondeu nenhuma de suas mensagens? — pergunto.

— Não. Acho que ele está dormindo.

Espero alguns minutos antes de pegar o meu celular e procurar o contato dele.

Oi, Kit!

Leva um pouco de tempo, mas finalmente o balãozinho que indica que ele está digitando aparece. Eu aguardo. Sinto um formigamento nas mãos.

K: Olá, garota!

Olho dissimulada para Della. Ela está vendo *Jovens e Mães* como se mais nada importasse no mundo, com os olhos fixos na tela da televisão.

Bebendo muito café?

K: Eu quero ser um homem melhor.

Hahaha. Por que não respondeu as mensagens de Della? Ela está surtando.

Ele começa a digitar, mas logo para. Depois disso, ele não manda mais mensagem nenhuma.

Pelo visto, fui *descartada por tabela*. Talvez Della tenha razão. Talvez ele a esteja traindo. Babaca. Jamais me casaria com esse tipo de pessoa. Jamais teria um bebê com alguém assim. Preciso acabar de vez com toda essa bobagem. Foi apenas um sonho maluco, nada mais.

— Fale-me sobre ele — peço a Della. — Como ele é? Por que você o acha tão incrível?

Ela se vira para mim, com os olhos arregalados e cheios de lágrimas.

— Ele é tão bom! Dez vezes melhor do que todo mundo que eu conheço. Ele se importa demais com as outras pessoas. Não com o que as outras pessoas pensam. Na verdade, ele não dá a mínima para o que os outros pensam. Ele simplesmente se importa *com* as outras pessoas.

— E o que mais? Ele é inteligente? Como é a personalidade dele?

— Ele é... bastante inteligente. Mas não faz questão de mostrar isso por aí, sabe? Ele é calado. Presta atenção ao que está acontecendo ao redor, mesmo quando parece que não está ligando. E ele percebe detalhes, detalhes bem loucos. Tipo, ele sempre sabe quando eu depilo as sobrancelhas, ou quando mudo a cor do meu esmalte de unhas. E ele gosta... sei lá. Nós gostamos das mesmas coisas.

Não tenho certeza se isso diz muito a respeito de Kit, levando em conta que a vida de Della se resume a dormir tarde, comprar biquínis e ir de vez em quando a shows de rock à noite.

— Ele só está ocupado, só isso — digo a Della. — Não tem nada a ver com você.

Ela faz que sim com a cabeça e volta imediatamente a olhar para a televisão, com a mesma expressão de tédio, fechando-se em seu próprio mundo. É bem típico da minha amiga: quando não há ninguém apaixonado por Della, ela fica sem ação e começa a dar defeito.

KIT NÃO DÁ AS CARAS POR UMA SEMANA. E DELLA PASSA TODOS esses dias na minha casa. Ela me segue por todos os cômodos, pede coisas para comer e chora com a cabeça enfiada nas minhas almofadas personalizadas. Sugiro que ela vá até o lugar onde Kit trabalha e pergunte a ele o que está acontecendo. Mas ela diz que só garotas bregas ficam no pé dos homens, e em vez de persegui-lo no mundo real, Della resolve fazer isso no mundo virtual, pelo Facebook.

Tento sair de casa sempre que posso, mas ela me pergunta se pode me acompanhar. Eu me sinto constrangida em lugares nos quais uma pessoa não deveria ser submetida a constrangimento: no supermercado, na lavanderia e até no posto de gasolina — onde Della chega a sair do carro para ficar parada perto de mim enquanto abasteço o veículo. Finalmente encontro uma brecha para escapar sem ser vista, enquanto ela está usando o banheiro, e dez minutos depois ela começa a ligar para o meu celular sem parar, num ataque de descontrole, e acabo atendendo.

— Onde você está? — ela choraminga.

Quando respondo que saí para ir até a livraria, ela avisa que vai me encontrar lá. E aparece na livraria usando óculos escuros enormes e um vestido preto bem justo.

— Por que está vestida desse jeito? — pergunto. Estou agachada na seção de romances populares, em busca de aventura, sexo e emoções à flor da pele.

— Kit está aqui — ela diz. — Eu vi no Instagram dele.

Kit postou uma foto em uma livraria? Ele quase nunca posta nada.

— Aonde você pensa que vai com essa roupa? Para alguma balada no meio do dia ou coisa parecida?

— *Shhhh!* — Della faz, acenando com a mão para me pedir silêncio. — Ele vem aí.

Estou segurando o livro *Insaciável Desejo* quando Kit surge diante de nós. Fico de pé, pois não gosto de conversar com os joelhos dos outros, e olho para Della. A expressão no rosto da minha amiga é de indiferença, mas percebo que suas mãos estão trêmulas. Estou bem no meio de uma briga de casal, e não sei direito o que fazer.

— Vá com calma — sussurro. — Ele é só um garoto com um monte de explicações para dar.

Ela endireita os ombros, e vejo o seu pequeno queixo pontudo se projetar para a frente.

A primeira coisa que Kit nota é o meu livro.

— Caramba! — ele diz. — Insaciável, é? Estamos falando de umas três vezes por dia, pelo menos?

Ponho o livro de volta na prateleira.

— Por onde você tem andado, Kit? — Della pergunta com ressentimento na voz. Sinto a tensão no ar, mas tento parecer solidária à minha amiga.

— Nos mesmos lugares de sempre — ele responde sério. — Por que você está usando óculos escuros aqui dentro?

Della tira os óculos do rosto num gesto brusco, exibindo os olhos inchados.

— Você não retornou nenhuma das minhas ligações. Estou um caco.

Dou alguns passos para trás, tentando sair à francesa da seção de Romances Eróticos antes que eles comecem a brigar.

Kit esfrega a nuca com a palma da mão.

— Ah, peço desculpa por isso. Quando estou escrevendo fico muito desligado.

— Escrevendo? — Della repete, sem entender nada.

— Pois é — ele diz. — Andei trabalhando em um projeto novo.

— O que é que você escreve? — pergunto sem pensar.

Ele me vê no fim do corredor e sorri para mim de uma maneira engraçada.

— Nada de mais, Helena. É só uma experiência. — Ele olha para Della. — Mas dessa vez eu entrei de cabeça. Não durmo há dois dias. — Então, Kit me olha de lado e diz: — Tenho bebido bastante café nos últimos dias.

Bem-vindo ao clube, eu gostaria de dizer a ele. *Tanto dos que não dormem quantos dos viciados em café.*

— Eu... eu não sabia — Della murmura. — Parece que você não quer falar comigo.

Kit suspira. Profundamente.

— Algumas vezes não sou muito bom em manter contato. Eu desapareço. Não tenho a intenção de magoar ninguém, eu juro. É que fico envolvido demais com as coisas que estou fazendo.

— Sei — ela diz. — Agora eu me sinto uma idiota.

— Não há razão para isso.

E então eles se beijam na seção de Romances Eróticos, cercados pela palavra "sexo". E a primeira coisa que me ocorre é que Kit está me traindo bem na minha cara. Bem, a traída não sou eu na verdade, e sim a Helena do sonho. De todo modo, isso me parece estranho e rude.

Volto para casa, enfim, sem levar livro nenhum. Pelo menos terei o meu apartamento de volta.

CAPÍTULO 5

#arte

DEPOIS DOS EXAMES FINAIS, EU ME INSCREVO EM UM CURSO DE arte. Não conto nada sobre isso a Neil. É uma coisa estúpida, eu sei. Você tem um sonho estranho e começa a pensar que seu destino é se tornar uma celebridade do mundo dos livros de colorir. Mas o meu professor é um velhote excêntrico chamado Neptune, que anda descalço pela sala de aula e cheira a Vick Vaporub. Assisto às suas aulas com grande interesse. Ele nos conta que, quando era jovem, Joan Mitchell o contratou para pintá-la nua. Se eu não me tornar a melhor aluna dele ao final do curso, a vida não vai mais nem valer a pena. Quem sabe ele até queira me pintar nua? Isso é bizarro? Meu Deus, sou tão estranha. Ainda não mostrei talento especial em nenhum dos trabalhos dados pelo professor, mas certa vez Neptune me disse que gostou da minha interpretação de um cavalo-marinho.

— É como um cavalo-marinho que nasceu no céu — ele diz. Sinto cheiro de vodca em seu hálito, mas tudo bem. Afinal, quase todos os grandes artistas bebiam ou se drogavam. Emolduro o meu cavalo-marinho celeste e o penduro na parede do meu quarto. Estou apenas começando. Ainda serei uma artista imbatível um dia.

ALGUMAS SEMANAS MAIS TARDE, DELLA NOS CONVIDA PARA jantar em seu apartamento. Não me encontrei mais com ela nem com Kit desde o beijo obsceno na livraria. E não quero encontrá-los. Tenho me esforçado para não pensar mais em Kit de jeito nenhum. Nem na ocasião em que, durante uma aula de arte, desenhei uma casa na árvore que mais parecia uma minivan. Nem mesmo quando bato ovos. É fácil esquecer um cara que tem olhinhos doces e um semblante melancólico. Não é o tipo de coisa que me seduz.

— Não quero ir — digo a Neil. — Preciso procurar um emprego. Já sou adulta.

— Você não vai deixar de ser adulta se sair por uma noite — ele responde. — Della tem reclamado de que vocês não se veem há séculos.

Bem, comigo Della não reclamou. Eu me pergunto por que ela teria falado com Neil sobre esse tipo de coisa.

— Tudo bem, eu topo. Mas ela não sabe cozinhar. É melhor comermos alguma coisa antes de irmos para lá.

Neil concorda, e nós decidimos comer no Le Tub antes de ir para a casa de Della. O Le Tub é um restaurante litorâneo de Miami, conhecido por sua decoração despojada que inclui até privadas e banheiras. Com sorte, você pode conseguir uma mesa com vista para o mar e, com mais sorte, ainda verá peixes-boi nadando por ali. Alguém me disse certa vez que esse é um dos restaurantes favoritos da Oprah Winfrey, mas façam-me o favor — não dá para levar uma informação dessas muito a sério. A Oprah tem um monte de coisas favoritas.

DEPOIS DE SECAR BEM O MEU CABELO COM O SECADOR, VISTO um lindo short de seda e uma blusa. Neil assobia quando me vê. Decido que vou tentar me vestir de modo sedutor com mais frequência.

— Poxa, que coxa! — ele diz.

— Bom demais para ser verdade, não é? Você merece — digo, e meu rosto fica vermelho no mesmo instante. Nunca disse coisas desse tipo. Que constrangedor. Mas Neil gosta da minha atitude. Ele me faz beber três copos de vinho. Mais tarde, no estacionamento, depois de jantarmos, nós nos abraçamos com intensidade. Os dedos dele deslizam por debaixo do meu short, e ele beija a minha orelha.

Sim, neste momento o meu nome é sedução. Como poderia saber que o vinho libertaria essa sedutora em mim?

QUANDO CHEGAMOS, DELLA COMENTA QUE ESTAMOS cheirando a carne. Ela se aproxima de mim para cheirar o meu cabelo, mas eu a empurro para que se afaste. Mentimos dizendo que o cheiro vem do purificador de ar no carro de Neil, e entrego a ela uma garrafa de vinho. O lugar parece diferente. Nem parece a casa de Della. Examino a sala de estar com desconfiança. Tudo está limpo e organizado. Nenhum sinal de morador do sexo masculino. Não que seja da minha conta...

Ela nos conduz pela sala até a mesa de centro, sobre a qual foi colocada uma bandeja com aperitivos.

Engulo em seco. Ah, merda. Mesmo tendo acabado de jantar, não consigo me conter e experimento os quitutes. Canapés de salmão, tortinhas de carne, queijo brie com massa folhada. Deixo cair molho de manga em minha blusa, mas isso não me incomoda muito. O botão do meu short está afundando em meu estômago. Della me serve uma taça de vinho e, enquanto estou tentando limpar o molho da roupa com a mão, o vinho respinga em minha blusa.

— Onde foi que você comprou isso? — pergunto, com a boca cheia de queijo.

— Não comprei nada — ela responde. — Kit preparou tudo.

O queijo fica atravessado em minha garganta e eu engasgo. É terrível — como se a minha suposta vida inteira passasse como um filme diante dos meus olhos —, e é tão chato. Que garota mentirosa. Neil bate nas minhas costas. Estou curvada para frente e com os olhos cheios d'água quando Kit entra na sala, carregando em suas mãos uma bandeja com alguma comida.

— Não gosta disso? — ele pergunta.

Olho para a calça jeans rasgada dele e balanço a cabeça em silenciosa censura. *Desleixado. O que pensa que é? Um chef profissional? Só se for da ralé.*

— Está delicioso — respondo. — Um trabalho digno de um chef talentoso. De alguém que tem *muita* experiência na cozinha.

Com um sorrisinho irônico, Kit coloca a bandeja na mesa.

— Até parece que é difícil fazer isso — ele comenta. — É tão fácil quanto fazer ovos mexidos.

Engasgo com o vinho.

— Helena, o que está acontecendo com você esta noite? — Neil diz, passando-me um guardanapo.

— Acho que estou indo rápido demais com as coisas, só isso. Engasgando com tudo.

— Tem queijo no seu cabelo — Kit avisa. — Bem aí. — Ele aponta para o local, mas eu não retiro o intruso. Deixo o queijo aproveitar o passeio em meu cabelo.

Della bate palmas e avança sobre a bandeja que Kit acaba de trazer, pegando uma vieira embrulhada no bacon.

— Agora não vou ter mais que aprender a cozinhar! — ela diz alegre. — Kit pode cuidar disso!

Eu me pergunto se algum dia ela já fez planos para aprender a cozinhar. Principalmente depois que me tornei a sua principal fornecedora de guloseimas desde o ensino médio.

— O que temos para o jantar? — pergunto, afundando-me no sofá.

— Peixe — Kit responde. — Que eu mesmo pesquei.

Não pode ser. Isso não pode estar acontecendo.

— Que adorável! — comento, e me volto para o meu namorado. — Neil, você pode colocar mais vinho na minha taça? Isso, isso mesmo... pode encher até a boca...

ACABO DESCOBRINDO QUE POSSO COMER BEM MAIS DO QUE penso, sobretudo se a comida é deliciosa como essa. Quando por fim terminamos de jantar, não consigo nem parar em pé. Neil adormeceu com a cabeça em cima da mesa e Della está se divertindo sozinha com o karaokê no quarto. Kit me leva até a sala de estar, estranhamente sóbrio, e com a ajuda dele eu me sento no sofá de dois lugares.

— Vou fazer café — ele avisa, caminhando na direção da cozinha.

— Você mentiu sobre o café também? — pergunto num tom de voz contrariado. Agarro-me às almofadas para não escorregar para o chão.

Kit está segurando quatro taças de vinho entre os dedos de uma só mão. Ele para e pensa no que acabo de dizer, e fico me perguntando como diabos ele consegue segurar aquelas taças com tanta destreza.

— Não, eu lhe disse a verdade. Provavelmente foi por isso que comecei a escrever o livro. Fiquei viciado em café e não consegui dormir à noite. Obrigado por isso.

Reviro os olhos.

— Ei, tenho uma coisa pra você — ele continua.

41

— Você tem uma coisa pra *mim?* — Fico surpresa.

— Isso mesmo, Helena. Espere, eu já volto.

Ele desaparece no quarto de Della e sai de lá trazendo uma sacola marrom.

Pego a sacola com cuidado.

— O que será que eu vou encontrar aqui, Kit?

Enfio a mão na sacola e retiro um livro. *Desenho para Iniciantes,* leio. Meu cérebro continua embebido em vinho, mas a situação é tão assombrosa que me dá calafrios.

— É um começo — ele observa. — Se você já faz os seus rabiscos, agora pode aprender a fazê-los realmente bem.

Engulo em seco.

— Por que você escolheu este livro entre tantos? — pergunto, olhando para ele.

— Sim, havia mesmo vários tipos de livros. Mas achei que você fosse gostar deste por causa dos castelos e dos unicórnios.

Espero que ninguém ouça o meu coração batendo mais forte neste exato instante. Pela primeira vez em dias não acho que esteja ficando louca. Na verdade, considero que o mundo todo enlouqueceu. Estou presa em um sonho. O sonho invadiu a minha vida. *Que diabos está acontecendo?*

CAPÍTULO 6

#chegadisso

LEIO O LIVRO QUE KIT ME DEU DE PRESENTE E DEPOIS LHE mando uma mensagem de texto para agradecer. Ele age como se não tivesse feito nada de mais. Típico. Ele não faz ideia do que esse "nada de mais" significou para mim.

Quando é que você vai me deixar ler o livro que está escrevendo?

A resposta dele chega quase imediatamente.

K: Caramba! Você quer mesmo ler?

Deito de costas na cama, excitada. Se eu tiver a oportunidade de ler o livro de Kit, talvez consiga mais informações a respeito dele.

Claro que quero! Eu adoro ler.

K: Tudo bem, então vou enviá-lo a você. Só preciso que saiba de uma coisa: no meu livro não há membros eretos nem mamilos intumescidos.

O celular cai bem no meu rosto antes que eu tenha tempo de responder. Posso até ficar com um olho roxo amanhã, mas em compensação terei o manuscrito inacabado de Kit.

Minha nossa! O que é que faz você pensar que eu leio esse tipo de coisa?

K: Eu não sei. Falei uma grande bobagem. Você é certinha demais para apreciar uma boa trepada.

Hein? Isso me deixa nervosa. Não sei se nós ainda estamos brincando ou se ele de fato acredita que eu seja assim. De qualquer modo, isso não importa. Sou uma fera na cama. Como uma daquelas personagens dos meus romances eróticos, com os casais abraçados na capa em poses sensuais. É tudo mentira, mas ninguém precisa saber disso.

DEPOIS DE ENVIAR PARA KIT O MEU ENDEREÇO DE E-MAIL, PEGO o meu caderno de desenho. De repente me ocorre que desde que tive aquele sonho tenho tentado obsessivamente torná-lo real. Partes dele, pelo menos. Qual seria outra explicação para eu ter entrado em um curso de arte sem nunca ter desenhado nada de proveitoso em toda a minha vida? E se eu jamais alcançar nenhum progresso relevante? Isso vai significar que o meu sonho fracassou? Ou que eu fracassei?

Não consigo fazer mais nada neste dia a não ser esperar a chegada do manuscrito de Kit. Eu devia estar procurando um emprego — um belo e sossegado emprego de contadora para acomodar o meu cérebro recheado de números. Eu era a primeira da classe na universidade. Já tenho e-mails se acumulando em minha caixa de entrada, mensagens de uns tios meus que estão procurando um contador. Da ginecologista da minha mãe, que conhece uma pessoa interessada em contratar um contador. Até o meu tio Chester está procurando um contador para o seu negócio de raspadinha de gelo. Ele inclusive diz que tenho à minha disposição toda a raspadinha que eu puder comer.

Mas em vez de dar atenção a isso, eu me envolvo com meus desenhos. Na semana passada, quando examinava uma árvore desenhada por mim, Neptune produziu um estranho ruído, que veio do fundo de sua garganta. Não sou especialista em interpretar grunhidos, mas me pareceu que Neptune reagiu assim porque o meu trabalho causou nele um grande impacto positivo. Depois disso, imitei esse ruído em duas ocasiões — uma vez num restaurante, na companhia de Neil, que me perguntou se havia alguma coisa obstruindo a minha garganta; e outra vez quando falava com a minha mãe ao telefone, e ela insistiu em me levar sopa porque achava que eu estava ficando gripada. Algumas pessoas não conseguem se expressar com a eficiência necessária. Elas não têm culpa disso.

Kit finalmente me envia o seu romance. O livro aparece na caixa de entrada do meu e-mail com o título *As pessoas que não agem*. Não sei o que isso significa. Mas quando transfiro o material para o meu iPad, vejo que tem apenas seis capítulos. Fico desapontada. Não esperava menos que um *Guerra e Paz*, depois de ele ter passado tanto tempo fugindo de Della. Eu me acomodo na minha cama com um pacote de castanhas de caju e o livro do meu marido do sonho. *Não o marido dos meus sonhos, apenas o marido do sonho*, eu digo a mim mesma.

44

Na história de Kit, dois caras amam a mesma garota. Um dos caras é imprudente e impetuoso; ele se alista no exército e quase perde o braço em uma explosão. O outro é um bibliotecário, uma pessoa muito introspectiva, um tipo de perseguidor. Obcecado, ele segue os passos da garota, Stephanie Brown, e a observa. Em quem diabos Kit se inspirou para criar sua personagem Stephanie Brown? Só ele pode dizer. Stephanie é medíocre. Ela possui tudo o que qualquer garota bonita possui, mas nem implorando a ajuda dos céus consigo entender por que George e Denver são tão loucos por ela. Com o tempo descobrirei, acho eu. Kit segue desenvolvendo a história devagar, e a obsessão vai se revelando. No final, eu também acabo me apaixonando loucamente por Stephanie Brown. Fecho o arquivo depois de terminar o capítulo seis e abro o meu e-mail.

Eu quero mais.

Aperto o botão ENVIAR. A resposta dele não demora a chegar. Ouço o aviso de chegada de e-mail bem no momento em que estou lançando castanhas de caju no ar e pegando-as com a boca. A resposta de Kit é vibrante e consiste de uma só palavra.

Sério?!

Gosto de ver o ponto de exclamação seguido pelo ponto de interrogação. É muito estimulante.

Sim, eu respondo. *Já escreveu mais alguma coisa depois do capítulo seis?*

Um novo arquivo entra na minha caixa de correio quase de imediato. *Mais seis capítulos!* Mas eles terão de esperar. Tenho aula de arte. Visto-me toda de preto para invocar a artista que habita em mim, e prendo o cabelo em um coque.

Ao entrar na sala de aula, Neptune me cumprimenta com um aceno de cabeça. Todos na classe estão me levando mais a sério ultimamente. Eu me pergunto se ele acenava dessa maneira para Joan Mitchell quando era um jovem. Hoje em dia, há muito mais liberdade para se fazer arte.

— Desenhem qualquer coisa que vocês desejarem! — Neptune anuncia categórico.

Sinto-me inspirada hoje. Desenho George, Denver e Stephanie Brown. Todos de mãos dadas, ao lado do barco de pesca que restauraram juntos. Só que eles não têm exatamente a aparência de pessoas comuns. Em George desenho canhões em vez de braços, e Denver recebe um gigantesco computador no lugar da cabeça. Stephanie Brown eu desenhei toda desarrumada, com os delicados ombros caídos, numa postura negligente. Neptune reage com entusiasmo quando para ao lado da minha mesa. Ele bate palmas.

— Durante todo esse tempo você só desenhou árvores e submarinos, mas só agora o seu real talento apareceu — ele diz. — Arte popular impressionista.

Abro um grande sorriso. Levo o meu trabalho para casa a fim de mostrá-lo ao Kit. Quando chego em casa, porém, Neil está me esperando do lado de fora. Parece tão furioso que por um momento penso em voltar correndo para dentro do carro.

— O que há de errado? — pergunto enquanto pego a minha chave. Neil tem uma chave da minha casa, não entendo por que ficou me esperando do lado de fora.

— Você esqueceu o jantar — ele me repreende. Olho para Neil sem compreender o que se passa, e então ele repete o que acaba de dizer, só que com mais ênfase. — O jantar!

O jantar, o jantar...? Mas que jant... Ah, não! O jantar!

A culpa me atinge com a fúria de uma tempestade. Sinto-me patética e triste e chego a ter náuseas. O jantar de Neil. O jantar que seu chefe ofereceu a ele para comemorar a sua entrada na empresa. Era um evento muito importante. Compramos uma garrafa de champanhe para celebrar e escolhi a roupa que usaria — nem ousada demais nem comportada demais. Como pude esquecer o jantar de Neil? Nem sei como expressar as minhas desculpas com palavras. Tento, mas abro e fecho a boca sem conseguir articular nada inteligível. Enquanto isso, Neil fica esperando que eu diga alguma coisa, com o cabelo arrepiado e a gravata desatada.

— Neil — arrisco. — Por que você não me enviou nenhuma mensagem? Eu...

— Eu enviei. A noite inteira.

Pego o meu telefone celular. O aparelho não está funcionando. Está morto. Desde quando está sem bateria? Fiquei tão concentrada no iPad e no computador que esqueci de recarregar o celular.

— Sinto muito, Neil. Mesmo.

— Onde você estava?

Imagino que já é hora de entrarmos para continuar essa conversa. Abro a porta e olho para Neil atrás de mim. Ele hesita em me seguir para dentro de casa, então começo a acreditar que ele veio até aqui para terminar tudo comigo.

— Vou explicar tudo — digo. — Mas venha, vamos entrar. Você pode romper comigo depois.

Ele se arrasta para dentro e se senta no sofá. E fica ali parado, desanimado, com a cabeça abaixada e os ombros caídos. Sinto um aperto no peito. Que filha da puta egoísta eu sou!

— Não contei a ninguém, mas estou fazendo um curso de arte — revelo sem vacilar. — Faz seis semanas. Menti quando disse que estava procurando um emprego. Não quero um emprego. Ou melhor, quero, mas não um emprego chato de contadora. Era lá que eu estava esta noite. Esqueci o compromisso do jantar porque sou egoísta e estúpida, e estava mexendo com carvão e papel.

Neil fica em silêncio por um longo momento, olhando para mim como se nunca tivesse me visto antes.

— Arte?

Faço que sim com a cabeça.

— É por isso que ultimamente você tem desenhado em qualquer papel que vê pela frente?

Confirmo de novo com um aceno de cabeça.

— Que coisa estranha.

— Eu sei — digo, com as palmas das mãos viradas para cima. — É estranho para mim também. Acho que estou tentando me encontrar e fazer alguma coisa útil com isso.

Neil parece perplexo.

— Eu conheço você há anos, Helena. Uma das coisas que sempre amei em você é o fato de você saber o que quer. Enquanto todas as outras garotas vagavam aos tropeços pela vida, cheias de dúvidas, você nem sabia o significado da palavra dúvida.

— As pessoas mudam, Neil. Você não pode esperar que eu seja a mesma durante toda a minha vida, que jamais me modifique. Merda! Eu só tenho vinte e três anos e você já está fazendo todo esse drama porque algumas coisas mudaram em mim.

Neil levanta as mãos numa atitude de defesa diante da minha irritação.

— Helena, não foi isso que eu quis dizer. Só estou surpreso, só isso. Há pessoas contando com você. Você não pode simplesmente tomar um caminho diferente e não avisar ninguém. Até mesmo Della...

— Até mesmo Della o quê? — grito. — Há quanto tempo você e Della estão falando de mim pelas minhas costas?

— Não é nada disso, e você sabe. Estamos preocupados com você. Os seus pais também. Não têm notícias suas há semanas.

Ele está certo. Meus pais gastaram todas as suas economias para pagarem minha faculdade. Fizeram grandes sacrifícios. Tudo para que eu pudesse ter uma boa vida. Eu tinha facilidade com números e contabilidade parecia um caminho natural a ser seguido. Durante a minha infância inteira jamais mostrei o menor talento artístico. Na época em que tive aulas de piano, meus dedos pareciam pesados e desastrados. Depois de dois anos de piano, mal sabia tocar "O Bife".

Afundo no sofá e cubro o rosto com as mãos. Meu Deus, o que a minha mãe vai dizer? Isso é um pesadelo. *Não!* Isso *foi* um sonho!

— Você tem razão, Neil. Por favor me desculpa? Eu me sinto tão idiota.

Em questão de segundos, ele está ao meu lado, massageando as minhas costas, confortando-me. Eu me recosto nele, sentindo-me exausta. O que foi que eu fiz da minha vida nas últimas seis semanas?

— Vou colocar ordem nas coisas — digo. — Não sei o que aconteceu comigo.

NÃO VOLTAMOS A FALAR SOBRE O JANTAR AO QUAL NÃO compareci. Também não falamos mais das aulas de arte, que eu acabei abandonando. Encontrei um emprego e voltei a ser eu mesma. Meus sonhos caíram no esquecimento.

CAPÍTULO 7

#herói

TENHO DOIS VÍCIOS POUCO SAUDÁVEIS: KIT KAT E KFC. NÃO costumo falar sobre isso. Não gosto de aborrecer os outros com informações desagradáveis a meu respeito. Às vezes, o meu cabelo cheira a frango frito e, de vez em quando, é possível encontrar algum vestígio de chocolate no chão do meu quarto. Mas não vamos falar sobre essas coisas. São segredos que mantenho escondidos.

Tenho tido sonhos diferentes com Kit, sonhos menos realistas, mas ainda assim assustadores. Em consequência disso, minha língua fica avermelhada e minhas coxas empapadas de suor.

Começo em meu novo emprego com uma calça nova que comprei na Zara. Eu tive que comprar um novo par no caminho, porque... KFC. O primeiro dia de trabalho é algo um tanto constrangedor para mim; por sorte, várias pessoas estão começando junto comigo, de modo que consigo passar mais ou menos despercebida quando todos se reúnem.

Kit não fez o mesmo tipo de faculdade que Neil, Della e eu. Ele foi para uma faculdade comunitária e se formou um ano antes de nós. Segundo Della, ele está cursando pós-graduação e trabalhando à noite. Por isso, quando estou a caminho do trabalho certa manhã e um pneu do meu carro fura, e tenho de acionar o resgate, fico surpresa quando Kit aparece em sua caminhonete branca. Ele está de óculos Ray-Ban prateados e mastiga um palito de dentes.

— Ei! — Kit diz, caminhando na minha direção. — Vim resgatar você.

— Bela calça de flanela. O resgate já está a caminho. Mas obrigada pela atenção mesmo assim.

Ele dá uma risadinha e se agacha ao lado do meu carro, verificando o pneu.

— Foi um prego — ele avisa.

Os carros trafegam atrás dele e o vento que produzem ao passar faz a camisa de Kit levantar um pouco, revelando sua pele bronzeada. Quero dizer a ele que tome cuidado, mas seria um aviso óbvio demais. Então apenas me coloco de lado, com os braços cruzados, e fico me lamentando. Quando Kit finalmente se levanta e caminha até onde eu aguardo, esfrego as palmas das mãos nas minhas pernas arredondadas e tento não fazer contato visual.

— Como está quente — digo. — Odeio a Flórida.

— A Flórida odeia você. Você devia se mudar para um lugar com clima mais ameno.

— Alguma sugestão? — pergunto. Coço o queixo e espero pela resposta, mas já sei o que ele vai dizer. *Wa... Wa...*

— Washington. É o lugar perfeito.

— Ah, é mesmo? Você esteve lá?

— Sou de Washington — ele responde, limpando as mãos em uma bandana azul que ele puxa do bolso de trás. — Port Townsend.

Jogo a cabeça para trás e olho para o céu. A velha ansiedade está de volta com força total. Vou precisar de muito frango frito e todos os Kit Kats do mundo para lidar com isso.

— Acho que você mencionou isso um dia desses — enuncio. Mas eu sei que ele nunca falou nada sobre isso antes. Pelo menos, não que eu me lembre. Mas se essa informação estiver guardada em algum recanto do meu subconsciente, então isso explicaria por q...

— Não, não mencionei nada a respeito. Não gosto de dizer às pessoas de onde eu sou, a menos que me perguntem.

— Por que não? — Olho para ele.

— Porque se você diz isso às pessoas elas acham que conhecem você, e não quero ser conhecido.

— Que bobagem. Todo mundo quer ser conhecido. — Ergo ao máximo a cabeça para ver se o veículo do serviço de assistência está chegando. *Rápido, por favor, rápido!*

— Exceto aqueles que não querem, Helena.

— Por que você me disse, então?

Kit olha para o céu e posso ver as nuvens refletidas nos seus óculos escuros.

— Não sei — ele responde.

Essa afirmação me surpreende, e por um instante o espanto fica claro na expressão do meu rosto. Ainda bem que ele não vê a minha reação.

— Como é que você sabia que eu estava aqui, afinal? — pergunto.

— Eu enxergo.

Eu o fito com evidente desaprovação, para que ele perceba que essa situação não me agrada.

— Eu estava dirigindo, Helena. Você chama a atenção, não dá pra não notar você.

Eu chamo a atenção? Chamo a atenção? Ele falou isso por causa das minhas pernas? De qualquer maneira, não importa, porque o veículo de resgate desponta na rua e se aproxima veloz, como um golden retriever entusiasmado.

Chega na pior hora possível, como tudo na minha vida...

Kit permanece comigo enquanto um cara que parece o Ben Stiller troca o meu pneu.

— Será que a carreira de ator está devagar e ele resolveu fazer um bico? Ei, você viu *Zoolander?* — ele sussurra, fazendo uma careta engraçada.

— Ele esteve em tantos filmes e você escolhe justamente esse, que eu não vi. — Suspiro. — É sobre um zoológico ou algo assim?

O sósia de Ben Stiller bate a mão uma na outra para limpar o pó. O serviço está terminado, e ele já está livre para salvar outra pessoa.

— Obrigada por parar o carro — digo a Kit. — E por me fazer companhia.

— Não precisa agradecer. Você é mesmo um coração solitário, não é?

Um coração solitário. Será que sou? Desvio o olhar, embaraçada.

— Não sou solitária — respondo.

— Não mesmo, Helena?

Volto a olhar para ele, chocada. Ele tem um sorriso satisfeito no rosto e parece muito seguro de si.

— Bom, a gente se vê, Helena.

Kit tem um modo único de dizer o meu nome e sorrir ao mesmo tempo. Ninguém mais sorri assim quando diz o meu nome. Pelo menos nunca notei. Neil com certeza jamais fez isso, já que ele dificilmente ri.

Della pronuncia o meu nome choramingando, na maioria das vezes, e os meus pais me chamam de Lena num tom de voz fofo e meloso, como se eu fosse uma criança.

Quando enfim consegui pronunciar o nome dele e me despedir, ele já estava indo embora em sua caminhonete. Isso não é real — nada disso é verdade. Minha fascinação por Kit, meu súbito interesse por arte. Provavelmente isso não passa de uma crise dos vinte e poucos anos. Eu já tinha dado uma busca no Google sobre o assunto digitando *O que há de errado comigo?* Cheguei a um site ".org", reconhecido como organização sem fins lucrativos, portanto confiável. Li nesse site que algumas vezes, quando uma pessoa passa por uma dura mudança na vida, ela perde a familiaridade com a sua realidade e tenta criar algo novo, algo com que possa se sentir mais confortável. É o que está acontecendo comigo. Considerei a possibilidade de comentar o artigo, apoiando o autor com a minha história. Imaginei o autor checando o artigo todos os dias, esperando que alguém como eu compartilhasse o seu colapso com a toda a comunidade. No final das contas, a vergonha superou a vontade de fazer o relato e desisti da ideia.

O calor do sul da Flórida rouba cada gota de água que existe no meu corpo. Não, roubar não é a palavra mais precisa; ele transfere toda a água do meu corpo para minha roupa. Levanto os braços para ventilar as axilas. Foda-se. Ligo para o trabalho e aviso que não irei. Alego problemas com o meu carro. Dirijo seguindo a mesma direção que Kit tomou. Ele mora em Wilton Manners. Vi fotos do condomínio dele nas na sua página no Facebook. A Flórida é bem isso — quase não há prédios individuais, mas sim muitas áreas residenciais cheia de prédios espalhados, pintados de vários tons de rosa-alaranjado, com academia e piscina. Posso encontrar o endereço de Kit. E se ele estiver no trabalho? Onde ele trabalha? Della me disse que ele está fazendo pós-graduação e trabalhando em um bar em algum lugar do centro da cidade. O Facebook me informa o local onde ele trabalha. Perfeito.

Eu xingo o ar-condicionado e decido que o melhor a fazer é procurar Kit Isley. Sei lá, para trocar algumas palavras pelo menos, talvez conversar em particular, para que eu o tire da cabeça de vez. Afinal de contas, Della e eu temos gostos completamente diferentes no que diz respeito a homens. Vou me livrar dessa merda de situação de uma vez por todas. E na segunda-feira já terei voltado ao normal, navegando nas águas calmas da minha vida estável e planejada. Com Neil no banco do motorista. Neil. Neil.

Neil

Neil

Neil

CAPÍTULO 8

#fodaseoamor

KIT TRABALHA NO BAR TAVERN ON HYDE. CHEGO AO ESTABELE-cimento às seis da tarde e me sento no balcão. O bar é muito elegante; não imaginava que ele trabalhasse num lugar assim tão estiloso. Esperava alguma coisa mais convencional. Eu sei, eu sei... É essa minha maldita mania de criticar tudo. Peço vinho a uma atendente, uma garota com *piercings* no rosto. Ela me avisa que seu turno terminou e Kit é quem me atenderá quando ela se for.

— Ele ainda não chegou — diz a garota. — Deve aparecer a qualquer momento.

— Que tipos de vinho você tem aqui? — pergunto quando ela começa a se afastar. Ela não me escuta.

Envio uma mensagem de voz para Neil e me endireito no banco quando vejo Kit entrando no bar. Está vestindo uma camisa com o colarinho abotoado, calça preta e suspensórios. Ele não é o meu tipo, mas está bem sexy vestido assim. Também, usando suspensórios... Quero dizer, quem não ficaria gostoso vestindo suspensórios? Bem, talvez eu esteja exagerando e deva parar de assistir *Game of Thrones*, mas o fato é que suspensórios mexem demais comigo.

Kit vai direto para o computador e registra a hora da sua entrada. Antes que ele se vire e me veja, deixo cair vinho na minha blusa sem querer. O líquido vaza pelo canto da minha boca, como sempre. Preciso realmente que um médico examine essa falha nos meus lábios. Estou esfregando a minha blusa quando ele diz o meu nome.

— Helena?
— Sim. Eu mesma.

Ele se inclina no balcão diante de mim, observando-me. Continuo passando a mão na blusa, sobre o seio, no lugar onde o vinho caiu, mas logo paro.

— Você é tão desajeitada.

— Talvez porque você sempre diga coisas desagradáveis — replico.

— Por isso é que nós não podemos ter assuntos legais — ele diz, entregando-me uma xícara de água com gás e um pano.

Todos esses comentários sobre "nós" estão me dando nos nervos.

— Esta blusa estava em promoção — digo. — Doze dólares na Gap.

— Sei — ele comenta, afastando-se na direção de outro cliente. — Isso foi estranho.

Não dou a mínima importância. Tenho problemas maiores, como os meus lábios disfuncionais.

O movimento no bar aumenta mais e mais depois que nos falamos, e Kit vem até mim algumas vezes para me trazer bebidas. Ele não pergunta o que quero; apenas me traz coisas. A primeira atração que ele me oferece é um martíni com uma coisa branca e pegajosa flutuando na bebida.

— O nome disso é lichia — ele explica. — Você vai gostar.

E a tal fruta é mesmo gostosa. A certa altura, ele me traz vinho, branco desta vez. Recebo pratos que não pedi: vieira com bacalhau e maracujá. Nunca comi vieira, mas ele me diz que é seu favorito. O alimento tem a textura de uma língua, e por um instante considero a possibilidade de ele estar me enviando alguma mensagem. O tempo passa, e no momento em que estou saboreando a sobremesa há poucos clientes no bar. A música que sai das caixas de som é de Nina Gordon. Estou muito bêbada. Uma coisa me ocorre: como seria engraçado dançar ao som dessa música no restaurante vazio. Esse pensamento me dá a certeza de que estou bêbada — porque eu danço mal, e uma ideia dessas só me passaria pela cabeça se estivesse bem bêbada.

Kit se senta no banquinho ao lado do meu. O que realmente gosto em Kit é que em nenhuma ocasião ele perguntou por que estou aqui. Como se fosse a coisa mais natural do mundo a melhor amiga da sua namorada aparecer no seu trabalho e ficar ali plantada o tempo todo, sozinha.

— Vamos fechar dentro de uma hora. Posso levá-la para casa, se quiser.

— Vou chamar um carro pelo Uber — respondo. — Não precisa se incomodar.

Ele balança a cabeça numa negativa.

— Não sei se é a melhor saída para você, Helena. Se o motorista do Uber perceber toda essa sujeira na sua roupa, ele pode pensar que você não tem dinheiro para pagá-lo.

— É verdade. — Diante de mim, no balcão, há copos de água com gás e um guardanapo de pano amassado que usei para tentar tirar as benditas manchas de bebida da roupa. Kit empilha os pratos que restaram da minha refeição. Tiro a carteira para acertar as contas, mas ele faz um aceno de recusa com a mão.

— Esta noite é por minha conta.

Estou zonza demais para argumentar.

— Poderemos ir embora em meia hora — Kit avisa. — Tudo bem?

Concordo com a cabeça. Quando ele se afasta, peço um carro do Uber, e rabisco um bilhete num guardanapo de papel. Eu o coloco debaixo do meu copo vazio, junto com vinte dólares.

Eu jamais deveria ter vindo. Jamais deveria ter ficado. Jamais deveria ter escrito o bilhete. Quase volto atrás, mas hesito, e o motorista olha para mim com impaciência.

ACORDO EM MEU SOFÁ. QUE CHEIRA A PATCHULI. ODEIO A porcaria do patchuli. Tapo o nariz e me deito de costas. Não consegui nem chegar à minha cama. Ainda bem, porque vomitei em uma almofada do sofá, e essa sujeira estaria na minha cama se eu tivesse dormido lá. Quem é que gosta de vomitar na própria cama? Caminho aos tropeções até a lata de lixo e enfio a almofada dentro dela. E então vou tomar um banho. Estou passando xampu no cabelo quando me lembro do bilhete que deixei para Kit no bar. Começo a praguejar e a resmungar. Ouço o meu celular tocar e saio do chuveiro correndo sem nem me dar ao trabalho de pegar uma toalha. Meu Deus! Um bilhão de ligações perdidas de Neil, dos meus pais, da Della, do meu trabalho. Blá-blá-blá. O sabonete está escorrendo pelas minhas pernas. Vou rolando as mensagens até encontrar o nome de Kit.

K: Não entendi nada

E isso foi tudo o que ele me escreveu. Cubro a boca com a mão. O que foi que escrevi no guardanapo? Fecho os olhos e me concentro. Eu me lembro que a caneta parecia pesada demais entre os meus dedos. A esfera chegou a rasgar o guardanapo em alguns lugares, e precisei firmar bem o papel para escrever.

TIVE UM SONHO. NÃO SE CASE COM DELLA.

Solto um gemido. De repente sinto que vou vomitar de novo. Em vez disso, faço uma *selfie*. Meus cabelos formam um amontoado em um lado da cabeça, e há rímel escorrendo pelo meu rosto. Ponho a foto em um álbum intitulado "Momentos de Angústia", e a foto recebe o nome de "Bilhete no Guardanapo Usado". A última *selfie* que postei foi no dia em que me diplomei na faculdade. Com meu rosto perfeitamente maquiado expressando felicidade e alívio.

Termino o meu banho e me sinto mais otimista. Nunca mais vou ver Kit de novo. Isso deve encerrar toda essa questão. De algum modo, vou encontrar alguém melhor para Della, alguém mais alto, com um jeito menos sarcástico. Ela será mais feliz com um médico ou um empresário de sucesso. Alguém que financie o seu estilo de vida, sem desrespeitar a independência dela. Ou então posso procurar uma nova melhor amiga. Elaine, da faculdade, sempre gostou de mim. Gosto do cabelo dela.

NEIL ME MANDA UMA MENSAGEM DIZENDO QUE QUER IR PARA A praia. Ele diz "só nós dois", mas sei como as coisas funcionam. Sempre aparece algum conhecido seu quando você está de biquíni e o seu estômago está inchado depois de toda a comida e a bebida que você ingeriu na noite anterior. Mesmo assim eu vou, mas visto um maiô. Ainda me sinto atordoada quando tiro o short e me deito em minha toalha, então coloco um livro aberto sobre a minha cabeça. Há mais de meia hora Neil está falando sem parar sobre o seu trabalho. Não me perguntou absolutamente nada sobre o meu. Quando Neil por fim faz uma pausa para rir de uma bobagem que só tem graça para ele, aproveito para falar do meu pneu furado. E ele reage com espanto.

— Por que você não me ligou? Eu iria até lá para buscá-la. Sabe, eles me concedem meia hora a mais de intervalo para o almoço, porque gostam do meu trabalho de verdade.

Ainda bem que os óculos escuros disfarçam meu olhar de tédio.

— Acionei a assistência 24 horas. — E comento sem pensar: — Além disso, Kit me viu e parou para me ajudar.

— Kit? O Kit de Della?

— Bem, ela não é a dona do cara — digo, irritada. — E quantos Kits mais nós conhecemos além desse?

— Você não acha isso estranho? — ele pergunta.

Eu me sento.

— O que é estranho, Neil? Que o cara que namora a minha melhor amiga tenha parado para me ajudar quando me viu com problemas no meio da rua?

Ele bufa, frustrado.

— Bem, se você coloca as coisas dessa maneira...

— Não existe outra maneira de descrever essa situação, Neil.

Ele fica desapontado e magoado. Estou pensando em lhe dar um beijo, quando o celular dele se ilumina, indicando que ele tem uma mensagem. Não tenho a intenção de olhar; não sou intrometida nem bisbilhoteira. Mas vejo o nome de uma garota. Ele tenta pegar o celular, mas sou mais rápida. É um movimento automático. Entro com o código dele e...

Tudo
que
vejo
são
peitos

— Helena...

Por que ele está pronunciando o meu nome? Como ele ousa dizer o meu nome? Nós dois estamos de pé agora, e ainda estou com o telefone celular dele nas mãos, olhando para os tais peitos. As fotos não param de chegar. *Selfies* de peitos tirados de todos os ângulos possíveis e imagináveis. Fico nervosa e trêmula. O telefone cai da minha mão, direto na areia.

— Preciso contar uma coisa — Neil diz. Ele avança lento na minha direção. Como se eu fosse uma bomba armada e prestes a explodir.

— Você está me traindo, seu idiota ridículo?

— Helena, eu posso explicar.

— Se conseguir falar depois disto, pode explicar — retruco.

E então lhe dou um soco. Bem no olho, e como o meu pai me ensinou. Trabalho de ombros, movimento rápido, golpe com os nós dos dedos. A cabeça dele se projeta para trás e depois se lança para a frente, como se fosse a cabeça de um boneco. *Nada mau para uma garota, hein?* Ele cobre o olho com a mão, e lhe dou um tapa para deixá-lo com uma marca em cada lado do rosto.

— Helena! — Neil grita, estendendo a mão para que eu pare.

Gosto da expressão de espanto no rosto dele. Agora estamos os dois espantados.

— Vou explicar tudo — ele insiste.

Levanto a mão para atingi-lo de novo, e ele recua amedrontado.

— Há quanto tempo isso está acontecendo?

Ele fica pálido.

— Não faz muito tempo.

— Há quanto tempo? — grito.

— Um ano — ele responde, abaixando a cabeça.

— Um ano — repito em voz baixa.

De repente, não sinto mais raiva. Apenas um grande vazio. Suspiro e deixo os meus ombros caírem, como se estivesse exausta.

— Por quê? — pergunto. E então um ruído emerge da minha garganta; é um soluço. E saem da minha boca as palavras mais patéticas que eu poderia dizer: — O que eu fiz de errado?

— Nada, Helena! — Neil balança a cabeça, desolado. — Mas... ela está grávida.

NÃO CONSIGO SUPORTAR. TOMBO SENTADA NA AREIA E OLHO para as ondas. O mar é bastante calmo nessa parte da Flórida; então, em vez de surfistas, você encontra criancinhas em trajes de banho estampados com personagens desenhos animados.

— Você tem estado tão ocupada — ele alega. — Acabou acontecendo, e foi um erro.

Ouvir que foi um erro não faz a minha dor diminuir; na verdade, parece angustiante estar cercada de tanto sol, tanto calor, tanta areia. É como se eles estivessem me punindo também.

— Sinto muito. Me desculpe — ele diz.

Mas é impossível perdoar uma traição dessas. *Um ano!* Neil era o único homem com quem eu quis ficar de verdade. O único com quem planejei ter um futuro. Depois do choque inicial, a dor começa a ganhar força. Eu me levanto. Não posso ficar aqui. Não posso olhar para Neil. Reparo que ele tem uma espinha na lateral do pescoço: brilhante, vermelha, inchada. Estou tão revoltada por ter um dia começado a namorar esse cara.

— Por favor, Helena — ele insiste. — Foi um erro. Eu amo você.

O uso que ele faz da palavra "amor" me arranca uma risada. *O amor é fiel, o amor é gentil, o amor é paciente.* Amor não é... *"você estava muito ocupada".* Apressada, recolho as minhas coisas. De súbito, uma coisa me ocorre. *O sonho. Isso estava no sonho!* E o nome dela é Sadie.

— Avada Kedavra* — sussurro para Sadie.

VOLTO PARA CASA. PARA FICAR SOZINHA. NÃO PORQUE NÃO possa chamar alguém. Se eu ligasse para Della, ela viria imediatamente ao meu encontro com um facão na mão. Mas o fato é que preciso ficar sozinha para pensar. Faço uma *selfie* enquanto estou parada no sinal vermelho. Dou um título a ela: *Foda-se o Amor.*

---

* Avada Kedrava, também conhecida como Maldição da Morte, é uma das três Maldições Imperdoáveis, que faz uma luz verde sair da varinha do lançador e causa morte instantânea e indolor à vítima. Esse feitiço foi muito utilizado por Lord Voldemort nos livros da saga Harry Potter, de J.K. Rowling.

CAPÍTULO 9

#antesdetrair

NEIL NÃO QUER FICAR COM SADIE, MAS SADIE QUER FICAR COM Neil. Isso não é engraçado? Ele não a quis mais quando se deu conta de que poderia me perder. Soube dessas coisas por e-mails, por mensagens de texto e por Della. Aparentemente, durante a minha crise dos vinte e poucos anos, Della e Neil se tornaram mais próximos. Eu me sentiria traída se já não estivesse entretida com a verdadeira traição de Neil. Sadie vai ter o bebê, claro, porque o pai dela é sacerdote e ela é a favor da vida. Pena que não seja a favor da abstinência. Neil diz que participará da vida do bebê até onde Sadie permitir. Ele quer consertar as coisas comigo, mas eu não gosto da ideia de consertar as coisas. Nem o corpo nem o coração. Já fico cansada só de pensar nisso. Não tenho a menor disposição para isso. Mando Neil para o inferno e depois choro durante dois dias. A culpa foi minha? Fui distante demais? Imatura demais? Não sou bonita o bastante? Não sou boa o suficiente na cama? Por que as mulheres parecem inclinadas a acreditar que a culpa é delas quando um escroto desleal e galinha dorme com outras garotas? Isso não é minha culpa. Ou talvez até seja. E daí? Foda-se. Que importância tem isso, afinal de contas?

Vou tomar uns drinques no Tavern on Hyde. Faz quatro semanas que não tenho notícia nenhuma de Kit. Por outro lado, a namorada dele está acampada em minha casa, dessa vez para me dar apoio. Ela ainda me pede para preparar comidas para ela, muito embora quem esteja com o coração partido sou eu. Della chega a me dizer que essa atividade é benéfica para mim. "Ajuda a manter você ocupada, Helena", é o que ela diz.

Evitei Della esta noite, mas não vou fazer o mesmo com o seu namorado. Só consigo pensar em Kit e no sonho. Ele me fez uma espécie de advertência no sonho. Talvez eu já soubesse, em meu subconsciente.

Parando para pensar, já fazia bastante tempo que Neil não era Neil. Em retrospecto, não temos ligação há... um ano.

Entro de repente no Tavern on Hyde, com o cabelo emaranhado em uma trança malfeita e a maquiagem borrada pelo choro. Kit está falando com um dos seus clientes do outro lado do bar quando me vê. Pela expressão de assombro no semblante dele, a minha aparência deve estar de fato lamentável. *Você parece lamentável de um modo belo e vulnerável*, digo a mim mesma. Ainda assim, penso que é hora de começar a pentear outra vez o meu cabelo.

— Olá! — Ele coloca uma bebida diante de mim antes mesmo que eu tenha a chance de me sentar. — Como vai esse coração?

— Eu me sinto sóbria, e quero me sentir bêbada — revelo.

— É uma pena que isso tenha acontecido com você. — Ele passa um pano no balcão, depois apoia os cotovelos na parte que acabou de limpar e me observa. Nos olhos dele realmente vejo tristeza e carinho. — A tristeza vem em ondas, não é? É como se você sentisse uma coisa diferente a cada dez minutos.

— É — concordo, e me pergunto quem teria partido o coração dele. Que piranha. Eu bebo o meu drinque roxo e verifico o meu celular. Mas sempre que olho para o telefone celular os meus pensamentos se enchem de peitos. Você não pode simplesmente expulsar essas coisas da sua cabeça, sabe? Della me enviou uma mensagem de texto.

D: Pensei que a gente fosse sair esta noite, vestidas pra matar!

E pra quê? Pra dançar com homens que depois vão acabar me magoando?

D: Você precisa ser positiva, ela tecla em resposta.

Quero que o mundo se foda.

D: Então vamos nos encontrar e beber alguma coisa, Helena.

Já estou bebendo. Só quero ficar sozinha.

Ela não me envia nenhuma resposta, e eu sei que feri seus sentimentos.

GUARDO O TELEFONE. APESAR DA DOR INSUPORTÁVEL, DO coração despedaçado, do sentimento de incompetência, das lágrimas eventuais e do desespero, eu até que gosto de estar solteira. É bom não precisar dizer a ninguém onde você está e nem com quem está. É liberdade e solidão, euforia e tranquilidade. Você não precisa se depilar. É ao mesmo tempo o pior e o melhor dos mundos.

Tomo a decisão de ignorar Della e os meus pais, e não há nada que eles possam fazer para mudar isso.

Graças a Deus, Kit não menciona o bilhete que deixei no guardanapo semanas atrás. Talvez ele tenha esquecido, ou talvez acredite que eu estava bêbada demais para saber o que fazia. Vamos nos falando rapidamente enquanto ele vai de um cliente a outro, e eu examino os seus suspensórios quando ele não está olhando. Os ombros dele são bem largos; ele é bastante corpulento, mas tem a cintura estreita. Não é o meu tipo, portanto, só estou descrevendo o que vejo, nada mais. Não quero ser o tipo de pessoa que só presta atenção no que convém. Então, a verdade é que a prática de observar os suspensórios de Kit vai fazer de mim uma pessoa melhor.

Ele me canta uma canção sobre traição, e me diz que está no CD de Carrie Underwood. A música é "Before He Cheats". Quando canta as notas mais agudas, Kit fecha os olhos e ergue um dedo no ar, o que me faz lembrar de Mariah Carey, e isso me incomoda um pouco.

Quando ele vai para a cozinha cuidar do pedido de um cliente, deixo o dinheiro no balcão e saio à francesa. Não gosto de despedidas, principalmente se não estou nos meus melhores dias. Percebo que não consegui sair sem ser vista quando chego ao meu carro e vejo Kit encostado na porta do motorista.

— Conheço você melhor do que imagina, Helena. — Ele sai para me dar passagem.

— Você estava ocupado. Eu tenho coisas a fazer.

— O que, por exemplo?

Passo a língua pelos lábios, porque eles ainda estão com gosto de limão.

— Preciso lavar o cabelo.

— Sem dúvida. —Ele fecha a porta depois que eu entro e se inclina para apoiar os cotovelos na janela aberta.

Estou tão nervosa que chego a tremer. Kit vai me perguntar sobre o maldito guardanapo, eu tenho certeza. Vou dizer que não me lembro do que aconteceu, e ele vai ter que engolir essa resposta.

— Helena... — Ele sorri. — Boa noite.

Ah, Deus! Merda. Ele se retira, rindo baixinho. Dou marcha a ré no carro, tentando não olhar para Kit pelo espelho retrovisor enquanto manobro para sair do estacionamento. Só quando chego em casa é que noto um guardanapo preso no limpador de para-brisa.

Eu o pego. É do mesmo tipo que oferecem no bar e há algo escrito nele.

Me dê uma razão para não me casar com ela

Eu bufo. *Não, não, não, não!* Enfio o guardanapo na minha bolsa e vou em direção à porta de casa imaginando que Della deve estar lá dentro.

— Por onde você andou? — ela pergunta quando abro a porta. Está vestida com calça de pijama e sutiã. Que são meus, diga-se de passagem. Seus seios grandes me incomodam. Eles me fazem lembrar uma experiência ruim que tive vendo imagens num celular.

— Estava num encontro de fãs do Harry Potter. Por quê? Precisa de um lanche? — pergunto com sarcasmo.

— Ei! Fiquei preocupada.

— Del, você sabe que pode ir para casa. Agradeço toda a sua dedicação e amor, mas não preciso de uma babá.

— Helena, pessoas podem cometer suicídio depois de rompimentos. Isso acontece todos os dias.

— Não saí para cometer suicídio. Só parei para um drinque no Tavern on Hyde.

Della abre um sorriso luminoso.

— Você viu o Kit? — ela pergunta. — Ele fica sexy de uniforme, não acha?

— Eu o vi, sim. Ele estava usando suspensórios e uma camisa de manga comprida neste calor. Põe sexy nisso.

— Kit não gosta que eu apareça lá quando está trabalhando — Della diz. — Não acha profissional que a namorada fique bebendo e se divertindo no lugar onde ele trabalha.

Concordo com a cabeça. Della não sabe beber; ela sempre termina se insinuando para algum estranho ou cantando En Vogue em altos brados. Kit provavelmente só estava tentando se livrar de grandes embaraços.

— Ele é muito legal, Della. Um bom rapaz.

Odeio usar esse clichê de "bom rapaz" com Kit, mas desta vez faz sentido. É verdade, é o que ele é. Della abre um grande sorriso. Isso a deixa tão feliz que *ela* faz um lanche *para mim*. Ela já escolheu os nomes dos filhos deles, e já tem uma lista no Pinterest para o seu casamento com Kit. Enquanto comemos nossos lanches, ela me mostra imagens das novas peças de decoração que descobriu.

— Quero me casar no inverno — ela diz. — Porque casamentos no inverno são bem mais românticos!

Na Flórida, a temperatura não fica muito abaixo dos vinte graus, mas não lhe digo isso. Apenas balanço a cabeça num gesto de aprovação total. E elogio os itens de decoração. *FuckloveFuckloveFuckloveFuckloveFucklove.*

Me dê uma razão para não me casar com ela

Beijo o topo da cabeça da minha amiga. Não existe nenhuma boa razão. Os dois formam um casal lindo. Não importa que eu já saiba o nome da filha dele. Foi só um sonho e nada mais.

CAPÍTULO 10

#decomerrezando

CERTA NOITE, QUANDO DELLA E EU ESTAMOS OUVINDO CARRIE Underwood cantar "Before He Cheats", alguém bate à porta da minha casa. Vou atender e deparo com Kit parado sobre o capacho da entrada, carregando uma sacola de compras cheia.

— Já que você roubou a minha garota, resolvi fazer o jantar para vocês — ele anuncia. Eu me sinto levemente desapontada por saber que ele não veio por minha causa. *Eu sou a sua esposa ou não sou? Nós temos um filho, pelo amor de Deus.*

— Essa música é demais. — Ele passa por mim e beija Della.

— Não éééé? — diz ela alegre.

Eu abaixo o volume, mas Kit continua cantando a música na cozinha. Mesmo quando pensa que ninguém está olhando ele faz aquele lance de fechar os olhos e apontar o dedo. Sim, ele tem um enorme potencial para ser encantador, mas não é o meu tipo. E por *Deus*, pare de imitar a Mariah Carey.

Kit não me pergunta onde as coisas estão, nem me pede nenhuma ajuda — não que eu tivesse alguma intenção de ajudá-lo. Ele trabalha sem parar na cozinha enquanto Della e eu vemos reprises de *Jovens e Mães*. Quando termina, Kit anuncia que é hora de jantar.

— O que você preparou? — pergunto, sentando-me à mesa e estranhamente me sentindo como uma convidada em minha própria casa.

— *Ropa Vieja*.

— Roupa velha? — digo, fazendo uma careta. Aprendi tudo o que sei de espanhol durante poucos anos no colégio, por isso posso estar enganada.

— Correto. Uma delícia.

Se Della não recusa a roupa velha do Kit, por que eu recusaria? E acontece que o prato é mesmo bom para cacete, uma coisa do outro mundo. Gostaria de fazer uma foto para o meu arquivo e entitulá-la "Eu Vou Comer a Calça Velha Dele", mas isso seria estranho e levantaria suspeitas. Eles podem interpretar essa atitude da maneira errada. Depois de tudo, Kit ainda lava os pratos, e me enxota da cozinha quando faço menção de ajudá-lo.

— Ele é perfeito — Della comenta. — Vamos ficar acordados a noite inteira, jogando.

Quarenta minutos e quatro cervejas depois, ela desmaia em meu sofá. Kit e eu estamos jogando buraco, mas ele é ruim de dar dó.

— É a sua estratégia? — digo a ele. — Parece que você não tem nenhuma.

— Que tal a gente sair para uma caminhada? — Kit pergunta.

Nós dois olhamos para Della, que não dá nenhum sinal de que irá acordar tão cedo.

— Del — chamo, sacudindo seu ombro. — Vamos dar uma caminhada?

Ela geme com a cara enfiada numa almofada do sofá, e agita a mão indicando que a deixe em paz.

— Bom, ela não gosta de calor mesmo. Ele faz com que o cabelo dela fique cheio de *frizz* — informo a Kit.

— É, eu sei — ele responde sorrindo. — Ela é a minha namorada.

Sinto o rubor subindo pelo meu rosto, e ando rápido até a porta, na frente dele. *Eu sei, eu sei, eu sei.*

NÃO PENTEEI O CABELO; TUDO O QUE FIZ FOI UM COQUE SAMURAI, e ainda por cima bagunçado. Kit encosta a mão no topo do meu coque quando sai pela porta.

— É como uma colmeia de cabelos — ele diz. — Criaturas pequeninas poderiam viver aí dentro.

— Já tive um caracol de estimação uma vez — comento. — O nome dele era Cachocol.

— Nossa, parece que não existe limite para a sua esquisitice — ele diz.

— Eu estava fazendo aulas de arte — revelo sem pensar.

Kit olha para mim de um jeito engraçado, inclinando a cabeça para o lado.

— Onde, Helena?

— Parei de ir às aulas porque estavam afetando o meu relacionamento. Quando descobriu sobre o curso, Neil me fez sentir que o estava traindo.

— Ah, claro. O bom e velho Neil provavelmente andava com a consciência meio pesada por causa de suas atividades extracurriculares. Devia estar procurando alguém para culpar.

— Não me dei muito bem — digo a ele.

— Mas você mostrou que tem paixão, Helena. E se você tem paixão suficiente, pode aprender a fazer quase tudo bem feito.

Olho para Kit.

— Por que será que Justin Bieber parece ter tanta paixão e só consegue se meter em encrenca?

Ambos rimos.

— Talvez eu tente alguma coisa nova. Ei! E o seu livro? Você já tem mais dele para me enviar? — pergunto.

Não pensei mais no livro de Kit desde a noite em que me desentendi com Neil depois de perder o jantar com o chefe dele. Não consigo acreditar que me esqueci do livro.

— Eu me sinto bem escrevendo — ele diz. — Tudo parece fazer mais sentido quando escrevo.

Ele se anima quando fala sobre o assunto. Gostaria de ter algo que me deixasse contente assim. Passamos pelo lago, que na verdade não é um lago. Há uma elegante fonte no meio do caminho, borrifando água no ar parado. A temperatura está tão quente que não seria nada ruim se essa água caísse em mim.

— Posso lhe perguntar uma coisa, Kit?

— Você acabou de perguntar.

— Engraçadinho. O que quero lhe perguntar é: você está apaixonado?

Kit para de andar de repente, e entro em pânico. Fui longe demais agora, fiz uma pergunta muito pessoal. Puxo o lóbulo da minha orelha e fico olhando para ele. E então Kit começa a rir.

— Ei, calma aí! Deixe a sua orelha em paz.

Eu me dou conta do que estou fazendo e abaixo a mão, deixando o braço pender ao lado do corpo. Que vergonha.

— Eu estava noivo antes de conhecer Della — ele conta.

Arregalo os olhos. Por essa eu não esperava. Aí está uma coisa que ela deveria ter me contado.

— Della não sabe — ele diz.

— Nossa.

— Desde o início, nós tomamos a decisão de não falar a respeito dos nossos relacionamentos do passado. Mas não faz mal contar a você, já que não estamos namorando.

Talvez ele não devesse me contar. Afinal, estamos casados.

— Mas isso tem de ficar entre nós, Helena, você não pode contar a ela.

— Della é minha melhor amiga. Acha mesmo que não vou contar a ela?

— Sim, eu acho. Se me disser que não contará nada a Della, vou acreditar em você.

Ele tem razão. Adoro guardar os segredos das pessoas. Saber que possuo esses segredos me faz sentir superior, mesmo que ninguém mais os conheça.

— Que seja — digo. — Não preciso fazer promessas.

Chegamos a um ponto em que a rua se divide, e Kit escolhe o caminho da esquerda. Eu sempre escolho o da direita. Estranho o fato de ele não me perguntar qual rumo seguir e de escolher um caminho com tanta facilidade e determinação. Neil teria ficado confuso e demorado tomar alguma decisão.

— Ela foi a minha paixão no colégio. Éramos o retrato do casal perfeito. A não ser pela parte em que ela me traiu com um dos meus amigos.

Ahá! A safada!

— A questão é... Sei que foi um erro. Nós só tínhamos estado um com o outro, então acabei aceitando o fim. Mas ainda dói. Estava tentando encontrar uma razão para seguir em frente depois disso. Daí eu fiz as malas e me mudei para cá.

Hesitei.

— Então, se eu entendi bem, você ama Della, mas ainda não superou a sua ex?

— Mais ou menos isso — ele responde. — Apenas quero ir mais devagar desta vez. Estive em um relacionamento por cinco anos.

— Sei. Entendo.

— Não faça isso — ele diz, olhando para mim.

— Fazer o quê?

— Não seja tão polida e misteriosa. Pode me dizer o que está pensando de fato.

— Está bem...

Ninguém nunca havia criticado antes a minha maneira de usar as palavras. Mas, pensando bem, acho que sou realmente um pouco evasiva em minhas opiniões.

— Você fala a língua das cobras? — pergunto.

— Hein? — ele diz, e a expressão de dúvida em seu rosto indica que ele não é nenhum conhecedor da saga Harry Potter.

— Ah, não é nada — respondo, balançando a cabeça. — Acho que ela está super a fim de você. Ela se dedica de corpo e alma a essa relação, mas não vejo essa dedicação em você. Dessa maneira, tenho a impressão de que alguém vai se machucar. E o nome desse alguém é Della.

— Eu gosto bastante dela. Ela é engraçada e não se leva muito a sério. E tem um bom coração.

Concordo com todas essas coisas. Mas não quero me casar com Della, nem viver com ela. Na verdade, quero é que ela vá para casa dela e pare de comer a minha pipoca.

— Kit, se você não pensasse mais na... como é o nome da garota?

— Greer — ele responde.

— Nossa. Sério mesmo?

Ele faz que sim com a cabeça.

— Que seja. Se você já não pensasse mais na Greer, você sentiria por Della o que ela sente por você?

— Não sei. Acho que a garota certa pode apagar as lembranças da garota errada.

Puxa. Tudo bem então.

— Claro. — Mas não penso assim. Se isso fosse verdade, não haveria tanta gente sofrendo por um amor perdido. Nós nem sempre queremos o que é certo. Queremos o que não podemos ter. — Você é otimista e prático. Mas não magoe o coração de uma garota porque está tentando curar as feridas deixadas por outra.

— Sim, senhora, entendi. Mas algo me diz que esse não vai ser o meu problema. Vejo um desastre completamente diferente no meu futuro.

— Você tem uma tatuagem dedicada à Greer, não tem? — pergunto, olhando bem nos olhos dele.

Kit arregala os olhos, esfrega a bochecha e faz uma careta.

— Ahá! — Solto uma risada. — Posso vê-la? Como estou lhe dando consultoria, acho que mereço isso.

Ele balança a cabeça numa negativa.

— Nada disso. Eu nem disse que tinha uma tatuagem. Você é que inventou isso.

Kit está sorrindo, e eu sei que o peguei direitinho.

— Então vou perguntar para a Della — comento. — Ela sem dúvida já viu essa *tattoo*.

— Vai perder o seu tempo, porque ela não viu.

— Isso é impossível — insisto com determinação.

— Foi feita com tinta branca. Só pode ser vista sob luz negra.

— Nossa.

Ficamos em silêncio por alguns minutos, e seguimos caminhando lentamente pela rua. O ar quente em contato com meu nariz me me deixa sufocada.

— Como é a tatuagem?

— Ela diz... — Kit hesita. Eu me pergunto se está decidindo se deve me contar ou não. — Ela diz "Não tenha medo dos animais".

Nesse momento, Della nos encontra. Está sonolenta, e sua fala está meio arrastada. Ainda parece sob efeito da bebida.

— Fiquei assustada — ela diz, passando a mão no cabelo. — Acho que preciso da minha cama agora. — Ela olha para mim. — Tudo bem pra você se eu for para casa esta noite, Helena?

Ela quer Kit na cama dela, e dentro dela, eu sei. Faço um aceno para ela e sorrio. Eles nem voltam a entrar em minha casa. Caminho com eles direto até o carro de Kit. Ajudo Della a entrar e ele se acomoda no assento do motorista.

— Boa noite, Helena.

— Boa noite. E obrigada pelo jantar.

— Espero que me desculpe por cozinhar tão mal, mas fiz o possível. — Ele sorri.

— Você cozinha mal, mas é um excelente mentiroso. Ficou tudo empatado.

— Você é que é excelente.

Eu me sinto muito só quando eles se vão.

CAPÍTULO 11

#kitella

NA VIDA EXISTEM LIMITES CLAROS E SÓLIDOS, QUE JAMAIS deveriam ser transpostos. Fantasiar um relacionamento com o namorado da melhor amiga é um desses limites. Aparecer no local de trabalho dele e beber os drinques que ele prepara é outro. Não gosto dele tanto quanto gosto de KFC, mas o cara olhou para mim e me disse que eu era excelente. Isto significa melhor do que ótima. Extraordinária. Isso sinaliza que sou melhor do que as garotas comuns. Não a gostosinha básica, mas a gata dos sonhos, excelente e deliciosa. Percebo que estou vulnerável, e quase sempre me sinto como uma mulher insignificante — alguém que um homem pode trair e depois alegar que cometeu um erro. Não quero ser a "garota que deixou o cara", quero ser "a garota que o cara jamais deixaria ir embora".

Inscrevo-me em outro curso, uma coisa diferente desta vez: modelagem em cerâmica. Gosto de sentir a argila úmida e fria entre os meus dedos. Lidar com argila é como controlar números e proporções com a palma das mãos. Sou melhor trabalhando com argila do que desenhando. Minhas mãos parecem menos desajeitadas. Faço xícaras de café, jarros, pratos e até bandejas. Minhas peças não ficaram muito simétricas, mas estou tão orgulhosa delas que jogo fora o aparelho de jantar barato que comprei no Wal-Mart e coloco nos armários da cozinha os meus utensílios para mesa feitos a mão. Pinto todas as peças de branco, e as salpico aqui e ali com bolinhas pretas. Estou lutando contra o gosto por coisas da Pottery Barn, que, de acordo com o meu sonho, deve surgir só daqui a dez anos. As peças de cerâmica chinesa e os artigos chiques de decoração me deixam enjoada. *Não passou de um sonho. Foi apenas um sonho*, digo a mim mesma. Dedico-me a criar meu estilo a partir de experiências com cores e formas. Uma garota estilo Pottery Barn é para Neil, não para Kit. A garota tem que ser mais descolada para combinar com Kit.

Quando percebo que estou evitando a Pottery Barn por causa de Kit, acesso a loja on-line e compro dois buldogues de cerâmica francesa. Não permitirei que nada me controle, nem Kit nem a Pottery Barn. Para equilibrar as coisas, troco minhas velhas almofadas por outras que encontro no mercado de pulgas, mas não as uso e nem as coloco no sofá. Por fim, acabo comprando novas almofadas na Pottery Barn para substituir as antigas. Também paro de beber vinho, pois essa prática surgiu por influência do sonho; mas de vez em quando, à noite, quando me sinto realmente triste, cheiro uma velha rolha de cortiça que mantenho numa gaveta com outras quinquilharias. Não é a rolha de uma garrafa de vinho trazida por Kit, tenho quase certeza disso. Encontrei essa rolha perto da minha lata de lixo. Então, quando comecei a guardar essa rolha dentro do travesseiro e a dormir com ela, isso não teve nada a ver com Kit. É apenas uma rolha de vinho qualquer, e acabei me apegando a ela. Durante o dia, eu a coloco na minha bolsa e a carrego comigo para o trabalho, e também para as aulas de arte.

O curso de modelagem em cerâmica chega ao fim. Então me matriculo num curso de pintura a óleo sobre tela, esperando obter resultados melhores do que os que consegui no meu primeiro curso com o professor Neptune.

Nos finais de semana, Della insiste que eu vá junto com ela e com Kit para o lugar aonde eles pretendem ir, seja qual for esse lugar. Ela jura que não está me convidando por piedade, que já não há mais risco de suicídio e que Kit gosta de verdade da minha companhia. Além do mais, ela alega que precisa de mim, porque posso lhe oferecer apoio psicológico.

— Apoio psicológico para quê? — pergunto a Della.

— Apoio psicológico de melhor amiga, ora. Tipo, gosto de ter você por perto, eu me sinto melhor quando você está comigo.

Amo Della. Meu Deus, amo demais essa garota. Eu a conheço desde a adolescência, quando nossas reais personalidades nem tinham se formado e confiávamos em revistas de fofoca para saber quais garotos famosos iam ficar com cada uma — Jonathan Taylor Thomas para mim, Devon Sawa para ela. Mas as pessoas crescem, mudam e são acolhidas em diferentes casas* de Hogwarts — Sonserina no caso de Della, Corvinal no meu caso. As pessoas se tornam o que a vida determina que se tornem, e Della e eu tomamos caminhos diferentes. O pai de Della ganhou na loteria. Acredite se quiser. O sortudo ganhou quinhentos mil dólares quando estávamos no segundo ano da faculdade. Com os investimentos que fez ele dobrou essa quantia, e do dia para a noite Della virou uma menina rica. Férias nas ilhas gregas, cruzeiros para as Bahamas na época do Natal, um Range Rover novinho em folha no último ano da faculdade. Nossos anos de revista de fofoca ficaram para trás, e foram substituídos pelos anos de *Vogue*, a sofisticada *Vogue*; durante esses anos, a família de Della me levou junto em todas as viagens de férias, e em todos os passeios no barco que possuíam. Se eles compravam para Della um par de óculos escuros Kate Spade, eu ganhava um par também. Foi legal no início, mas num dado momento comecei a me sentir uma pobretona parasita e dependente de caridade. Ainda me sinto assim.

A única vez em que não senti essa piedade nauseante foi quando Kit me enviou capítulos do seu livro. Só para mim. Esse não foi um gesto de piedade; ele quis realmente compartilhar comigo o seu trabalho. Eu estava me apegando de verdade a George, Denver e Stephanie Brown. Se pudesse colocá-los no meu travesseiro junto com a rolha de vinho, eu colocaria. Mas li várias e várias vezes o que ele me enviou. Compreendo a euforia dos leitores de *Crepúsculo*, a euforia dos leitores de *Cinquenta Tons de Cinza*. Pela primeira vez, não estou apenas lendo um livro; estou contando com esse livro para ser feliz. Se George, Denver e Stephanie Brown não conseguirem colocar as suas vidas nos trilhos, nunca mais vou ler outro livro na vida. Kit aprecia o meu envolvimento com a sua história, mas não falamos sobre o assunto diante de Della. Della é uma grande fã da saga *Crepúsculo*, e depois de ler um capítulo do manuscrito sem título de Kit, ela perguntou se havia lobisomens ou vampiros na história. Depois disso, ele logo desistiu de passar para Della novos capítulos do

---

* Na saga Harry Potter, os alunos da Escola de Magia e Bruxaria de Hogwarts são divididos em quatro casas: Grifinória, Sonserina, Corvinal e Lufa-Lufa. Sonserina é associada aos bruxos das trevas, enquanto Corvinal preza pela sabedoria e razão.

livro. Ela ficou decepcionada, mas concordou em esperar até que ele terminasse de escrever.

ESTOU EM UMA VENDA DE GARAGEM COM KIT, DELLA E NOSSA amiga June, que andava sumida, mas costuma ser nossa companhia constante desde o ensino médio. June e eu estamos no jardim da entrada, vasculhando caixas com livros antigos, enquanto Kit e Della estão dentro da casa, examinando a mobília.

— Você acha que vai demorar para Kitella irem morar juntos? — June pergunta.

— Kitella? Do que você está falando? — pergunto, surpresa.

— Kit e Della — June explica. — Kitella.

June é uma verdadeira figura. Sei que sou meio esquisita, mas June é esquisita por inteiro, por dentro e por fora. Olho para o seu chapéu com motivos florais e depois para o colar de clipes de papel que ela está usando.

— Kitella, é? — repito com sarcasmo. — Não sei. O apartamento de Della é tão... a cara da dona. Não consigo imaginar um homem morando ali.

— As coisas teriam de mudar, com certeza. Eles fariam dar certo. Já faz um bom tempo que os dois estão juntos.

— Uns oito meses apenas — comento com desconfiança. — Não é tanto tempo assim.

— Qual é, Helena? Della não costuma ultrapassar a marca dos três meses. A lista de casamento dela no Pinterest está ganhando cada vez mais fotos. A coisa entre os dois é séria.

É verdade. Della agora já está pensando no menu e na lista de presentes.

Della sempre encontrava defeitos nos caras que namorava. Charles era carente demais, Tim era muito ciumento, Anthony tinha uma irmã gêmea chata. Kit é perfeito. É o que ela diz o tempo todo. E eles estão escolhendo móveis neste momento.

— O que você acha dos dois juntos? — pergunto a June.

— Ah, eles são uma graça de casal. Ela parece mais confiante ao lado dele. Kit não é superficial como alguns caras que ela já namorou.

76

June se afasta para olhar um abajur e eu me sinto como se estivesse afundando num mar de grama. Por que tudo isso me parece tão ruim? Não é que eu não torça pela felicidade da minha melhor amiga, porque eu torço. Só queria que ela fosse feliz com outra pessoa. Vou ao encontro deles dentro da casa. Eles estão olhando estantes para livros.

— Vi estantes iguais a essas na loja Restoration Hardware — Della diz. — Quatro vezes mais caras. Um roubo.

Kit, porém, não parece convencido.

— Essas coisas são grandes demais — ele argumenta. — Não temos tantos livros assim.

— Podemos comprar mais! — Della responde.

Então ela se volta para mim, abrindo um sorriso tão largo que consigo ver cada um dos seus dentes.

— Nós vamos morar juntos! — Ela dá gritinhos e bate palmas, e eu fico parada como um poste, perguntando-me se June tem o dom da adivinhação.

— No seu apartamento? — pergunto, porque é a única coisa que me ocorre no momento.

— Não, tonta. É pequeno demais lá. Vamos comprar uma casa.

Olho para Kit, mas ele está evitando o meu olhar.

— Isso é fantástico — digo. — Meus parabéns, gente.

Então aviso que tenho de ir ao banheiro, mas em vez disso saio da casa. Preciso de ar e de espaço para esconder o meu queixo caído. É a coisa mais estúpida que já vivenciei, mas mesmo assim me atinge com força. Essa é a parte mais patética do ser humano: as emoções indesejáveis grudam em você, porque não ligam a mínima se você as considera indesejáveis. Giro a minha rolha de vinho entre os dedos. Em alguma casa próxima, alguém está fritando bacon. Posso ouvir alguém tossindo, uma tosse feia, e posso sentir a dor se alastrando do coração para o cérebro. Sei que a vida não é simples, porque eu não sou simples. Na verdade, estou aprendendo que sou mais do que simples e menos do que normal. Apaixonar-se por um cara é uma coisa, mas se apaixonar pelo namorado da sua melhor amiga por causa de um sonho é...

É, estou fodida.

CAPÍTULO 12

#experiênciaolfativa

VOCÊ SÓ COMEÇA A PROCURAR A VERDADE QUANDO ALGUMA coisa dá terrivelmente errado e você percebe que precisa buscar respostas. Não há mais volta quando ultrapassamos esse ponto. As emoções são enterradas debaixo de concreto. *Deve ser assim que uma pessoa se sente quando enlouquece*, penso. É como se dez anos tivessem se apagado da minha vida e eu me tornasse adulta sem ter vivido o tempo atual. Ser teimoso e inflexível é típico dos jovens. No meu caso, descobri o meu lixo interior cedo o bastante para me livrar dele. Não posso odiar Sadie, pois teria acontecido da mesma forma com um nome diferente. Talvez quando eu já estivesse casada com ele. Sadie é apenas o nome da incapacidade de Neil de ser fiel. Talvez Sadie tenha me livrado de problemas bem maiores. Não posso odiar o sonho; o sonho me despertou. Porém não passou disso — de um sonho. Faço arte, porque nunca soube que adorava isso até me tornar uma artista de livros para colorir. Agora eu carrego comigo uma mochila com barras de carvão vegetal para desenho, vários lápis, um caderno de desenho e uma rolha de vinho. Paro de escutar o pop rock de praia que me acompanhou durante os anos de escola, e crio playlists cheias de nostalgia e até mesmo patéticas. Sou o que sou. É impressionante o poder que a melancolia tem de nos desintegrar. E para evitar que tudo desapareça de uma vez, você tem que se recriar. Faço uma tatuagem no pulso, mas não digo a ninguém, e a escondo sob o meu relógio. É uma borboleta, porque não conheço simbologia melhor para a transformação que eu estou passando.

AJUDO KITELLA NA MUDANÇA PARA A SUA NOVA CASA. É UMA casa de cor bege com jardineiras brancas. É a primeira vez que os vejo em mais de um mês. Kit não pôde dar continuidade à sua história por causa da mudança, por isso não tive nenhum tipo de contato com ele nesse meio tempo. Quando paro o meu carro, é Kit, e não Della, quem sai de casa e vem me receber com um abraço. Fico sem ação a princípio, mas logo levanto os braços e retribuo o gesto. A pior parte de um abraço é o cheiro. Quando você abraça uma pessoa por um certo tempo, o cheiro dela se torna familiar, e você o associa com conforto, familiaridade e proximidade. Kit sempre cheira a gasolina e pinheiro. *Gasolina e pinheiro*, penso no momento em que interrompo o abraço. *Ridiculamente apropriado.* Uma experiência olfativa que se tornou repetitiva. Agora, sempre que sentir cheiro de uma dessas duas coisas vou me lembrar do belo rosto dele. Eu o sigo para dentro da casa; ele parece excitado. Della está desempacotando pratos e organizando-os nos armários da cozinha, com uma bandana cor-de-rosa amarrada ao redor do cabelo. Odeio admitir isso, mas ela está radiante.

— Helena! — Ela se atira sobre mim, e eu cambaleio para trás, chocando-me contra Kit. Todos caímos no chão, e rimos sobre o piso de madeira da nova cozinha de Kitella.

— Eu me sinto tão bem! — Della diz. — Todos juntos de novo.

Eu me desvencilho deles e me arrasto até a geladeira. Ainda deitada de costas, tiro uma lata de Coca-Cola da prateleira de baixo.

— Já estou cansada dessa mudança. Podemos ficar deitados aqui o dia inteiro?

Kit me arrasta pelos pés, e recebo a tarefa de organizar o *closet* de Kitella. Isso não é nenhuma novidade para mim. Desde o início do ensino médio, Della me escala para organizar seu armário. Em agradecimento pelo trabalho, ganho uma peça de roupa. Escolho uma calça jeans de uma marca de que gosto e a coloco de lado. *Agora é minha.*

— Nem pense em pegar o jeans Diesel — ela grita da cozinha.

Ponho a calça de volta e pego o blazer favorito dela só para irritá-la.

As roupas de Kit me deixam mal-humorada. Tem muito tecido xadrez, um exagero. Ninguém deveria usar tanta roupa xadrez. Cheiro uma camisa, e então a cheiro novamente. E cheiro ainda uma terceira vez, por uma questão de hábito: gosto de divisores de três.

— Você está cheirando a minha camisa?

Eu me volto na direção da voz. Vejo Kit encostado na porta do *closet*, de braços cruzados, e bloqueando a minha saída, é claro.

— Tem cheiro de mofo. Você não acha? — Estendo a camisa na direção de Kit, mas ele não a pega. O olhar dele é muito intenso. Mas ainda mais perturbador que o olhar dele é o seu sorriso misterioso.

Ele não sabe de merda nenhuma, digo a mim mesma.

— O que eles fazem em Washington? Do que eles acusam uma garota que cheira a camisa de um cara?

— Está cheirando a mofo...

— Della quer ir jantar.

Olho para a roupa desgastada e feia que estou vestindo, e que escolhi usar justamente para ajudar na mudança.

— Por que não pedimos para entregarem comida aqui?

— Ela não aguenta mais ficar em casa. Quer sair um pouco.

Nem acabou ainda de desempacotar as coisas e não suporta mais ficar na casa.

— Capriche no seu coque samurai — Kit diz. — Ele é tudo do que você precisa para ficar bem vestida.

Della deve ter ensinado essa palavra a ele. Gostava mais quando ele chamava de colmeia de cabelo.

DECIDIMOS COMER SUSHI. MAS DELLA NÃO QUER COMER NUM restaurante qualquer, porque alega não ter certeza quanto à procedência do peixe que servem. Temos de ir ao maior e mais incrível restaurante do centro da cidade. Visto o meu blazer novo, que me dá um aspecto jovial. June nos encontra no restaurante. Às vezes, acho que Della a convida para sair conosco para que eu não me sinta "sobrando", segurando vela ou coisa do tipo. Mas a verdade é que me sinto sobrando mesmo quando estou sozinha. June acena para nós quando nos aproximamos do restaurante. É um aceno bastante exagerado. Como se o navio dela tivesse afundado e ela precisasse chamar a nossa atenção para salvar a própria vida. Ela usa um turbante na cabeça, e em sua camiseta se lê *Cou Cou*.

— Gosto dessa garota — Kit comenta. Abro um sorriso. Também gosto dela.

Nem chegamos a entrar no restaurante quando damos de cara com Neil e Sadie, a grávida. Ela ostenta uma grande barriga, e eu, um grande coque samurai. Neil fica com o rosto vermelho quando me vê. Olha para mim e para Sadie repetidamente, com expressão de rato encurralado.

Que saco encontrar os dois aqui. Na minha cabeça, eles faziam parte do passado, já haviam sumido numa nuvem de infidelidade e mentiras. Tenho vontade de fugir assim que os vejo. Mas por que eu faria isso? Foram eles que mentiram e traíram, não eu. Fico exatamente onde estou, perto de Kit, e de súbito sinto a pressão da mão dele em minhas costas.

Neil abre a boca para falar, mas levanto a mão e o impeço, sem lhe dar a oportunidade de dizer uma palavra.

— Nem precisa se dar ao trabalho. Isso é constrangedor para todos nós, exceto para June, porque para ela nada é tão constrangedor assim. Então, oi e tchau. E saiam logo da frente, porque estamos aqui para comer peixe cru.

Kit solta uma risada abafada, e Della o cutuca com o cotovelo.

Neil e Sadie se afastam depressa. Não olhei para Sadie, por isso não sei como ela reagiu às minhas palavras, mas Neil pareceu abalado. Assim que entramos no restaurante, meus três amigos começam a rir. Kit me beija no topo da cabeça, quase no coque samurai.

— Foi brilhante! — ele diz. — Você é a minha musa inspiradora.

Isso me faz mergulhar numa espiral de confusão/ansiedade/vibração. Eu me sento o mais longe possível de Kit, e flerto com o garçom. Foi uma atitude fraternal dele. Sei disso. Ele é um ser humano muito, muito gentil, e essa história de sonho está saindo do controle. Quando terminamos o jantar, constato que meu blazer novo está arruinado, salpicado de molho de pimenta.

— Você devia comprar roupas descartáveis — Kit brinca.

Della olha feio para mim, mas ela não tem esse direito. Afinal, é o *meeeu* blazer. June e Kit seguem caminhando à frente, e Della me dá o braço.

— Ei — ela sussurra. — Eu acho que estou grávida.

Arregalo os olhos, e ela faz "shhh" com um dedo na boca para que eu não chame a atenção.

— Não contei a ele. Não lhe disse nada.

— Mas como assim você "acha que está" grávida? Você fez um teste? A menstruação não veio? O que...?

Della olha na direção de Kit para ter certeza de que ele continua distraído.

— Bom, ainda não fiz o teste. Mas estou atrasada uma semana. Uma semana — ela enfatiza.

Essa não é a primeira vez que a menstruação de Della atrasa uma semana. Porém, é a primeira vez que ela parece feliz por causa disso.

— Bem, vamos ao teste então — anuncio, apesar da emoção que bloqueia a minha garganta. — Precisamos dessa confirmação para ter paz de espírito.

Della faz que sim com a cabeça, com os olhos brilhando e um sorriso feliz nos lábios. Vou ficar feliz por ela. Juro por Deus que vou. Só preciso de algum tempo para assimilar a informação.

CAPÍTULO 13

#negativo

NO DIA SEGUINTE, VOU A CASA DE KITELLA PARA ESTAR AO lado de Della na hora do teste.

Negativo. Eu a vejo enrolar o teste num pedaço de papel higiênico e enfiá-lo no fundo da lata de lixo. A expressão em seu rosto deixa evidente o seu extremo desapontamento. É uma coisa difícil de entender, há pouco tempo, a pior coisa que poderia acontecer na sua vida era um teste de gravidez positivo, mas agora, minha melhor amiga — que certa vez passou uma tarde inteira em surto histérico por causa de um preservativo que se rompeu — está sofrendo por constatar que não está grávida. Ela queria muito engravidar. Por quê? Não sei dizer. Ela já tem Kit. E ele não desgruda os olhos dela. Della não precisa de um bebê para ganhar a atenção de Kit, nem para mantê-lo ao seu lado. Ela vem de família tradicional, do tipo que se reúne todos os domingos apenas para passar o tempo juntos e para comer o macarrão da *nonna*.

— Um dia vai acontecer — tento confortá-la.

Mas não é isso que minha amiga quer ouvir. Ela se afasta de mim e abre a porta do banheiro. Della havia pedido a Kit que saísse para comprar cabides e uma vassoura, para que pudéssemos seguir com a nossa missão em segredo. Ela pensava que teríamos algo para celebrar quando ele voltasse.

— Por que está irritada, Della? Pensei que você ficaria aliviada.

— Estou aliviada — ela mente.

Na verdade, quem está aliviada sou eu. Penso no que Kit me disse quando caminhamos juntos à noite, algum tempo atrás. O quanto ele estava inseguro a respeito do que sentia por ela. As coisas podem ter mudado de lá para cá, mas algo me diz que uns poucos meses não bastam para que um homem esqueça completamente o passado.

— Della, preste atenção. Você gosta de organização, de ordem. Primeiro um lindo casamento, depois um lindo bebê... não é melhor assim?

— Queria ter alguma coisa para dar a Kit — ela responde.

Seus olhos cinza estão escurecidos, e seus cílios, úmidos. Ela está tão dolorosamente bela, feminina e vulnerável. Compreendo agora por que os homens levam seus sentimentos por ela tão a sério.

— Você poderia começar dando a ele algo mais simples, um presente mais singelo — argumento. — Um relógio, um perfume ou coisa parecida.

Ela ri em meio às suas adoráveis lágrimas, e então se lança sobre mim e passa os braços ao redor do meu pescoço.

— Você sempre sabe o que dizer, Helena. Obrigada.

Mexo no seu cabelo, como costumava fazer na escola, quando eu era a mais bonita de nós duas, e os meninos de que Della gostava a desprezavam por causa do seu aparelho dentário e das suas pernas magricelas. *Um dia, eles todos vão se arrepender por isso*, eu sempre dizia a ela. E foi o que aconteceu: eles se arrependeram mesmo.

O veículo de Kit para na entrada de carros, e ela se desvencilha de mim para correr até ele. Não faz mal. Não invejo a dependência emocional de Della. De certa forma, é até um alívio que a responsabilidade não seja mais minha. Eu a vejo sair correndo pela porta da frente e se lançar sobre Kit, trançando as pernas atrás das costas dele. Ele deixa cair as sacolas para segurá-la. Dentre todas as coisas que aconteceram durante a mudança, esta é a que me afeta mais. Vê-lo largar as compras no chão com tanta naturalidade para recebê-la nos braços. Não tenho muitos elementos para comparar, já que Neil foi o único cara com quem tive um namoro sério, mas sei que Neil jamais teria largado sacolas de compras no chão para me agarrar, com medo de que algum produto quebrasse. Isso causa uma dor profunda no meu peito. Saber que existem homens dispostos a largar as suas compras no chão para agarrar as suas garotas. E quero alguém que me ame dessa maneira, com toda essa naturalidade. Ou talvez — penso mal-humorada — queira que Kit me ame com toda essa naturalidade. Que crie o meu filho e alimente a artista que espera adormecida em mim. É um péssimo momento para fazer isso, mas me lembro da bebê Brandi. Della queria ter um bebê com Kit, e em alguma outra vida eu e Kit já tivemos um. Começo a rir devagar, e quando Kit e Della alcançam a porta de entrada da casa já estou gargalhando a plenos pulmões.

— Que foi? — Della pergunta. E olha de um lado para o outro, como se tivesse perdido alguma piada. A boca de Kit se contorce, e então ele começa a rir também. — O que há de errado com vocês, pessoal? — Della põe as duas mãos nos quadris, mas está sorrindo.

Não consigo nem ficar em pé direito. Escorrego até o chão, encostada à parede da sala. Rio tanto que o meu estômago até dói. Nunca ri tanto assim em toda a minha vida. E o pior é que nem sei *do que é* que estou achando graça!

— Nossa, ela não consegue parar de jeito nenhum — Kit diz, balançando a cabeça, com um sorrisinho malicioso nos lábios. — E como a gargalhada dela é cruel! Parece uma dessas coisas demoníacas.

Della faz que sim com a cabeça.

— Sempre desconfiei que tinha algo estranho na risada dela, é isso, é maligna — Della diz.

Isso me faz rir mais ainda; o fato de que Kit percebeu imediatamente que tenho uma risada maligna, mas Della levou dez anos para se dar conta disso. Ainda sem entender nada, ela se retira para a cozinha. Kit, porém, permanece de pé diante da porta fechada, com as compras na mão. Não está mais rindo; não há mais nem mesmo um leve sorriso em sua boca. Seus lábios estão cerrados, com uma expressão séria no olhar. Quando nossos olhos se encontram, paro de rir na hora. Simplesmente paro. Esse é o Kit que vi em meu sonho, aquele que segurou a minha mão e disse: "É comigo que você deveria estar".

Inclino a cabeça para trás contra a parede, com as mãos pendendo sobre os joelhos. Bêbada sem estar bêbada. Sóbria sem estar sóbria. Trocar olhares significativos com Kit Isley em seu recém-adquirido ninho de amor não me faz sentir bem. Na verdade, eu me sinto uma merda. Torno a olhar para o rosto dele, porque quero saber o que está sentindo. Posso ver o peito de Kit subindo e descendo com intensidade. A respiração dele está acelerada... por quê? Talvez ele tenha sonhado também. Talvez ele também sinta uma conexão entre nós. Provavelmente é tudo imaginação, e é isso o que me deixa louca de verdade: saber que tudo isso pode ser apenas invenção minha e nada mais. Não sei o que me impele a dizer o que vou dizer, mas já perdi a conta de quantas merdas bizarras tenho feito nos últimos dias.

— Ei, Kit. — Minha voz é quase inaudível. Toco os meus lábios para ter certeza de que eles estão se movendo. — Tive um sonho.

Afasto uma mecha de cabelo dos meus olhos para poder vê-lo com clareza, e a seguro longe do rosto.

Ele olha para mim com interesse; seus lábios se movem.

— É mesmo? — Kit responde com voz suave. — E que sonho foi esse?

Agora que ele me perguntou não sei como explicar. Língua pesada, pensamentos ainda mais pesados. Como se explica a alguém uma sandice? Meu peito começa a ficar apertado. Foi um grande erro. Acho que ainda estou sob efeito do álcool consumido no jantar na noite anterior.

Nesse instante, Della derruba alguma coisa na cozinha. Um copo que se quebra em cacos, assim como o meu momento. *Timing* é tudo quando você está prestes a dizer a uma pessoa que sonhou que tem um relacionamento íntimo com ela. Pode haver alguma coisa mais ridícula do que essa para se dizer? Kit vira a cabeça na direção da cozinha, onde Della está xingando em voz alta, e pedindo ajuda. Ele volta a atenção para mim novamente, com expressão arrependida. Seus olhos se fixam em meu rosto por mais um instante, e então ele se retira. Eu nem mesmo me despeço dele. Saio sem ser vista enquanto eles estão na cozinha. Não vão sentir a minha falta. Todos sabem que sou meio estranha, então ninguém se surpreende quando eu saio à francesa. Della gosta de ficar próxima dos amigos, mas desde que começou a namorar Kit ela tem precisado cada vez menos de nós. O que é bom. Por outro lado, não posso fazer o que estou pensando em fazer. Não posso.

CAPÍTULO 14

#ahmeudeus

NA MANHÃ SEGUINTE, ABRO O MEU E-MAIL E ENCONTRO UMA mensagem de Kit. Na semana passada, alguém invadiu a conta de e-mail dele e me enviou um vírus oculto em uma propaganda de pílulas para emagrecer, por isso não abro a mensagem imediatamente. Lavo o rosto, faço café, ponho Pat Benatar para tocar na vitrola. Quando por fim eu me acomodo tranquila diante do meu *laptop*, vejo que o e-mail não tem título. Preparo-me para lidar com outro vírus, mas quando abro o arquivo vejo surgir um novo capítulo de seu livro. Saber que ele voltou a escrever me deixa admirada. Tomo um gole de café e rolo as páginas para ver o tamanho do documento. Já faz algum tempo que Kit não me manda trechos novos, e faz algum tempo que não leio um bom livro. Na parte em que parei, George, Denver e Stephanie Brown estavam entre a cruz e a espada. Denver quebrou a perna e perdeu o emprego, e Stephanie, a mais gentil e bondosa das criaturas, permitiu que ele fosse morar com ela. Agora George estava em desvantagem, desejando se ferir também. Imagino todos os três vivendo no pequeno apartamento de Stephanie Brown, e isso me faz rir. Não é possível que as pessoas tomem medidas tão desesperadas assim por amor. Tanta carência estava deixando a pobre Stephanie Brown esgotada. Quando continuo a rolar a página para baixo, porém, a história deles não é a única coisa que vejo. Há algo novo. Algo que faz os pelos da minha nuca se arrepiarem de puro horror. Fecho o *laptop*. Tamborilo com os dedos sobre a tampa. Abro-o novamente. A coisa continua no mesmo lugar; não estou sonhando.

CAPÍTULO UM

O SONHO

Quando termino de ler, encerro o computador e volto para a cama. Preciso da segurança do meu casulo de lençóis macios e travesseiros fofos. Como? Como ele conseguiu escrever uma coisa dessas? O que significa isso? Como ele pôde? Olho para o café frio em minha mesa de cabeceira e me sinto mal.

Estou tão envergonhada. Por que fui dizer isso ao Kit? Dei a ele apenas umas poucas palavras, algum sentimento mórbido que deixei escapar, e bastou: *capítulo UM — O Sonho*. Esse capítulo um veio dele ou veio de mim? Não sei muito sobre artistas, mas começo a acreditar que eles possuem poderes mágicos.

Meu contrato de aluguel vence em um mês. Posso me mudar. Deus, não é isso o que eu sempre desejei? Sair desse buraco quente repleto de suor, gente bronzeada e palmeiras pontudas? Tenho uma doença chamada *não consigo manter minha maldita boca fechada*. Mas vamos falar sério: se você sabe que vai acabar implodindo, não é melhor tirar o time de campo e ir embora?

Mais devagar, Helena. Você não precisa mudar de cidade só porque o namorado da sua melhor amiga tem poderes sobrenaturais, eu digo a mim mesma.

Eu me arrasto na direção do meu celular e checo as minhas mensagens de texto. Há uma mensagem do Kit.

K: Escrevi cinco capítulos na noite passada.

O que acontece nesses cinco capítulos? Quero saber. É um livro novo. Os personagens não têm nome; Kit simplesmente os chama de "Ele" e "Ela". *Ele faz isso. Ela faz aquilo.* É um recurso ardiloso, e o seu personagem masculino mistura as palavras de um modo que me faz rir. Esse uso de neologismos mostra um pouco do humor de Kit. "Salfran" é salada de frango frito, que o personagem não acredita que seja salada coisa nenhuma. "Impejo" aparece quando ele não tem certeza se está impressionado ou com desejo sexual. "Omigo" é usado para um conhecido que acha que é um amigo. De repente, eu me flagro procurando traços de mim mesma na mulher que Kit descreve como distante, introspectiva e desconectada do mundo ao seu redor. Será que sou mesmo assim? Ou será o meu ego buscando me colocar na pele dessa personagem? Então me ocorre que as palavras que eu disse ao Kit na noite passada talvez lhe tenham servido de inspiração, e as semelhanças possam ser simples coincidência.

Eu lhe envio uma resposta: *Esse livro vai ser sobre o quê?*

O balãozinho de mensagem sendo digitada aparece na tela, e então desaparece subitamente. Volta a aparecer, e depois some mais uma vez. Kit está digitando coisas e em seguida apagando-as. Estrangulo o meu telefone, e bato com ele na cama algumas vezes. O aparelho está virado para baixo sobre o edredom, e o levanto só um pouquinho para dar uma espiada na tela. Nada de mensagem. Vou para a cozinha pegar algo para comer, depois caminho um pouco ao redor da cama enquanto devoro colheradas de manteiga de amendoim, direto do pote. Tomara que ele tenha escrito. Tomara que ele não tenha escrito.

— Seu bundão! — grito. E me lanço sobre o celular, derrubando o pote de manteiga de amendoim no chão.

Chega uma mensagem de texto, mas é de Della.

D: LIGUE PARA MIM AGORA!

Todo o texto em maiúsculas. Nós temos o combinado de que textos em maiúsculas servem para situações de emergência.

A mensagem de Kit vem logo a seguir.

K: Diga-me você.

Não sei o que isso significa. Ele está sugerindo que eu tenho de saber como a história vai se desenrolar, já que fui a inspiração?

Ligo para Della.

— O teste falhou! — ela grita ao telefone.

Levo alguns instantes para processar as palavras dela. O teste...

— Quê??!

— Fiz um novo teste. Na verdade, fiz mais cinco. Todos deram *positivo*.

Minha cabeça começa a girar. Eu me sento na beirada da cama e ponho a cabeça entre os joelhos, esperando que os meus sentimentos se igualem ao meu choque. De algum modo, sei que não serão sentimentos bons, nem felizes. Embora devessem ser, porque a minha melhor amiga está grávida.

— Você já contou p...

— Não — ela responde antes que eu termine a pergunta. — Ainda não contei a ele. Estou com muito medo.

— Mas medo de quê? — pergunto com indiferença. — Você queria isso.

— É, tem razão. Acontece que nós não planejamos isso, nem falamos sobre isso, nem nada. Eu realmente não sei como ele vai reagir.

Se Della não sabe o que Kit diria, então ela não o conhece muito bem. Posso imaginá-lo recebendo a notícia: a princípio ele ficaria surpreso, levaria algumas horas para assimilar a revelação, e então a resignação dele se transformaria em alegria. Kit não é o tipo de cara que foge da raia.

— Ei, ei! Todo mundo está engravidando. — Que coisa mais estúpida de se dizer. Logo me desculpo. — Não, não é nada disso. Só estou pasma. Nem todas estão engravidando, é claro... só você e a tal Sadie.

Mordo o lábio e espero para ver como Della reagirá ao meu comentário. Continuo fazendo comentários idiotas sem perceber. Não foi intencional, honestamente. Estou feliz por ela. Eu acho.

— Não é a mesma coisa — ela retruca.

— Claro que não é — digo rápido.

— Sadie engravidou do cara com quem você namorava.

— Pois é... — A minha voz morre no ar. Deus, eu só quero que essa conversa acabe. — Quando é que você vai contar...

— Preciso desligar — Della avisa. Ela encerra a ligação antes que eu tenha a oportunidade de fazer mais algum comentário.

Fico olhando para a mensagem de Kit por um bom tempo, tentando decidir o que fazer. Ele vai ter um bebê com a minha melhor amiga, e isso significa que não posso romper totalmente o contato com ele. Mas preciso eliminar alguns elementos. Por exemplo, esse lance de estar meio a fim dele tem que acabar. Talvez também tenha de parar com essa história de trocarmos mensagens idiotas um com o outro. E ele vai ter que parar de me enviar capítulos de livros que ele escreve. Essa parte me deprime de verdade. Ah, sim: tenho de parar de aparecer no trabalho dele. Certo. Deleto as mensagens de texto dele sem ler a última. Na sequência, eu deleto o contato dele do meu celular. Envio a Della uma mensagem de texto esperando apagar a má impressão da nossa última conversa por telefone e retomar de onde paramos:

Vamos escolher o nome!

A resposta dela chega quase imediatamente.

D: Daphne!

Não mesmo, pode esquecer!, teclo em resposta.

Ela me envia uma figura de gargalhada, e assim nós voltamos a nos entender. Helena e Della. A excêntrica e a princesinha.

KIT NÃO ME MANDA MAIS NENHUMA MENSAGEM. TRÊS DIAS depois, pergunto a Della se ela já lhe contou a novidade.

D: Sim, já, ela tecla em resposta.

Mas e aí?! O que ele disse?

D: Ficou em êxtase. Não poderia estar mais feliz.

Assim que você contou?

Sei que estou sendo meio indiscreta, mas quero ver o quanto estou certa a respeito dele.

D: Sim, no instante em que contei.

Ela está mentindo.

CAPÍTULO 15

#iyogi

DELLA ACABA PERDENDO O BEBÊ. KIT TELEFONA PARA ME contar. A voz dele está calma e triste. Nunca havia conversado ao telefone com ele antes, e me pergunto se sua voz sempre soa assim ou se é o sofrimento pela perda que a modifica desse modo. Saio do trabalho sem demora e dirijo por cerca de três quilômetros até a casa deles. Sei que Della pediu a Kit para me ligar; é típico da minha amiga. As coisas não vão bem quando você precisa de alguém para fazer os seus telefonemas por você. Não estou sendo dura; Della é assim mesmo. Quando menstruou pela primeira vez, ela fez sua mãe me telefonar para me contar o que havia acontecido. As pessoas nunca mudam de verdade, não é? Quando chego à casa da rua Trinidad Lane, 216, toda a família da minha amiga está reunida na sala de estar. Ver todos sentados ali é deprimente para mim. Parece um velório. Cada um dos familiares de Della me abraça, um após o outro, e então sou orientada a ir até o quarto do casal, onde ela está deitada em sua cama, no escuro.

— Olá — digo. Sento-me na cama ao seu lado, e ela se aninha a mim. — Sinto tanto, Del.

Ela funga.

— Não se preocupe, não vou dizer aquelas coisas que as pessoas sempre dizem nesses momentos — aviso.

— Eu sei, Helena. É por isso que eu quis que você viesse.

— Qual deles disse a pior bobagem? — pergunto.

— Tia Yoli. Ela disse que o meu útero pode não ter sido fertilizado o suficiente para florescer.

Damos uma risada abafada de puro deboche, como melhores amigas que somos. Superando juntas a tristeza.

— Uma vez sua tia Yoli me disse que os meus seios nunca dariam conta de alimentar um bebê — revelo a ela. — Eu tinha só treze anos!

Rimos mais ainda, e eu pego a mão de Della.

Ela liga a televisão, e assistimos *Desperate Housewives* até que Kit chega para me desalojar e ficar com ela na cama. Mal trocamos um olhar, mas quando passo perto dele eu seguro a sua mão e a aperto. *Sinto muito pelo bebê*, é o que quero dizer com o meu gesto. Ele retribui o aperto de mão.

Vou para a casa deles todas as noites depois do trabalho. Della está abalada demais. Mais ainda do que eu esperava. Preparo suas refeições e lhe faço companhia enquanto Kit está no trabalho. E mais uma vez, a minha vida é engolida pelo sofrimento de Della. Não me importo, exceto pelo fato de estar cansada. E ainda tenho que lidar com o meu próprio sofrimento. June afirma que sou uma incentivadora. Sim, acho que posso ser acusada disso, considerando o modo como encorajo June a usar chapéus feios.

Certa noite, estou limpando a cozinha quando Kit chega em casa após sair do trabalho. Della já foi dormir. Vejo as luzes do carro dele, e isso me faz vibrar de excitação. Não consigo evitar essa reação, pois sei que vou conversar com uma pessoa que não está deprimida! Ele se senta na bancada perto de onde estou lavando pratos.

— Você também precisa de você, Helena — é a primeira coisa que ele me diz. E então começo a chorar. É uma idiotice, porque nada de ruim aconteceu comigo. Não tenho esse direito.

— Não me leve a mal — eu me desculpo. — Não tive a intenção. Vocês não merecem ter que lidar também com os meus problemas.

— Mas talvez você mereça. — Kit ri discretamente. — Será que você está dando a devida atenção aos seus próprios problemas?

Agito a mão no ar num gesto de desdém.

— Eu estou ótima. Tudo está bem. E você? Como está levando as coisas?

Kit balança a cabeça.

— Helena, você está mudando de assunto e tentando me distrair.

Olho para a água que sai da torneira.

— A questão é que não me sinto à vontade quando falo de mim mesma. Prefiro que me fale sobre você.

— Tudo bem. O que você gostaria de saber?

— Você contou à sua família sobre o bebê?

A expressão no rosto dele não trai a menor reação. É impassível.

— Não. Era cedo demais.

Muito justo e compreensível.

— E como *você* se sente a respeito disso tudo?

Kit morde o lábio inferior.

— Não sei — ele responde. — Eu mal tive tempo de digerir a notícia da gravidez antes que tudo acabasse assim.

— Você está triste? — insisto. Quero alguma informação relevante, mas ele é bem econômico nas respostas.

— Não sei.

— Para alguém que parece saber tanto sobre os sentimentos dos outros, você parece um pouco perdido a respeito de si mesmo.

Kit faz uma careta.

— Talvez eu também não goste de falar sobre mim mesmo, Helena.

— Hummm... sei — respondo, com um sorrisinho acanhado. — O que vamos fazer, então?

— Vamos caminhar lá fora — ele diz, saltando do balcão.

— Certo. Mas não é melhor deixar um bilhete? — Olho na direção do quarto deles.

— Ela tomou a pílula para dormir?

Faço que sim com a cabeça.

— Então ela vai estar fora de órbita até amanhecer.

Ele sai pela porta e eu o sigo, e tomamos a direção da rua. Tento adivinhar qual caminho ele vai escolher na rua, e erro. O ar traz consigo um leve odor de mar, e de gasolina, pois estamos próximos de uma rodovia. É o cheiro de fuga e de liberdade. Pergunto-me se Kit percebe, e se isso o faz querer saltar para dentro do carro e rodar, rodar, rodar para longe de tudo.

— Kit — começo. — Você está apaixonado?

— Helena, por que diabos você me pergunta isso sempre que saímos para caminhar?

— E por que você nunca responde a pergunta?

— É constrangedor — ele responde. — E não é da sua conta.

Solto uma risada.

— Entendi, Kit Kat.

— Por favor, não me faça lembrar os tempos de escola.

O apelido dele na escola era Kit Kat. É uma graça de apelido. Como será que ele era nos tempos de adolescente?

Quando penso que minha pergunta não vai mesmo ser respondida, Kit me surpreende e responde.

— Eu queria estar, Helena. Estou tentando.

Sei que ele está compartilhando comigo algo incrivelmente pessoal, e por isso tento reagir com naturalidade. Mas o que eu quero mesmo é agarrá-lo pelo colarinho e gritar "VOCÊ FICOU LOUCO?!" ou "Pensa que pode brincar assim com o coração da minha amiga?".

Em vez disso, tento medir as palavras e fazer um comentário mais equilibrado.

— Ah, é? Você quase se tornou pai, Kit. Não é como preparar um coquetel. Você pode errar no preparo de um drinque e seguir com a sua vida, mas não pode lidar assim com a sua família.

Ele fica em silêncio por um bom tempo.

— Você e Della são amigas já faz anos, Helena. Você sabe como ela é. Mais de uma vez estivemos perto de terminar tudo. Mas ela... ameaça se ferir.

Isso me deixa surpresa. Bem surpresa. Jamais imaginei que Della fosse capaz de usar ameaça de suicídio para convencer um cara a ficar com ela. Também jamais pensei que Della tivesse a intenção de engravidar. As pessoas mudam, eu acho.

— Não sei o que dizer, Kit. Mas não acredito que essa seja uma boa razão para manter um namoro. Isso não parece nada bom.

— Eu me importo com ela. Muito mesmo.

— Acho que você tem que amar demais uma pessoa para ter um bebê com ela. Precisa amá-la de verdade, não pode haver dúvida a esse respeito. E ainda assim os relacionamentos às vezes fracassam.

— Por que você está falando com essa voz estranha? — Ele me olha de lado, e sinto uma pontada no estômago.

Isso acontece quando estou nervosa.

— Parece o Zé Colmeia falando.

— O quê? — Olho para ele com indignação. — Ah, meu Deus, essa é a última vez que aceito um convite seu para caminhar.

— Tudo bem, Zé Colmeia.

— Todas as casas nesse lugar parecem iguais — comento, tentando mudar de assunto. — É meio enjoativo.

Kit dá uma risada.

— Minha casa é diferente — ele diz. — Ninguém tem persianas da mesma cor que as nossas. Della se certificou disso.

— Tem razão. As persianas de vocês são as mais bonitas.

Então, dizemos ao mesmo tempo "berinjela", e começamos a rir. Della não poderia dizer que a cor das persianas é roxa, violeta ou algo simples. Ela gostava de dar nomes diferenciados para as suas coisas; e quanto mais diferenciado, melhor. Berinjela, por exemplo, era uma maneira mais sofisticada de dizer "roxo".

— Tenho mais uma pergunta — aviso. Kit geme. — Como você sabe que está apaixonado por alguém? Quero dizer: como você sabe *com certeza*.

Estamos parados diante do pequeno lago ao redor do qual todas as casas do condomínio foram construídas. Enquanto espio as janelas das pessoas, Kit se agacha para pegar uma pedra, que ele atira na direção da água para fazê-la quicar. A pedra pula uma... duas... três... quatro vezes. Impressionante.

— Tudo acontece como se fosse um sonho — ele responde.

— Um sonho — repito.

Ele não tem o direito de fazer isso comigo.

CAPÍTULO 16

#desajeitada

— É ESTRANHO, HELENA. VOCÊ E KIT.

— Hein?

Estamos em uma loja da Nordstrom, e Della segura um vestido diante do espelho, embora seus olhos não estejam em seu próprio reflexo, e sim no meu.

Reajo com naturalidade e empurro cabides, examino algumas camisas feias, e evito olhá-la nos olhos. Por que estamos aqui mesmo? Ah, sim, porque ela quis vir.

— Vocês dois parecem bem próximos. Provavelmente até mais do que eu e você fomos durante certo tempo. — Ela olha para o vestido, inclina a cabeça para o lado e franze os lábios.

— Nós nos damos muito bem — respondo com tranquilidade. — Aonde você quer chegar?

Ela de repente se mostra arrependida.

— A lugar nenhum. É uma coisa estúpida. Esse ciúme enorme que apareceu. Nunca ninguém me fez sentir isso antes. É mais intenso agora, sabe?

Não sei. Não sou do tipo ciumenta. Balanço a cabeça negativamente, contrariada.

— Della, você sempre quis que eu fosse amiga dos seus namorados. Há uns tempos você os empurrava para cima de mim. E agora, de repente, isso virou um problema pra você?

Ela morde o lábio. Lábios grandes e cheios, que combinam com seus olhos grandes e expressivos.

— Eu já disse. Com Kit é diferente. E... ele gosta de você. Ele vive falando de você.

97

Tento manter a calma, mas esbarro em um mostruário de pulseiras e o derrubo.

— Nossa! Merda.

Della se agacha para me ajudar a pegá-lo, olhando aflita para mim o tempo todo.

— Não fique zangada, tá? Nem acredito que estou sendo tão estúpida.

Estou zangada. Só que zangada comigo mesma. A coisa está tão óbvia que Della já desconfia de algo? Preciso dar um tempo nisso, deixar Kit em paz.

— Você não é estúpida — digo. — Está apaixonada. Além do mais, que risco eu ofereço? Sou entediante.

— Não é verdade. Eu gosto de você, não gosto?

Não respondo. Della gosta das pessoas que cuidam de suas necessidades. E eu sou muito boa nisso. Isso não me faz sentir usada, apenas necessária.

— Kit não abre mão de ter você sempre por perto. Ele conta as histórias dele pra você e não pra mim. E vocês dois sempre parecem ter uma piada para compartilhar, não é?

— Vocês não têm piadas só suas para compartilhar?

— Na verdade, não — ela responde com expressão aborrecida. — Pelo visto ele não me acha tão engraçada.

— Ele acha que você tem um bom coração — digo. E então lhe revelo as coisas legais que Kit disse a respeito dela. — E falando honestamente, Della, acho que ele está rindo *de mim*, não *comigo*. Sou engraçada só porque sou desajeitada.

— É verdade. Você é bem desajeitada.

Tiro uma camisa da arara e a examino, segurando-a na frente do meu corpo. Della faz cara feia.

— Bege de novo, Helena? Mais bege? Você é a própria chata do bege.

Coloco a peça de volta no lugar. Quem quer ser uma chata do bege? Olho para a minha melhor amiga enquanto ela está se admirando ao espelho. É uma visão muito estranha para mim. A autoconfiança em conflito com a insegurança. Além de Della, não conheço nenhuma mulher que tenha essas duas características juntas. Uma mulher linda, mas ao mesmo

98

tempo atormentada pelo ciúme. *Ciúme de quê?*, penso. Quantas garotas dariam tudo para estar no lugar dela? Bem, não é o meu caso. Deve ser exaustivo ser tão centrada em si mesma. Entediante até. Eu me sinto culpada por ter alimentado alguns pensamentos a respeito de Della. Se eu fosse realmente honesta comigo mesma, diria que comecei a ter esses pensamentos na época em que Kit apareceu. É justo uma pessoa fazer você enxergar alguém de uma maneira diferente? As coisas não deviam ser assim. Sou desleal.

UMA SEMANA MAIS TARDE, ESTOU PARTICIPANDO DE UM CHUR-rasco na casa de Kit e de Della. Há cerca de vinte pessoas no pequeno quintal deles, sentadas em cadeiras de jardim, bebericando cerveja. Outro grupo de pessoas está dentro da casa, desfrutando do ar-condicionado, reunido em torno da guacamole. Faço parte do grupo que está no quintal. Logo começamos a nos referir a nós mesmos como "Os De Fora" — e não só por estarmos do lado de fora da casa. Kit não está entre nós, mas se aproxima eventualmente enquanto cuida da churrasqueira. June está sentada ao meu lado. Ela está pensativa e inquieta, puxando as bordas da sua saia.

— O que há de errado com você? — pergunto a June. — Está agindo como uma menina.

Ela olha na direção da cozinha. Nesse momento, imagino o que pode ter acontecido. Della deve ter dito alguma coisa a ela. June odeia ser colocada em situações constrangedoras. Ponho a mão no braço dela. Antes que eu possa dizer alguma coisa, a porta de trás se abre e Della sai para o jardim com um prato de comida. June vira a cabeça, evitando olhá-la. Della está vestindo um short cor-de-rosa provocante e uma camisa sem mangas. E nada de sutiã. *Todos nós sabemos que você tem mamilos, Della. Mas obrigada por avisar.* Observo quando ela entrega o prato a Kit e passa os braços ao redor do tronco dele, pressionando o rosto contra as suas costas. A única reação de Kit é sorrir em agradecimento. Della então parte para algo mais drástico. Ela quer atenção. Há muitas garotas aqui, e Della precisa se sentir a mais gata. Deus, é uma droga conhecer alguém tão bem assim. Não costumava me aborrecer tanto com isso.

O pessoal do grupo começa a compartilhar um cigarro de maconha. Pego o cigarro e o trago com mais avidez do que deveria. Engasgo e tenho um surto de tosse que chama a atenção do grupo. Com o canto do olho vejo Kit se desvencilhar de Della e caminhar em minha direção para conferir o que houve. *Não! Não! Não!* Levanto e agito a mão para indicar a ele e a todos os outros que estou bem e não preciso de ajuda. Não preciso de mais problemas. Não gosto do modo como Della tem olhado para mim ultimamente, como se eu fosse um risco e tivesse de ser vigiada.

Kit arranca o cigarro da minha mão.

— Já vai passar — ele diz.

Não posso responder porque não consigo parar de tossir, mas consigo olhar feio para ele. Perto da churrasqueira, Della assiste a tudo, com os braços cruzados sobre a cintura. June está observando Della. *Que droga, June!* E Kit está olhando para mim enquanto eu olho para o resto das pessoas.

— Estou bem — digo com alguma dificuldade. — Já fumei antes, você sabe.

— Não é o que parece, Helena.

O tom de censura na voz dele me aborrece. Sou só mais uma convidada na casa dele, e quero que me deixem em paz, não que me repreendam.

De qualquer maneira, não pretendo me envolver numa discussão com alguém que deveria estar cuidando da sua própria vida. Volto a pegar o cigarro da mão dele, coloco na boca, puxo mais uma vez e depois passo para a pessoa ao meu lado.

— É isso aí, Helena, mostre como se faz! — diz um dos meus amigos do grupo d'Os De Fora, com vibração.

Kit olha sério para mim por mais alguns instantes antes de retornar ao seu posto na churrasqueira. Olho de lado para Della; ela parece irritada. Toda a sua animação sumiu. June está choramingando ao meu lado com um cachorrinho.

— Quieta, June — repreendo. — Situações sociais constrangedoras acontecem o tempo todo na vida.

— Precisamos conversar, Helena. Mas não aqui. Ela está me observando.

E está mesmo. Della está de olho em nós duas. Encaro Della, porque ela não me mete medo. Tenho medo é do que nós estamos nos tornando. Nosso relacionamento está se desfazendo, deformando-se. A velha cumplicidade está lentamente ficando em segundo plano, e alguma outra coisa está crescendo e ganhando evidência. Costumávamos olhar uma para a outra e encontrar solidariedade mútua devido ao nosso entrosamento e familiaridade. Agora os nossos olhares são perscrutadores. Nós nos medimos com o olhar, nos avaliamos. Esse é o lado ruim de ser jovem. Você não faz ideia de todas as mudanças que estão por vir. E quando elas enfim chegam, não importa o quanto as pessoas o tenham avisado, você fica de fato surpreso.

CAPÍTULO 17

#tchauentão

EU ME ENCONTRO COM JUNE PARA UM ALMOJANTA NO FIM DA tarde de sábado. Na verdade, quero comer um sanduíche reforçado, porque é o que mais gosto, mas June é vegana.

— Tenha dó, Helena. Você só come esse monte de ovos, bacon e linguiça. É a opção mais antivegana que existe.

— Só queria ter amigos normais, será que é pedir demais? — reclamo. — Amigos que comam animais. Ou comam um ovinho pelo menos.

— Então procure uma amiga vegetariana. Eu sou vegana.

Ela sacode o vestido com estampas florais enquanto esperamos por uma mesa, e olha feio para mim.

A pequena recepcionista nos leva a uma mesa no pátio, onde abre dois menus diante de nós. Estamos loucas para conversar, mas esperamos até que o garçom venha nos atender e tome nossos pedidos.

— Ela acha que você está a fim do Kit — June me diz finalmente.

Estamos sentadas num café lotado, a dezenas de quilômetros de distância de Della, mas mesmo assim June olha cautelosa de um lado para o outro, como se Della pudesse aparecer a qualquer momento. Tamborilo no tampo da mesa, irritada.

— Mas por que eu estaria a fim do Kit? — argumento. — Talvez ele é que esteja a fim de mim. Por que não?

Não sei por que, mas esse detalhe me aborrece mais do que saber que a minha melhor amiga fala de mim pelas costas. Como se não bastasse, ela ainda joga a culpa nas minhas costas e não nas dele. Eu o procurei para conversar... algumas poucas vezes. Mas foi ele quem quis sair para caminhar comigo. Sempre. E todo mundo sabe o que acontece quando um cara sai para caminhar junto com uma garota.

— Porque ela é uma garota apaixonada, Helena, e a culpa nunca é do homem. É toda da concorrência — June responde com expressão conformada.

— Ah, então agora sou a concorrência?

Cruzo os braços diante do peito e faço cara de brava. June empurra os óculos mais para a frente do nariz.

— Kit presta atenção demais em você. Esse é o problema.

Balanço a cabeça na frente dela como uma idiota para reforçar a minha negativa.

— Não, ele não faz isso.

June ri.

— Della vê você como concorrente porque é isso que você é. Kit tem uma queda por você. Não é possível que você não consiga enxergar isso.

Meu coração está impossível. Gostaria que ele parasse de bater tão forte. Não é certo. Por outro lado, sei que isso não é verdade. Kit é atencioso e gentil. Com frequência, as pessoas interpretam essas qualidades da maneira errada.

— Della e eu não somos parecidas em nada — comento. — Kit tem uma queda por Della.

— Talvez seja esse o problema dele. — June retira os braços da mesa para que o garçom possa servir a sua comida. — Eles não combinam muito, não acha?

— Os opostos se atraem.

— Você é linda, Helena. Apenas você não vê que é linda. Na verdade, isso a torna ainda mais linda.

Essa conversa está me deixando nervosa. Abaixo o meu garfo.

— Ugh. Pare. Por que está me dizendo essas coisas?

— Veja, é óbvio que você conhece Della há muito mais tempo que eu. Mas eu me tornei amiga dela por sua causa. E vice-versa. Não sei se alguém como ela me escolheria como amiga de outra maneira.

— De onde tirou isso, June? Que coisa maluca.

June agita as mãos no ar e ri.

— Não estou ofendida. É sério. Simplesmente sei como as coisas funcionam. Vou explicar usando uma linguagem que você entenda bem: Della é Choo, e eu sou Luna Lovegood.

Bato a mão contra o tampo da mesa e continuo.

— Você é Luna! Ah, meu Deus! — E como é que eu não percebi isso antes?

— Exato — ela diz.

— Adoro quando você fala de *Harry Potter* para mim. E quem eu sou? — pergunto

— Você é aquela trouxa que não tem poderes mágicos, mas quer aprender a fazer mágica.

— Ei... essa foi cruel — digo, contrariada.

— Então vá lá e aprenda a magia. Se você quiser, se essa for a sua escolha.

Talvez ela tenha razão. Comecei com isso, não é? Quando tomei aquelas aulas. Eu me sinto tão desmotivada. Tão perdedora. Uma chata do bege sem magia nenhuma.

Que dia triste na Terra de Helena.

Antes de nos despedirmos, dou um forte abraço em June.

— Vou falar com Della — afirmo. — Para tentar acertar as coisas.

June não olha para mim. Isso me faz desconfiar que ela tem mais coisas a dizer.

— Às vezes não dá para resolvermos tudo como gostaríamos. Procure levar isso em conta, certo?

— Claro, June. Claro.

Porém Della e eu atravessamos a fase da puberdade juntas. Quando ela entrou na categoria júnior de animadora de torcida e fez novos amigos, nós também lidamos com isso e seguimos juntas. E quando comecei a namorar Louis, do grupo de debate, e passei a vê-la com menos frequência, também conseguimos superar isso. E quando tivemos a nossa primeira briga séria, porque achei que ela havia mudado, isso foi superado. E quando não tínhamos nada mais em comum, também soubemos lidar com isso. Superamos os problemas. É assim que somos.

DURANTE TODO O CAMINHO DE VOLTA PARA CASA FICO pensando nas coisas que June disse. Quanto disso é minha culpa?

104

Eu poderia ter feito as coisas de maneira diferente? Não sou boa em matéria de flerte. Não tento flertar. Será que flertei com Kit na frente da Della sem me dar conta de que estava fazendo isso? Se fiz alguma coisa errada, então vou assumir o meu erro. Tentei ser amigável com ele, porém me mantendo distante. Mas aquele sonho... Eu não fui mais a mesma depois do sonho. E para ser sincera, sincera de verdade, eu diria que o sonho afetou a minha capacidade de perdoar Neil. De uma hora para outra, comecei a imaginar que as coisas poderiam melhorar. Que a minha solidão chegaria ao fim.

TELEFONO PARA DELLA ASSIM QUE CHEGO EM CASA. JÁ TENHO tudo planejado — cada detalhe do que vou dizer. Ela atende no terceiro toque. Há bastante barulho e ruído de movimento ao fundo.

— Alô? Del?

Afasto um pouco o telefone do ouvido, e estou prestes a desligar quando escuto algo. Um gemido longo, respiração intensa.

— Della?

Della responde, mas é o nome de Kit que ela pronuncia, seguido por uma série de gritos. Desligo rápido, cheia de vergonha. Ela deve ter atendido acidentalmente enquanto eles estavam transando. Meu Deus. Cubro o rosto com as mãos. Isso não pode estar acontecendo.

Também sinto alguma coisa estranha. O que é? Deixo isso para lá e vou abrir uma garrafa de vinho. Nem me dou ao trabalho de pegar um copo; bebo direto da garrafa. Faço o vinho descer pela minha garganta como se fosse água. Quanta elegância. Queria ter alguma coisa mais forte — como aquele bourbon que Neil costumava trazer em ocasiões especiais. Meia dúzia de goles, e você se sente cheio de coragem e disposição. Preciso de coragem. Sou uma criatura fraca.

Mais tarde nessa noite ela me liga, quando já estou indo para a cama.

— Ei, me desculpe. A ligação caiu. — A voz dela é indiferente. Seca. Ainda estou meio zonza por causa da garrafa de vinho que tomei.

—- Ah, não faz mal.

Então nós duas ficamos em silêncio por um longo momento, e eu me pergunto se ela está esperando que eu diga algo sobre o que aconteceu. Será que ela sabe? De repente, a minha ficha cai e eu me sinto a mulher mais burra do universo. Claro que ela sabe. Porque a ligação não caiu. Della fez aquilo de propósito.

Minha voz soa mais fria do que soaria se eu não tivesse percebido nada.

— Só liguei para saber como vão as coisas. Não falo com você desde o churrasco. Você estava estranha.

— Está tudo bem — ela responde. — O mesmo de sempre.

Balanço a cabeça. *Nossa, que maravilha.*

— Beleza.

— Beleza — ela repete. — Tchau, então.

E desliga o telefone.

Então é assim? Pois é. Ela não tem nada a me dizer, e não tenho nada a dizer a ela. Isso dói.

— Ei! As amigas em primeiro lugar, tá lembrada? — grito ao telefone. Mas é tarde demais. Por causa de um cara, a discórdia abalou o nosso relacionamento de amizade.

— Foda-se você, Kit Isley — resmungo.

O mais triste é que não tenho ninguém com quem conversar sobre o assunto. Normalmente eu conversaria com Della.

Kit. Na verdade, é com Kit que eu gostaria de falar. Rá! E não é que ela está certa?

Levanto o celular acima da minha cabeça e bato uma foto. Vai se chamar "Não Tem Magia e Acaba de Perder uma Amiga".

CAPÍTULO 18

#gravidade

FAZ UM MÊS QUE NÃO FALO COM KIT OU COM DELLA. SÃO trinta dias isolada de uma pessoa que nunca se afastou de mim, uma pessoa que jamais quis que se afastasse de mim. Isso me deixa bastante deprimida, mas procuro me manter ocupada com o trabalho e com as aulas de arte que estou tomando. "Aprenda a magia", foi o que June disse. Bem, estou tentando. Tudo o que eu quero ganhar a minha varinha mágica. Martin e Marshall, colegas de trabalho, convenceram-me a ir à feira de agronegócio Broward County Fair. Para empatar o placar homem-mulher, peço a June que venha com a gente. Martin é corpulento e ruivo. Ele se acha um conhecedor de vinhos e gosta de mostrar que é superior ao resto de nós. Juro por Deus que a voz dele até muda quando ele discursa para a gente sobre a casca delicada das uvas Pinot. Eu me afundo no meu assento porque não sei que uvas são essas. São aquelas vermelhas? O filme favorito de Martin é *Sideways — Entre Umas e Outras*, com Paul Giamatti. Previsível até demais. Marshall, por outro lado, é de Porto Rico e não consegue entender por que seus pais lhe deram o nome de Marshall se seus irmãos se chamam Roberto, Diego e Juan Carlos. Sofre de crise de identidade, segundo ele próprio. Gosto muito dos dois, mas June acha que eles são esquisitos. Ela deve saber do que está falando...

Passamos a noite indo de atração em atração, enquanto Martin nos ensina a diferença entre Pinot Gris e Pinot Grigio. (Resposta: ambos são vinhos feitos da mesma uva, mas o Pinot Gris é produzido na França, e o Pinot Grigio, na Itália.) Demonstro algum interesse pelo tema e faço algumas perguntas a ele. Os rapazes fazem uma pausa para comer e ir ao banheiro, e June agarra o meu braço, enfiando as unhas na minha pele.

— Ele fica me perguntando se estou interessada em me mudar para a China — sussurra energicamente. E olha para Marshall, que está esperando na fila para comprar uma maçã do amor. — Acho que ele está procurando uma companheira.

— Você não está saindo com ninguém — argumento. — Além do mais, você adora comida chinesa.

— Argh!

Ela se retira na direção do banheiro, e entro na fila para andar no Gravitron — um brinquedo que ao girar produz uma força centrífuga três vezes maior que a força da gravidade.

Legal, Helena, é isso aí, digo a mim mesma. *Mande para longe a única amiga que lhe resta.*

— Serei seu amigo.

Eu me volto e dou de cara com Kit parado atrás de mim, com um sorriso idiota no rosto. Disfarço o meu espanto da melhor maneira que posso, e dou um passo para trás.

— Duvido muito — retruco. — A sua namorada não aprovaria.

Nossa! Quanta raiva contida, hein?

Olho para ele com ar de arrependimento e abaixo a cabeça.

— Me desculpe por isso, Kit.

— Tudo bem, Helena. A verdade costuma ser indigesta.

— E aí, como vão as coisas? — Tento não demonstrar que estou procurando Della no meio da multidão, mas não consigo disfarçar. Meus olhos não param de dançar de um lado para o outro nas órbitas.

— Ela está no banheiro — ele avisa. — Provavelmente encontrou June e resolveu conversar um pouco com ela. Você veio para cá com June, não é?

Eu me pergunto se ele nos viu, ou se acessou nossas fotos no Instagram.

Marshall escolhe esse exato momento para enfiar um *funnel cake* na minha cara. Reajo com um sorriso entre entediado e enojado.

— Marshall, este é o meu amigo Kit.

— Oi, cara. — Marshall faz malabarismo para equilibrar sua bebida e seu prato enquanto aperta a mão de Kit, e então empurra o *funnel cake* na minha cara mais uma vez.

— Não. Não quero. Nada mudou de vinte segundos para cá.

Kit enfia as duas mãos nos bolsos e olha para mim, e depois para Marshall. A expressão no rosto dele é engraçada.

— Bem... — ele diz.

— Ei, as garotas estão chegando com Martin — eu o interrompo.

Nosso bando cresce quando Della, June e Martin se juntam a nós. Della está vestindo um ridículo short de couro com uma camiseta de couro combinando. Não sei se ela vai apresentar algum espetáculo erótico no trapézio ou se é simplesmente uma garota desesperada para chamar a atenção de todos a sua volta. Eu me arrependo de ter me vestido de bege. Ela e June estão de braços dados quando se aproximam de nós. Olho para Kit para saber se ele gosta do uniforme da namorada, mas noto que ele está olhando para mim.

— Olá — Della diz. — Legal ver você aqui.

Ela é apresentada a Marshall, me dá um abraço rápido e se junta a Kit. Evito olhar para eles.

— Então vocês vão mesmo andar nessa coisa? — Della pergunta a todos do grupo. — Porque eu não vou, não. De jeito nenhum.

— Também não quero andar nisso aí — June diz. — Vamos para a roda-gigante.

Della sorri com alegria para ela e concorda com a cabeça, e então faz biquinho e olha para Kit.

— Venha com a gente — ela pede.

— Prefiro andar neste — Kit responde. — Vão vocês.

— Quero que venha com a gente — Della insiste.

Posso sentir a tensão no ar.

De repente, sinto uma vontade de me esconder dentro do funnel cake de Marshall. Tiro o prato da mão dele e começo a enfiar pedaços da guloseima na minha boca.

— Então você vai ficar querendo — Kit retruca.

Devolvo o prato e pego a Coca-Cola de Marshall. Kit e Della estão discutindo. Ela insiste que ele a acompanhe, e ele se recusa a fazer isso.

— Bem, acho que vou ali comer um espetinho — aviso. — Alguém quer ir comigo comer um espetinho? Agora? — Olho para Martin, que olha para Marshall, que olha para June.

— Você é a próxima da fila do Gravitron — June informa. — Não pode sair agora.

Vejo o olhar de June alternar nervosamente na direção de Kit e Della.

— Vamos, June — Della chama, separando-se de Kit e rumando com pressa na direção da roda-gigante. June murmura "socorro" para mim, e depois corre atrás dela.

109

— Vou com vocês — Marshall diz.

— Cara! — Martin parece irritado. Ele observa o amigo se afastar com as garotas, e então se volta para nós. — Ei, nesse aparelho só dá pra andar de dois em dois — ele diz, olhando para Kit.

— É — Kit responde. — Vou com Helena. E você, vai com quem?

Reprimo uma risada. Ele endireita ainda mais os ombros já eretos e encara o meu amigo Kit.

— Helena veio comigo esta noite.

Reajo com uma careta de espanto, e Kit ri ao perceber minha expressão.

Agora vou ter que lembrar a Martin que ele implorou para que eu viesse, e que nem por isso sou obrigada a ficar grudada nele; antes que eu tenha tempo de fazer isso, porém, chegamos à ponta da fila. Kit agarra a minha mão e me puxa na direção do aparelho, e nós subimos os três degraus que levam à entrada do brinquedo. Estamos confinados no Gravitron, que cheira a pipoca e suor, e a metal e graxa. É desagradável e excitante ao mesmo tempo.

Olho para trás e vejo que Martin está muito aborrecido, fazendo cara feia. Só então percebo que ele estava a fim de mim. É engraçado quando não enxergamos algo que está diante do nosso nariz. Ainda estou pensando nisso quando de repente não consigo enxergar mais nada.

Cambaleamos para a frente, tateando para encontrar apoio na estrutura mais próxima. Kit acha um lugar no fundo da cabine, e pressionamos as costas contra as instalações acolchoadas, sem jamais largarmos as mãos um do outro. Esse sempre foi o meu brinquedo favorito — totalmente fechado, com painéis acolchoados revestindo as paredes internas. As pessoas se apoiam nesses painéis, que são recuados. Quando o aparelho gira, a pessoa fica colada contra a estrutura acolchoada atrás dela; isso acontece devido à força centrífuga (como Neil me explicou). Em resumo: estou girando, não consigo mover os braços nem as pernas, e a escuridão me deixa eletrizada de tanta emoção.

Fecho os olhos quando a música começa. Kit solta a minha mão. Faço força para virar a cabeça e ver por quê. Ele está usando as duas mãos para cobrir o próprio rosto. É uma visão arrebatadora, e a minha reação é rir. Estendo o braço para agarrar o pulso dele e puxar a sua mão; é uma luta, e eu me movo como se estivesse em câmera lenta. Todo o meu corpo acaba sendo atraído para o lado dele, e agora estou frente a frente com Kit. E não consigo parar de rir. Kit dá uma espiada por entre os dedos. Mesmo em meio à escuridão, quando a luz estroboscópica brilha sobre o rosto de Kit, posso ver que ele está um pouco verde.

— Você devia ter escolhido a roda-gigante! — grito.

Kit ri, e fica de lado para aproximar mais o rosto de mim. Quando me dou conta, estamos separados por patéticos três centímetros. Não dá para fazer nenhum movimento nem me afastar, porque o Graviton está realizando o seu giro mais feroz. Mal conseguimos nos mover, e de repente respirar também fica difícil. Ainda bem que está escuro e Kit não pode ver a expressão estampada em meu rosto. Então me pego sonhando acordada, sonhando com um beijo. Isso é ruim, e nunca aconteceu antes. Mas também nunca havia estado fisicamente tão perto dele. Fecho os olhos para repelir o pensamento. E então eu sinto... sinto a mão dele no meu rosto. Um desejo impossível pode dominar uma pessoa nos momentos mais inoportunos. Como quando você está num brinquedo de parque de diversões, quase paralisado pela força da gravidade, e o marido do seu sonho encosta a mão quente em seu rosto, embora até mesmo esse movimento seja bem difícil de fazer. Não vou abrir os olhos. Tenho medo do que possa enxergar nos olhos dele. Porra, eu cairia morta se ele olhasse para mim como olho para ele. Eu os mantenho bem fechados e sinto uma lágrima escapar pelo canto do olho. Ela escorrega pela minha bochecha e rola para a mão de Kit. E então a sessão termina. A intensidade da rotação diminui, e nós recuperamos o controle de nossos braços e pernas, cabeça e mãos. Por isso, fico surpresa quando a mão de Kit não se afasta de imediato do meu rosto. Já nos levantamos quando a música cessa, e nossos corpos continuam mais próximos do que deveriam um do outro. As portas ainda não se abriram, e permanecemos nessa posição por um minuto — minha testa encostada no peito dele, as mãos dele envolvendo os meus braços. Um momento congelado no tempo, inadequado e inocente ao mesmo tempo. Eu me agarro a ele, eu o cheiro. Queria que ele fosse meu. E então as portas se abrem e me vejo correndo.

CAPÍTULO 19

#embuscademagia

FAÇO UMA *SELFIE*. DOU A ELA O TÍTULO DE "A TROUXA EM Busca de Magia", e então arrumo as malas, pego o carro e faço uma viagem de cinco horas até a casa dos meus pais. Minha mãe não está falando comigo. Ela queria que eu perdoasse Neil, e dei razão a ela. Há lugar suficiente em meu coração para perdoar, mas não há lugar em minha vida para alguém que precisa de perdão o tempo todo. Mamãe queria planejar um casamento, e frustrei as suas expectativas relacionadas a véu, grinalda e bolo de casamento.

Meu pai está trabalhando no quintal quando estaciono. Ele acena para mim batendo o dedo em seu boné dos Yankees, e vem até meu carro para me receber.

— Não sabia que você viria, Lena. Sua mãe vai ficar muito feliz por vê-la.

— Nem eu sabia que viria. E não minta para mim, pai. Eu sei que ela ainda está brava comigo.

Ele sorri como se tivesse sido apanhado no pulo.

— Ela está no supermercado. Esconda o seu carro lá atrás, assim você pode pegá-la de surpresa.

Faço que sim com a cabeça. Nada melhor do que assustar uma mãe autoritária e controladora. Meu pai também gostava de atormentá-la; ele coloca ideias na minha cabeça desde que eu era uma garotinha. *Mude todos os quadros da casa para lugares diferentes. Passe manteiga nos óculos de leitura dela. Enrole celofane no assento da privada.*

Pobre mamãe — mas ela bem que mereceu. Pelo menos ela só teve de se preocupar com as travessuras de uma criança.

Meu pai entra em casa para me preparar um sanduíche de costela com a carne que sobrou do jantar deles da noite anterior.

— Você veio até aqui para nos dizer alguma coisa, Lena?

— É. — Tomo um gole de limonada suíça da jarra que ele me entrega. Ah, que delícia!

— A notícia é boa ou ruim? — ele pergunta.

Meu pai não consegue parar quieto. Nunca foi bom nisso. Eu o observo enquanto ele vai até a pia, depois anda até a geladeira, e então até a porta dos fundos.

— Por que você simplesmente não pergunta logo o que quer saber? Mais ou menos assim: "O que você veio nos contar, hein?" — imito a voz dele.

Ele balança a cabeça.

— Não falo desse jeito, não. Mas vamos lá — ele diz. — O que você veio nos contar?

— Vou me mudar.

— Para onde?

— Papai, isso não é da sua conta.

Ele se aproxima de mim e se senta na minha frente.

— Neil tem alguma coisa a ver com isso, filha?

Já estou balançando a cabeça antes que ele termine a pergunta.

— Não, isso tem a ver só comigo. Sempre fui aquela garota em quem vocês podiam confiar: leal, previsível, comportada e de cabelo castanho. É por isso que Neil gostava de mim. Bem, na verdade, ele queria que eu tingisse o cabelo de loiro, mas de resto... E quer saber? Nem sei ao certo se eu era mesmo assim. Acho que concordei em ser assim porque era o que todos esperavam de mim.

— Então você está me dizendo que dentro de você existe uma menina selvagem e imprevisível?

— Talvez. Queria ter a chance de descobrir.

— E por que você não pode descobrir isso aqui mesmo?

Coloco a minha mão pálida sobre a mão áspera e morena dele.

— Porque não tenho coragem suficiente para mudar com todos me observando. Quero fazer isso sozinha. Tem que ser uma coisa genuína.

Ele volta a se sentar em sua cadeira, e me fita com os olhos semi-cerrados. Acho que ele aprendeu essa expressão vendo filmes do Robert De Niro, que ele tem aos montes. Meu pai é um sujeito bonito, com cabelos já brancos, que ele penteia em um topete. Ele tem um flamingo

113

tatuado no antebraço. Uma lembrança dos tempos de faculdade. Sempre quis ser como ele, mas a minha personalidade é mais parecida com a da minha mãe.

— Sua mãe é mandona e controladora — ele diz. — Não me leve a mal, mas foi por esse motivo que me apaixonei por ela. Um metro e meio de mulher que não tem medo de nada e que vive me dizendo o que fazer. É muito excitante.

— Eca, pai!

— Opa, me desculpe. Enfim, as coisas são como são. Mães controladoras fazem aflorar em seus filhos uma destas duas coisas: passividade ou rebeldia. No seu caso, foi a passividade. — Ele mergulha o dedo em um pote de mel que está no meio da mesa e o passa na minha testa. — Vá, criança — ele diz. — Vá em paz. E não se deixe subjugar por ninguém.

— Vou fazer de conta que isso é óleo — comento. — E que você está ungindo a minha cabeça com óleo.

Posso sentir o mel escorrendo pela minha testa e passando entre as sobrancelhas, até alcançar a ponta do nariz, mantendo-se pendurado como se fosse muco. Ponho um fim nisso com uma lambida.

— Ei, a sua mãe acabou de entrar na garagem — meu pai avisa. — Vá se esconder na despensa. Vamos mata-la de susto.

Escuto o som dos pneus passando pelo cascalho e me levanto.

DOIS DIAS DEPOIS, DEIXO A CASA DOS MEUS PAIS, CONFIANTE como o diabo. Uma confiança que se reflete um pouco até na minha maneira de andar. Minha mãe hesitou a princípio, mas depois de uma tarde sinistra e mal-humorada bebendo *Zinfandel*, ela concluiu que os homens da Flórida não estão preparados para a minha personalidade reservada e eloquente. Foi por isso que recebi a bênção dela para partir. Ela ligou para um amigo, que ligou para um amigo, que em menos de cinco horas conseguiu um trabalho para mim.

— Então me ligue — ouço-a dizer ao telefone. — Há solteiros bonitos trabalhando lá?

E desse modo consigo um encontro, que deve acontecer uma semana depois da mudança.

— Dean — minha mãe diz, batendo palmas. — Um belo nome para um belo rapaz.

Atrás dela, meu pai balança a cabeça, com os olhos arregalados.

ANTES DA MINHA PARTIDA, MEU PAI E EU ESVAZIAMOS A GARrafa de vinho *Zinfandel* da mamãe e a enchemos com uma mistura de molho de pimenta que nós mesmos havíamos preparado.

— Não se esqueça de filmar a reação dela — sussurro na orelha do meu pai quando lhe dou um beijo de despedida. — Ela vai acabar pedindo o divórcio se a gente não parar com isso.

Ele cai na gargalhada.

— Ela teria que aprender a colocar gasolina no carro sozinha! — ele exclama alegremente.

— Impossível! — digo entre risos, e aceno em despedida.

DOIS JÁ FORAM — AS DUAS PESSOAS MAIS IMPORTANTES. AGORA só falta contar a Della e a June. Peço demissão do meu trabalho. Não fiquei na empresa tempo suficiente para que alguém se importasse com a minha saída. De qualquer modo, eles dão uma festa para mim, e escrevem o meu nome errado no bolo.

Deixo para avisar Della por último.

— O que diabos você quer dizer com isso, Helena? Vai se mudar, vai embora? — ela diz. — Como você pôde tomar uma decisão dessas sem nem conversar comigo antes?

Eu fico em silêncio, pensando numa boa resposta para dar a ela, correndo a ponta do dedo sobre a ranhura que marca a beirada da mesa. Na idade em que estamos, você fica em dúvida entre agir de modo independente ou consultar os seus amigos sobre cada minúscula decisão que vai tomar. Jamais gostei dessa parte da adolescência, mas me esforcei ao máximo para jogar o jogo. *O que acha, Della? Deixo as franjas curtas? Escolho o carro azul ou o prata? A calça jeans escura ou a clara?*

— Bem, Della... — respondo. — Porque sou uma mulher adulta, e não preciso consultar meus amigos antes de tomar as minhas decisões.

Estamos sentadas à mesa de um café do centro de Fort Lauderdale. O garçom nos traz a nossa sangria e, sentindo a tensão, trata de sumir quase imediatamente. Della pega o seu celular e tecla uma mensagem para Kit — digita rapidamente, e faz biquinho como uma criança contrariada.

— Ei — digo, tocando a sua mão. — Poderemos nos visitar. Pense nas possibilidades de diversão que teremos.

Há lágrimas em seus olhos quando ela coloca o celular sobre a mesa.

— Não quero ficar aqui sem você. — Um segundo depois, vejo uma mensagem de Kit surgir na tela, "Como?!".

— Que nada, Del, você vai ficar bem. Você tem Kit e a nova casa de vocês. E querem se casar e... — Minha voz se enfraquece quando digo isso. Tomo um gole de sangria.

— Kit está vindo para cá — Della diz, fungando.

— Ah, não. Por que, Del? Esse encontro deveria ser só para nós, garotas!

Começo a entrar em pânico. Tomo mais alguns goles. Faço um sinal para o garçom pedindo mais.

— Bem, tudo mudou quando você me disse que vai embora.

Na maioria das vezes, conversamos sobre assuntos sem importância. Faço piada sobre mim mesma porque isso sempre a faz rir. Mas hoje Della está focada, e nada parece distraí-la.

— Quem é que vai me proteger da minha família? — ela pergunta. — E quem é que vai me preparar aquelas comidas?

— Kit — respondo. — Isso é trabalho dele agora.

Kit chega e o nosso estado de ânimo muda. Ele não contribui para aumentar a depressão de Della. Em vez disso, ele ilumina o lugar todo com sua presença de espírito, e seus suspensórios, que está vestindo porque logo terá de ir para o trabalho. Já estamos pagando a conta quando ele se volta para mim.

— Por que, Helena?

— Ah, não... você também? Vamos deixar esse assunto pra lá — respondo.

Della funga mais uma vez, e vai para o banheiro chorar.

— Por quê? — ele pergunta mais uma vez quando ela se retira.

Olho para Kit fixamente, com expressão séria. Ele não desvia o olhar.

— Por que não? Sou jovem, estou entediada e magoada. Parece uma boa opção.

— Você está fugindo — ele diz.

Eu me pergunto por que Kit está olhando para mim de forma tão intensa, e por que os punhos dele estão cerrados, e por que ele fica tão espetacular com suspensórios.

— Você deve saber como é — retruco.

Ele não responde, mas sei que sentiu o golpe.

— Para onde você vai, Helena?

Essa é a parte mais difícil. Só os meus pais sabem para onde vou; não revelei essa informação a mais ninguém. E nem pretendo revelar até o momento da mudança.

Balanço a cabeça numa negativa.

— Você vai para Washington, não é?

Meus lábios se contraem. Que atriz ruim eu sou. Como ele pode saber disso?

— Não — respondo.

— Sim, vai para lá, sim — ele insiste, confiante.

Espio na direção do banheiro em busca da minha amiga, mas não a vejo. Ela ainda está secando as lágrimas.

— Nada disso. Vou me mudar para Dallas.

— É mentira. Lá é quente, e você odeia botas.

Mais uma vez me pergunto: como ele pode saber disso?

— É por minha causa que você vai embora?

Nossa! Uau! Os olhos dele estão lançando faíscas.

Tento parecer ofendida. Até olho para cima com ar contrariado. Não sou boa nisso, Neil já me disse uma vez. E com razão.

— Escute, já expliquei o motivo da minha mudança — digo, levantando-me.

Ele agarra a minha mão, como no sonho. Meu espanto é tão grande que solto a minha mão bruscamente e dou alguns passos para trás. Onde está o lápis? Então o vejo, no chão, ali debaixo da mesa. *Meu Deus.* É azul? *Não banque a idiota*, penso. *Estamos em um restaurante, não é difícil achar lápis de cor azul no chão.*

117

— Você não está louca — Kit diz. — Eu...

— Kit — eu o interrompo. — Della está voltando.

MAIS TARDE, NESSA MESMA NOITE, DELLA ME TELEFONA.

— Helena, sei que as coisas não andam muito bem entre nós ultimamente, mas você ainda é a minha melhor amiga, e eu amo você. Nós vamos fazer isso dar certo.

Engulo em seco, sentindo a culpa me atingir em cheio.

— Claro, Del. Nós vamos, não tenho dúvida.

— Para quem mais eu vou contar as coisas que acontecem na minha vida? — ela diz.

— Pois é. — Abro um sorriso. — Só para mim, como sempre foi, não é?

CAPÍTULO 20

#fodaseomedo

QUANDO UMA PESSOA TOMA UMA DECISÃO IMPORTANTE EM sua vida, torna-se difícil para ela deixar-se guiar por qualquer coisa que não seja a sua decisão. Por isso, quando embarco no meu voo para Seattle — vestindo um agasalho do time dos Sounders, que June me deu como presente de despedida —, não choro, não fico preocupada e não me sinto insegura. Era o que eu havia decidido fazer e ponto final. Acomodo-me em meu assento no avião e olho pela janela. Tiro de dentro da bolsa a minha rolha de vinho e a aperto na mão com força. Está chovendo, e a chuva na Flórida costuma ser pesada e, às vezes, assustadora. Eu me pergunto se estará chovendo em Seattle quando eu chegar. Ouvi dizer que a chuva lá também não é nenhuma garoa suave. Não penso em Kit, que está em uma consulta médica com Della. Não penso em Della, que está em uma consulta médica com Kit. Penso apenas na minha nova aventura. Para falar a verdade, é a única aventura que já tive na vida, o que torna tudo mais excitante. Um começo. Quero fazer parte do mundo mágico, não do mundo dos trouxas. Pego o meu exemplar surrado de *Harry Potter e o Cálice de Fogo*, que está cheio de dobras nas pontas das páginas. Este livro não sai da minha mesa de cabeceira desde que o li pela primeira vez, há seis anos. É o meu favorito dos sete. Eu o trouxe para ler no avião, para ganhar coragem. Para me lembrar do motivo que me leva a fazer o que estou fazendo. É o meu *Felix Felicis**.

---

* Uma das poções mais cobiçadas dos livros da saga *Harry Potter*, também conhecida como Sorte Líquida, pois traz grande sorte para quem a usa por um determinado período.

— *Harry Potter* — ouço alguém dizer à minha esquerda. — Você já experimentou ler a Bíblia?

Uma mulher de quarenta e tantos anos, com uma expressão de reprovação estampada no rosto tenso e empoado. Por que os amantes da Bíblia têm esse aspecto de quem está com prisão de ventre? *Não seja preconceituosa, Helena!* Faço o possível para sorrir com polidez.

— Claro, a Bíblia. Não é aquele livro que fala de uma mulher que foi transformada em estátua porque olhou para trás, para uma cidade em chamas, quando Deus ordenou que ela não olhasse? O livro que fala de três homens desobedientes que foram atirados numa fornalha e não queimaram? Ah, e não fala também daquela mulher que alimentou o general de um exército inimigo e depois, quando ele estava dormindo, enfiou uma estaca na cabeça do homem?

A mulher olha para mim fixamente.

— Pelo menos essas histórias são verdadeiras. Já isso aí — ela diz, apontando para o meu livro — é pura ficção. Para não mencionar o culto ao demônio.

— Epa, epa, ouvi isso mesmo? Culto ao demônio? Como quando os israelitas fizeram um bezerro de ouro e o adoraram?

Isso a enraivece.

— Você deveria adorar este livro — digo, sacudindo o *Cálice de Fogo* diante dela. — É uma obra-prima em comparação à Bíblia.

— Você, garota, é uma boa representante da sua geração perdida e depravada.

Ela se levanta e segue em direção à parte da frente do avião, onde a comissária a aborda. Aponto o dedo para as costas da mulher e sussurro *"Avada Kedavra"*.

Ela não retorna, e fico feliz porque o assento do meio fica vazio.

— Obrigada, Jesus. Obrigada, Harry — murmuro.

AS MONTANHAS DE SEATTLE SURGEM DIANTE DOS MEUS olhos. Chegam a tocar as nuvens de tão altas, e são revestidas de neve, que parece chantili. Que emoção! Não está chovendo quando o meu avião aterrissa no Aeroporto Internacional Sea-Tac. O céu está limpo, sem nuvens. Pressiono o nariz contra a janela e examino bem a paisagem, sem acreditar no que vejo. *Mentirosos! Onde está a chuva?* Não há ninguém me esperando no desembarque, e é isso que faz a coisa toda parecer desagradável. Minha mãe não está aqui para me abraçar, e meu pai não vai pegar a minha bagagem e colocá-la no porta-malas do carro enquanto faz piadas a respeito do peso das malas. Vou ter de me virar sozinha; estou por minha própria conta, e isso me assusta e me excita. Recolho a minha bagagem, e um táxi me leva até Seattle. Posso ver a cidade surgir em uma fileira de luzes da rodovia. Algumas cidades fazem você perder o fôlego por suas proporções gigantescas; outras, pelo ritmo de sua vida cultural. Seattle, porém, é uma cidade que lhe devolve o fôlego. Enche os seus pulmões de ar. Sinto-me como se estivesse respirando pela primeira vez em minha vida. Meu Deus, é como se eu estivesse procurando por esse lugar o tempo todo. Meu hotel é bom; eu me certifiquei disso. Você nunca sabe que tipo de *serial killer* vai encontrar num hotel barato. As coisas podem ficar difíceis nos meses que virão, mas nos próximos quatro dias, até que o meu apartamento esteja pronto, sou uma turista. Kit me envia mensagens de texto com sugestões de lugares para eu conhecer. Que gesto amável. O problema são as notificações em meu celular, com o nome dele piscando para mim. No final das contas, ele não sai da minha mente o dia inteiro.

Começo a explorar a cidade, o mercado de peixes, o Obelisco Espacial e a primeira loja da rede de lojas de departamento Nordstrom. Fico com cãibra ao subir uma das ladeiras de Seattle, e um sem-teto usando um gorro cor-de-rosa encardido me oferece um cigarro. Eu pego, embora nunca tenha fumado um cigarro antes. Não quero ser rude com meus colegas de Washington.

— Porra, gostei dessas suas meias aí — ele diz, apontando para os meus pés com um dedo sujo.

Não estou vestindo meias, mas, seja como for, é muito legal que ele as tenha visto.

— Obrigada — respondo. — Eu mesma fiz essas meias.

Ele faz que sim com a cabeça, olhando para os meus pés com ar pensativo.

— Ei, moça, me descola um troco? É o meu aniversário.

Vasculho a minha bolsa e acho um punhado de notas de um.

— Feliz aniversário — digo.

Ele parece confuso.

— Mas não é meu aniversário.

— Claro que não é.

E ele se vai, arrastando os pés pela rua. Encaixo o cigarro atrás da orelha, rindo para o lunático. *A magia está no ar.*

Kit me manda outra mensagem de texto.

K: O que você está fazendo?

Batendo um papo com um amigo, teclo em resposta.

K: Amigo? Um homem?

Faço uma careta e teclo: *é isso aí*

Ele não envia mais nenhuma mensagem por algum tempo, e guardo o meu telefone de novo na bolsa enquanto passeio por uma papelaria, até que percebo que o lugar é meio devagar e caio fora. Dez minutos mais tarde, uma nova mensagem chega ao meu celular.

K: Estou com inveja... porque você está aí e eu não.

Teclo uma resposta, e em seguida a deleto. Muito insinuante.

K: O que você estava digitando?

Solto uma gargalhada alta.

Nada. Nem venha com essa!

Ele envia uma carinha triste.

K: Você vai visitar Port Townsend?

Eu deveria?

Entro em um café para comer alguma coisa. Na verdade, só quero me sentar à mesa do café para poder escrever para Kit. Não estou com tanta fome assim.

K: SIM! E vá de balsa.

Isso é assustador, escrevo em resposta.

K: É exatamente por isso que você tem que ir de balsa.

E não é que ele está certo? Foi por esse motivo que vim para cá — para vencer as coisas que me controlam.

Vou pensar a respeito.

Kit me envia uma figura com o polegar para cima.

K: Sei do que estou falando, afinal você está no meu estado, então #fuckyou.

122

Mordo o lábio e hesito por alguns segundos antes de responder:

Só se for em um Range Rover dentro de uma balsa gigante.

Ele demora um minuto para entender. E responde com um emoji com expressão chocada.

K: Range Rovers não são muito espaçosos. Alguém vai acabar se machucando.

Bom, para mim chega. Roxa de vergonha, desligo o telefone e o enfio na bolsa. Não consigo acreditar que provoquei isso. E por que um Range Rover? Deus, como sou patética.

De todo modo, decido ir até Port Townsend. Descubro onde posso alugar um carro, e vou de táxi até o lugar. Eles têm um Range Rover. O preço é salgado, mas o alugo mesmo assim. E por quê? Tudo por causa de uma conversa que tive com Kit, conversa da qual estou com vergonha até agora? Ou talvez seja porque ele me desafiou a enfrentar o meu medo. Seja como for, fecho a conta no meu hotel e coloco minha bagagem no porta-malas do carro.

O meu carro é o último a ser levado para dentro da balsa, e estar tão perto da água é uma coisa que me apavora. *Fico muito apavorada!* Saio do Rover, caminho alguns passos, e de repente colo minhas costas na traseira do carro e fico paralisada como um poste. As rajadas frias de vento me empurram para as águas. Estou tremendo.

Uma mulher com voz enérgica grita "A balsa vai partiiiir!", no instante em que nós nos afastamos da plataforma de embarque. Estou tomada de pavor. Um carro dentro de um barco. Eu, de carro, em um barco. O Rover poderia ser impulsionado para trás, rodar sem controle e mergulhar no canal, levando-me junto. Imagino todas as maneiras de morrer naquela situação, mas fico parada onde estou. Tudo porque estou assustada, e não quero estar. Quando não consigo mais suportar, fecho os olhos e deixo que o vento me toque. Ele não é tão agressivo quanto eu pensava. Talvez ele não esteja tentando me empurrar para a água; talvez esteja apenas tentando me fazer olhar para ela. Dou um passo à frente e olho para baixo. A balsa está esculpindo uma trilha na água. Um rastro de espuma. É lindo. Olho para trás, para a cidade de Edmonds, a colina com casas — conhecida como "tigela". E a imagem lembra mesmo uma tigela de casas. Gosto disso. Imagino uma colher gigante empurrando todas as casas da colina para o mar. É uma imagem maluca? Quem liga? Acho fascinante e é isso que importa. Esta balsa é uma novidade para mim, mas para as pessoas que moram aqui é parte da paisagem — uma coisa corriqueira. Decidi que quero enxergar as coisas como elas enxergam.

Algumas pessoas estão saindo de seus carros e subindo uma escadaria. Resolvo segui-las. Antes de ir, porém, tiro uma fotografia da lateral do Rover, com as águas do canal ao fundo, e a posto no Instagram: #Helenaenfrentandoseusmedos.

A balsa tem quatro deques: dois são para os carros, e no terceiro há uma área reservada. Há uma pequena lanchonete com mesas espalhadas e, para além dela, encontram-se diferentes ambientes onde as pessoas podem se sentar e admirar o canal. O deque superior é aberto, e é lá que estão as pessoas mais corajosas, passeando e tirando fotos. Crianças se penduram no corrimão, e me sinto mal só de olhar para elas. Pego uma embalagem de batatas fritas na lanchonete e me acomodo em um banco próximo a uma janela. As batatas estão absurdamente deliciosas. Estou ensopando as batatas com *ketchup* quando recebo uma mensagem de Kit.

K: *#fodaseomedo*

Nós estamos falando por meio de *hashtags* agora. Gosto disso. Mas não mando nenhuma resposta. Foda-se o medo, foda-se o Kit e foda-se o amor. Toda essa merda é para *trouxas*, e eu não preciso disso.

CAPÍTULO 21

#porttownsend #histórico #eclético #antigo

NO MEU SONHO, PORT TOWNSEND ERA DE UM VERDE ESMERAL- dino — um lugar onde a natureza reinava absoluta. Isso acontece também na vida real, mas eu não fazia ideia de que havia tanta água. E atrás dessa água azul e fria, a Cordilheira das Cascatas se projeta como uma sombra irregular e majestosa. Se você observar essas águas por tempo suficiente acabará vendo uma foca surgir na superfície e depois submergir nova- mente, com seu corpo negro e reluzente. Tudo muito nítido, como um cartão-postal. No dia em que chego a Port Townsend, vejo alguém soprando bolhas gigantes no centro da cidade.

Isso não é real, né, digo a mim mesma. Aqui você pode falar sozinho sem chamar a atenção, eu já vi uma pessoa fazendo isso.

As vitrines de uma loja atraem o meu interesse; elas têm uma deco- ração de outono. São impecavelmente ordenadas — grandes abóboras empilhadas ao lado de espantalhos sorridentes. Já posso sentir o aroma de noz-moscada e folhas pisadas. A dona da loja está pendurando cachecóis em uma arara na calçada. Ela sorri para mim, com os longos cabelos gri- salhos esvoaçando ao vento.

— Você parece ser nova aqui — ela diz.

— Estou de passagem — respondo. — Mas já amo este lugar.

— E este lugar ama você — ela afirma. — Amor mútuo é uma coisa mágica.

Compro um cachecol dela porque ela é uma excelente vendedora, e por cinco minutos esqueço a resolução *foda-se o amor*. Descubro que o nome dela é Phyllis e que ela é lésbica. Sei disso porque, ao colocar meu cachecol numa sacola, ela retruca:

— Minha parceira adora esse cachecol. Ela diz que parece uma calçada depois da chuva.

— Sua parceira de negócios? — Olho ao redor, à procura da sócia dela.

— Não, minha parceira da vida. — Ela aponta para um retrato atrás da caixa registradora. É a foto de uma mulher com cabelo ruivo cacheado.

— Qual é o nome dela? — pergunto. Phyllis ri. — Ginger.

Ela me entrega a sacola de compras, e fico com a sensação de que acabo de fazer uma amiga. Duas amigas: Phyllis e Ginger. Bem, é assim que as coisas funcionam em Port Townsend. Saio da loja e encontro um banco, então me sento e fico observando tudo a minha volta.

As pessoas transpiram arte e vivacidade. Tatuagens, hippies com longas cabeleiras, punks sem cabelo nenhum, idosos, jovens e crianças que lhe dizem "olá" quando cruzam com você. Ninguém parece cauteloso, nem cansado, nem estressado. É pura magia. Encontrei, afinal, a morada dos bruxos. A franqueza de Kit não é tão estranha quando você encontra pessoas como Phyllis. Sinto-me leve enquanto caminho pela rua, maravilhada, torcendo para que o meu carro não tenha sido rebocado do lugar onde o estacionei, perto de uma antiga fábrica de conservas de marisco. Como Kit pôde deixar este lugar para ir viver na insípida e abafada Flórida? Greer deve ser realmente difícil de esquecer. Isso me assusta. Depois de vir para cá, sinto que conheço Kit menos do que acreditava. Talvez eu tenha subestimado Greer. Agora, tudo o que quero fazer é encontrá-la. Penso nela como uma garota de cabelo castanho e liso, preso atrás em um rabo de cavalo baixo, que veste uma camiseta simples e tem olhos azuis radiantes. É o que Kit mais amava nela — os olhos. Eles eram cheios de franqueza. Acho que foi por esse motivo que Kit se interessou por Della, porque ela é exatamente o oposto de Greer. Esta é uma cidade hippie, então Greer talvez usasse sandálias e carregasse consigo uma bolsa de pano. Quando for mais velha, ela vai ficar parecida com Phyllis, e vai trançar as mechas do cabelo. Eu me pergunto se ela também se mudou da cidade depois de Kit. Se comprou uma casa com alguém... se teve um bebê. *Preciso saber, eu preciso! Preciso saber.*

Faço uma refeição em um pequeno estabelecimento que serve apenas sopa. Escuto o ruído metálico de colheres contra a porcelana; esse som me parece mais musical aqui do que em qualquer outro lugar. Pago a minha conta, e o atendente me olha com atenção e me deseja um ótimo dia. Sim, senhor, estou tendo um ótimo dia, muito obrigada. Depois caminho durante um longo tempo à beira da água, tiro algumas fotos de um lindo barco antigo chamado *The Belle*, e posto as fotos no Instagram. Kit curte as imagens imediatamente. E me envia uma mensagem de texto.

K: Eu conheço a dona desse barco!

Há dois hotéis na cidade, ambos com fama de serem mal-assombrados. Registro-me no Palace Hotel, e de súbito mergulho na mais completa solidão. Tudo é só diversão até que você percebe que não tem mais uma casa, e que Phyllis provavelmente não é sua amiga de verdade. Não é possível que eu esteja fazendo uma coisa tão estúpida. Caio na cama com o rosto virado para baixo, com a intenção de chorar sobre o edredom. Mas minhas lágrimas não são reais; estou no modo sobrevivência. É estranho, mas sinto cheiro de manteiga de amendoim no edredom, e isso me deixa toda arrepiada. O que estou fazendo aqui na verdade? Será que estou aqui por causa de Kit? De certa forma, sim. Talvez Greer seja o real motivo da minha vinda à cidade. Conheço uma das garotas com quem Kit quis ter um relacionamento; conheço essa garota tão bem que sou capaz de ler seus pensamentos. Não há nada na capacidade mental dela que seja tão incrivelmente profundo ou fascinante. E agora preciso conhecer a outra mulher. A mulher que deu início a tudo. Preciso de elementos para comparar as duas e saber por que ele escolheu Della. E tudo isso para quê? Para entender por que o homem do meu sonho era tão diferente do homem da vida real? Para entender por que o *Kit do Sonho* escolheria a mim em vez de escolher Della ou essa tal de Greer?

Vamos com calma. É possível que eu tenha uma personalidade obsessiva? Essa ideia me persegue por alguns momentos, até que resolvo vestir algo mais confortável e sair para jantar. Tiro fotografias aqui e ali, porque quero me lembrar desse lugar e de todas as coisas que fizeram com que eu me sentisse bem aqui. "Como você está se sentindo?", pergunto a mim mesma. "Sinto-me como se tivesse recebido ar frio nos pulmões depois de tanto ar quente". Talvez seja assim que uma pessoa se sente quando encontra o seu lugar no mundo.

CAPÍTULO 22

#porquevocêestátãoobcecadapormim

ANTES DE TUDO, VOU VISITAR A BIBLIOTECA, E, ENQUANTO subo as escadas, garanto a mim mesma que estou aqui por causa do meu profundo e permanente amor aos livros. Preciso cheirá-los, tocá-los, e preciso estar perto deles. Livros, maravilhosos livros! Mas a verdade é que estou aqui para procurar Greer. Será que estou obcecada para ver a garota que Kit amou? Não, de jeito nenhum. Estou apenas curiosa, só isso. Sempre fui assim; essa é a minha natureza. Quando eu era garota, a sra. Habershield, minha professora no terceiro ano, me disse que a curiosidade era uma coisa fantástica.

Pergunto para a bibliotecária onde posso encontrar os anuários do município, e então sou enviada a um canto esquecido e empoeirado da biblioteca. Kit é três anos mais velho que Della. Encontro o anuário que desejo e verifico o índice. De acordo com os registros, Kit Isley aparece nas páginas 20, 117, 340, 345, 410. Um cara popular. Só apareço em uma página do meu anuário do último ano da faculdade. Bem, se os dois foram namorados na época do ensino médio, é provável que Greer apareça em algumas das fotos com ele. E logo constato que tinha razão: Greer Warren aparece ao lado de Kit Isley na festa de formatura no final do ensino médio, usando um vestido de cor ametista. A garota tem um sorriso largo no rosto, e mesmo usando um aparelho dentário ela continua linda. Há um reflexo roxo no cabelo dela, e e ela segura ramo de flores, provavelmente um presente de Kit. Presumo que a cor favorita dela seja o roxo, e quando encontro mais fotografias dela nas páginas 45, 173 e 211, descubro que ela fazia parte do time de voleibol, e que no penúltimo ano se tornou voluntária em um programa de auxílio a crianças pobres de Seattle. Em votações internas, foi escolhida como a pessoa mais caridosa e gentil, e ela e Kit venceram o concurso de "Casal mais bonito". Meu queixo quase bate no chão. Pelo visto, a Greer Warren da época do ensino médio era humanitária, gentil, atlética, e ainda por cima namorava um cara muito gato.

Olho para Kit com atenção. Ele sorria mais em seus tempos de escola, e se vestia mais ou menos como uma skatista. Em várias fotos, o seu cabelo aparece com corte curto. Prefiro os seus jeans rasgados, seu cabelo longo e seu rosto indecente. Fecho o livro e o devolvo à estante. Queria poder levá-lo, mas não tenho o cartão da livraria. A única saída seria roubá-lo, e é claro que não farei isso.

Bem, então é isso. Encontrei o que vim procurar aqui. Espano a poeira imaginária da minha calça e tento pensar no próximo passo que darei. Tenho de voltar a Seattle, comprar um carro e pagar o depósito do meu apartamento no centro da cidade. Ai, as burocracias. Minha rápida visita a Port Townsend caminha para um final interessante. Amanhã darei adeus à cidadezinha e voltarei ao lugar onde vivem os *Trouxas*.

O DIA SEGUINTE CHEGA, MAS EM VEZ DE ENTRAR NO MEU carro alugado e dirigir até a balsa, saio caminhando mais uma vez pela Rua Principal. Seguindo a direção da água, caminho até uma antiga construção de tijolos com portas verde-azuladas. É a fábrica de conservas que já mencionei. Alguém a comprou alguns anos antes e morou no andar de cima. A doca ao redor da fábrica é aberta ao público. De costas para o canal, alguns casais tiram *selfies* e se beijam. Espero até que se retirem e então me aproximo da água, olhando de um lado para o outro em busca dos corpos reluzentes das focas. O lugar é sensacional — de tirar o fôlego. Quero desesperadamente ficar aqui. *E o que a impede de ficar?*, pergunta-me uma voz em minha cabeça. Não é a minha voz. É a mesma voz insana que me disse para tomar aulas de arte e de cerâmica, e também para mudar para Washington. Mando a voz se calar — tenho dado atenção excessiva a ela ultimamente — e resolvo retornar ao hotel. Vou partir amanhã de manhã. O mais cedo possível. Atravesso a rua, mas me viro para olhar a fábrica de conservas uma última vez. Nesse momento, a porta se abre.

ELA NÃO SE PARECE NEM UM POUCO COM A FOTOGRAFIA DO anuário. Só consigo reconhecê-la por causa da estrutura rara do seu rosto. Maçãs do rosto salientes e lábios cheios. Ela está usando um vestido bem simples de cor lavanda. Em qualquer outra pessoa, essa roupa iria parecer um saco. Para vestir algo tão simples você precisa ser apenas estonteante. *Meu Deus, Kit.* Agora começo a entender por que essa garota marcou tanto a vida dele. Ela tem uma trilha de flores de lavanda tatuada na parte externa da coxa. A beleza vaga da Greer que a minha mente concebeu se desintegrou diante dessa beleza real de seios firmes e perfeitos, cabelo prateado e lábios cheios e exuberantes. Seu braço direito é tatuado desde o punho até o ombro, com o que parecem ser videiras e lilases. Ela é uma obra de arte ambulante. A Greer de Kit pode fazer uma garota heterossexual se tornar lésbica. Sei disso porque eu mesma estou considerando essa possibilidade. Eu a observo enquanto ela abre a tampa de uma enorme lata de lixo atrás do prédio e atira um saco dentro dela. Ao voltar para a fábrica, ela para no meio do caminho e se agacha para conversar com um garotinho de calção vermelho que caminha ao lado da mãe; depois ela abre e fica segurando a porta de uma loja para que uma idosa possa passar com seu andador pela entrada estreita. E por fim, para coroar a sua gentileza cheia de vivacidade e humor, ela cumprimenta um morador de rua com um "toca aqui", com as mãos para o alto. O homem se mostra genuinamente feliz por vê-la. Depois que ela desaparece dentro da fábrica, sinto uma grande vontade de comer KFC.

Caminhando ao léu, entro em uma galeria de arte. Nunca enxerguei arte como algo acessório, para se fazer aos finais de semana. O cheiro de tinta me atrai para dentro da galeria. É o cheiro das noites que passei tomando aulas de pintura. As obras na galeria são pintura em tela com acrílico; o professor Neptune me ensinou essa técnica. Quase todos os trabalhos expostos são da mesma artista, que deve ser local. As pinturas retratam o mar, mas não do modo como o mar é retratado geralmente em pinturas, com terra firme ao redor. Há apenas água do mar, como a vemos de cima. Às vezes, as ondas são perturbadas pela presença de uma folha, ou de uma pena. Mas, em geral, tudo o que se vê é água. Não sei se essas pinturas despertam em mim coisas boas; não sei se me sinto bem as observando. Mas quem disse que a arte existe para fazer com que nos sintamos bem? Talvez ela exista simplesmente para nos fazer sentir. Se ela desperta o melhor em nós? Não sei.

Uma mulher me recebe; ela é magra e alta, e seu cabelo está preso num coque no alto de sua cabeça. Digo a ela que acabei de me mudar para cá e estou passeando pelo lugar. A mulher é reservada, mas amigável. Ela pergunta o que eu fazia antes de vir para cá, e se preciso de um emprego. Penso no emprego de contadora que minha mãe me arranjou em Seattle, mas respondo que sim, sem hesitar. Não quero voltar para Seattle. Quero ficar aqui. O nome da mulher é Eldine, e ela é proprietária da galeria, que expõe trabalhos de artistas locais.

— As pessoas vêm de todas as partes dos Estados Unidos para comprar as obras dela — ela diz, apontando para as pinturas que retratam o mar.

— Qual é o nome dela? — pergunto.

De repente vivencio uma experiência mediúnica. Sei qual vai ser a resposta dela antes mesmo que ela diga alguma coisa.

— Greer Warren. Ela mora na velha fábrica de conservas perto da orla.

Sinto a cabeça girar. Isso está ficando cada vez melhor. Não posso afirmar que se trata de uma ação do destino, porque eu sabia o que procurava quando vim para cá; mas não há dúvida de que as coisas estão acontecendo de uma maneira estranha. Examino de novo as pinturas de Greer e me pergunto se existe nelas a influência de Kit. As ondas que perturbaram as águas tranquilas da vida deles. Os efeitos das escolhas de Greer. A união de Kit, o escritor, com Greer, a pintora. Tão perfeito. Tão lindo. Posso imaginá-los vivendo uma vida juntos na fábrica de conservas, cercados de arte, de felicidade e essa bobagem toda. Eles teriam um pote cheio de Kit Kats, e ele passaria a língua tingida de Kit Kat nos lilases da perna dela. Agora compreendo perfeitamente por que Kit parece deslocado na Flórida. Ele vem de um lugar onde bolhas gigantes ganham vida na Rua Principal, e artistas vivem em antigas fábricas de conservas de mariscos. A magia desta cidade o persegue aonde quer que ele vá.

— Que tal trabalhar como contadora em regime de meio período? Seria uma ajuda muito bem-vinda para mim. Se quiser, você pode também trabalhar mais horas aqui na galeria, realizando várias tarefas.

— Aceito, com todo prazer.

Mas o que é que eu estou fazendo? O que estou fazendo?

Simples assim. Entro em uma galeria por acaso, perdida, e quando saio dela já me encontrei. Tenho um emprego nesta cidadezinha mágica. Preciso ficar. Paro do lado de fora da fábrica e olho para as suas janelas altas. Em algum lugar atrás dessas paredes está uma fada de cabelos platinados que Kit amou. Quero conhecê-la. Será que isso é errado? Seja como for, já cometi tantos erros que não fará diferença ter mais um na minha lista.

Imagino qual seria a reação de Della se visse a sua antecessora. Ela surtaria e perguntaria cem vezes a Kit se ele a achava mais bonita do que Greer. Kit teria de mentir. A beleza de Della sempre foi incomparável, mas Greer não é nem mesmo humana; ela é uma criatura celestial. Dou as costas para a fábrica e caminho de volta para a Rua Principal, com o vento fazendo a minha saia dançar ao redor das minhas pernas. Tudo aconteceu rápido demais. Não sei com certeza se o Chapéu Seletor* vai me colocar na casa Corvinal. Talvez eu seja da Sonserina.

Faço uma *selfie*, tendo Port Townsend como cenário de fundo. O título é simples: "Doida de Pedra".

---

* Objeto mágico que seleciona os alunos de Hogwarts para cada uma das quatro casas do universo Harry Potter

CAPÍTULO 23

#alistadotaldecraig

MUITAS PESSOAS UTILIZAM A LISTA DE CRAIG* QUANDO PROCU-ram um lugar para morar. Essa Lista de Craig me dá nos nervos. Quem é Craig? Por que ele fez uma lista? Prefiro recorrer aos jornais, ou a quadros de aviso espalhados pela cidade. Entro no mercado mais próximo e examino o quadro de avisos do lugar. Duas adolescentes cheias de energia afixaram folhetos com propaganda dos seus serviços de babá. *Confiáveis! Engraçadas! Experientes!* Cada palavra está escrita sobre um pompom, cada letra com uma caneta marca-texto de cor diferente. Respeito esse trabalho feito a mão. Babás que dependem do computador para tudo não me parecem lá muito confiáveis. Levanto a ponta do folheto delas para ver o que está por baixo. Trata-se de um cara procurando uma colega de quarto. O texto diz: *Homem limpo e organizado procura uma companheira de quarto que goste de cozinhar. Sem animais.* Na minha opinião, ele quer dizer o seguinte: *Homem carente e incompetente com tendência a ser controlador. Procura uma esposa... Acho que não*, penso. Deixo esse aviso de lado e me concentro em outro, impresso em papel lilás. Está no canto superior esquerdo do quadro, escondido debaixo de um folheto de propaganda de vagas de garagem. Para poder lê-lo eu tenho de tirar o alfinete que o prende ao quadro de avisos:

---

* Em inglês Craigslist, é uma rede de comunidades online centralizadas que disponibiliza anúncios gratuitos aos usuários. São anúncios de diversos tipos, desde ofertas de empregos até conteúdo erótico. O site da Craigslist também possui fóruns sobre diversos assuntos.

Gosto de dar longas caminhadas pela praia — mas não com você!

Procuro uma pessoa independente DO SEXO FEMININO para dividir o meu espaço.

Não quero uma irmã. Não quero uma amiga. Só preciso de uma colega de quarto.

DOU UMA RISADA AO LER ISSO. O ÚNICO CONTATO QUE ELA deixa é seu endereço de e-mail. O melhor a fazer seria colocar o aviso de volta no lugar; em vez disso, porém, dobro bem o papel e o enfio no bolso, olhando ao redor para ter certeza de que ninguém me viu. Ah, foda-se, preciso de um lugar para morar. Olho feio para todo o mercado, e então me viro para sair dali... e dou de cara com uma parede. A humilhação pública é uma experiência fascinante.

O e-mail dela é gswizzle@gmail.com. Ela diz que podemos nos encontrar em uma casa de chá na Rua Principal. *Como vou saber que é você?*, pergunto. Isso é esquisito; e se ela for *ele*? Talvez eu devesse ter confiado na lista do tal de Craig.

A resposta que ela me envia é: *Você saberá*. Não confio tão fácil em megeras, mas que escolha eu tenho?

Chego ao lugar combinado uma hora antes, para sondar o espaço. Eu me dou conta de que estou sendo um tanto dramática, mas este lugar me parece estranhamente perfeito. Peço um bolinho, e o meu pedido vem com creme e geleia. Perfeito demais. Pego a minha guloseima e me sento em uma mesa para esperar meu chá, que é entregue em uma delicada xícara de vidro — continua sendo muito perfeito. Em meu canto, desconfiada, beberico o chá, lambendo o creme dos lábios. Port Townsend começa a me decepcionar. E nesse momento ela entra. Ela. A fada lilás, com seu exuberante cabelo prateado preso em um rabo de cavalo.

Diabo, não pode ser!

É Greer que entra no estabelecimento, trazendo consigo um folheto igual ao que peguei no mercado. Tiro o meu folheto do bolso e o desdobro sobre a mesa enquanto ela olha ao redor da casa de chá, sorrindo para aqueles que conhece e procurando por... mim. Fico segurando o folheto no alto como uma idiota. Ela demonstra surpresa no rosto quando me vê, e acena com as duas mãos. Chego a pensar que vou vê-la tropeçar no pé de uma cadeira ou coisa parecida, mas ela é graciosa, e desliza entre espaços estreitos com agilidade e leveza.

— Helena? — ela pergunta.

Eu me levanto, e ela me dá um abraço — passa os braços em torno do meu pescoço como se fôssemos velhas amigas. Não quero retribuir, quero me afastar, mas estou fragilizada e preciso realmente de um abraço. Além disso, sinto o aroma de temperos nela: noz-moscada, canela e cravo-da-índia.

— Você tem coragem — ela diz, ainda abraçada a mim. — Mudar-se sozinha para um lugar tão distante.

Não me sinto corajosa. Quase erro a cadeira quando volto a me sentar, mas Greer não parece perceber.

— Sabe, Helena, morei aqui a minha vida inteira. Sou medrosa demais para ir embora.

Ah-meu-Deus-meu-Deus-meu-Deus! Eu gosto dela. Abro um sorriso tímido e levanto a minha xícara de chá, mas a bebida já esfriou. Ela tem flores desenhadas por todo o corpo, e o cabelo tingido de cinza, e ainda diz que é medrosa e que me acha muito corajosa.

Ei, não é nada disso, sou só a chata do bege, tenho vontade de dizer.

— Fale um pouco de você — ela diz enfim, inclinando-se para a frente.

Greer tem olhos cinza. Eles combinam com o cabelo dela e intensificam o seu aspecto etéreo. É muito intimidador sentar-se diante de uma fada de carne e osso e saber que você não tem nada para lhe contar de interessante sobre a sua vida. Bem, talvez eu tenha algo interessante para dizer a ela. Algo do tipo: *a minha melhor amiga é a namorada do seu ex-noivo.*

— Eu... tudo o que quero é... me encontrar. — É uma resposta horrivelmente pobre, mas Greer faz um aceno afirmativo com a cabeça, como se "encontrar-se a si mesmo" fosse algo digno de ser levado a sério, e não apenas palavras ditas por uma garota perdida.

— Você veio ao lugar certo — ela me diz. — Não apenas Port Townsend, mas Washington. É o estado dos Deuses. Há algo nesse lugar que cura as pessoas.

Não duvido que ela tenha razão. Mas eu não fui menosprezada nem devastada de maneira nenhuma. Não sou a heroína desafortunada de uma novela. Meus pais não são divorciados, e jamais sofri um revés sério nem tive o coração partido de verdade. Sou uma garota simples, simples até demais, que teve um desejo. Não digo a Greer que o meu desejo nasceu de um sonho com seu ex-noivo rudemente belo; também não digo a ela que em minha cabeça a linha que separa Harry Potter da vida real é tênue, quase inexistente. Esfrego os dedos na borda da minha camisa bege e ouço Greer falar, com sua voz cheia de lirismo, de uma preciosidade de Port Townsend: o cinema, construído em 1907, que tinha uma antiga máquina de fazer pipoca e exibia apenas três filmes por vez. Ela me conta sobre um antigo morador, o sr. Rugamiester, que ia ao cinema todo sábado, sem falta, e se sentava no mesmo assento, na mesma sala, vestindo o mesmo casaco esportivo de veludo azul-marinho.

— Sabe, Helena, para ele não importava o que estivesse passando na sala três, nem quantas vezes já tivesse assistido ao filme. Ele sempre estava lá para a exibição das três da tarde, com seu saco de pipoca.

— Mas tem de existir alguma explicação. — Não resisto e me inclino para a frente, empolgada com a história do sr. Rugamiester e seu saco de pipoca. Greer me observa com atenção; ela ri da minha reação, sentada com espontaneidade sobre os joelhos emparelhados e com uma xícara de chá na mão. Parecemos duas velhas amigas lanchando e conversando.

— Não necessariamente, Helena. — Ela estende o braço, e a sua mão magra e branca pousa sobre a minha por um breve instante. — Não necessariamente — ela repete, e então recolhe a mão.

Reflito sobre o que ela disse e me pergunto se ela tem razão. Acredito em matemática e acredito em respostas. E, mais do que isso, acredito que você sempre encontrará uma resposta para tudo, desde que continue procurando. Talvez tenha sido apenas um sonho. *Foi* apenas um sonho. Mas isso é real, e estou aqui agora. Há uma mulher bem real compartilhando esse momento comigo. Devo ser uma pessoa detestável, porque sei quem essa mulher é, mas ela não sabe quem eu sou.

— Greer — digo quando terminamos de falar sobre o sr. Rugamiester. — Acho que eu conheço alguém que você também conhece. Não sei bem se você é a mesma pessoa, mas ele me disse que há só uma pessoa chamada Greer em Port Townsend.

Greer coloca a xícara de chá sobre a mesa e desdobra as pernas, e então se inclina na minha direção com os cotovelos apoiados nos joelhos.

— Kit Isley — revelo, e ao dizer isso não consigo olhar para ela. Tenho receio de que Greer pense que orquestrei toda essa situação. — Você o conhece?

Quando enfim levanto a cabeça, tudo o que vejo no rosto dela é felicidade. Ela faz que sim e sorri, e então me pergunta como conheço Kit.

— Ele está namorando uma amiga minha — respondo. — Não o conheço muito bem. Não faz tanto tempo assim que os dois estão juntos.

— Como vai o Kit? — Greer pergunta. — Ele foi embora de repente, trocou a gente pelo sol da Flórida.

— Ele está bem, acho. Ele não vive sem uma camisa xadrez — deixo escapar. Ela ri.

— Sabe de uma coisa, Helena? Adoraria ter você como colega de quarto, se ainda estiver interessada.

Estou um pouco surpresa. Nós mal comentamos sobre o fato de eu conhecer o ex-noivo dela, como se isso não fosse nada de mais. Greer não fez mais nenhuma pergunta sobre o assunto. Trocamos nossos números de celular, e Greer me entrega um folheto que contém todas as informações sobre a fábrica de conservas, as regras, e um contrato de aluguel para que eu assine e lhe devolva. Ela diz que vai abrir mão do depósito, já que agora somos "quase" conhecidas. Antes de nos despedirmos, já fora da casa de chá, ela me dá um abraço, e o meu rosto desaparece no meio do cabelo prateado dela.

— Vejo você amanhã — ela diz, e então acrescenta: — Tchau, colega de quarto.

Eu nem mesmo vi o lugar ainda, mas estou muito feliz. Não fiz as coisas que normalmente faria — não agi como Helena agiria. Mudei de direção e tomei o rumo que eu mesma escolhi. Isso não é pouca coisa, não mesmo. Estou aprendendo a fazer magia.

CAPÍTULO 24

#arteeguerra

O HISTÓRICO PRÉDIO DA FÁBRICA DE CONSERVAS DE MARISCOS na Quincy Street é uma construção em alvenaria de dois andares, com 602 metros quadrados, que data de 1873. Greer está me esperando do lado de fora do prédio quando estaciono meu carro alugado.

— Uau, que carrão — ela diz. Fico sem jeito.

— É só um carro alugado. E nem é tão espaçoso. Na verdade, vou ter de voltar a Seattle para devolvê-lo e comprar um carro.

— Você não vai precisar de carro aqui, Helena. E sempre que quiser poderá usar o meu.

— Obrigada.

A gentileza dela me deixa um pouco deslocada. Geralmente sou eu quem oferece as coisas. Eu a sigo para dentro do prédio, e leva um minuto para os meus olhos se acostumarem.

— Nossa! — exclamo assustada.

Greer abaixa a cabeça, meio envergonhada. Há muito espaço, vigas expostas e piso de concreto. É impressão minha ou sinto cheiro de água salgada aqui?

— Não uso esta parte do prédio para nada. Andei pensando na possibilidade de colocá-la à disposição da comunidade. Deixar que usem para algo de útil.

Eu a sigo escadaria acima e então chegamos à sala de estar. Fico aliviada ao ver que o piso superior é bastante confortável. Uma luz suave ilumina uma pequena cozinha com três bancos altos de cor verde. Greer é viciada em velas, e na cor roxa, e em velas roxas. Não que já não tenha percebido isso antes. Olho para as tatuagens dela e desvio o olhar depressa quando ela se volta para mim.

— Aqui estão a cozinha e a sala de estar — ela avisa. — Eu sei, eu sei. Simplesmente amo essa cor.

A área da cozinha leva a um corredor com dois quartos. Greer abre a porta da esquerda, e um sorriso bobo se estampa em meu rosto quando vejo a grande janela e a claraboia.

— Uau! — digo, entrando no quarto. — Esse lugar é um sonho.

— É todo seu. — Greer sorri.

Há uma cama de casal e duas mesas de cabeceira. Logo, logo essas mesas vão estar cheias de porcarias: papéis, cola, grampos de cabelo.

Continuo a explorar o lugar, e vejo que ainda há uma grande penteadeira e uma porta que dá para o meu próprio banheiro.

— O *closet* fica dentro do banheiro — ela me avisa. — Estou no quarto ao lado. Por favor, não fale comigo de manhã.

Não consigo imaginá-la agindo de uma maneira que não seja alegre e simpática, mas mesmo assim murmuro um "uhum".

Ela não me mostra seu quarto. Será que é todo roxo? Ou todo azul, só para quebrar as regras? Será que Greer tem pôsteres gigantes de Kit no quarto dela, ou ursos de pelúcia gigantes? Ela me leva até a sala de leitura, que, para a minha grande surpresa, está cheia de materiais de pintura.

— Por que você não chama este espaço de sala de pintura? — pergunto. — Não sei — Greer responde, parecendo confusa.

Não há muito a falar depois disso, porque as pinturas dela são lindas. Chega a ser injusto uma pessoa ser tão linda como Greer e ainda por cima ter tamanho talento. Toda a água e as ondas em suas pinturas me deixam pasma. Há muitos padrões e variações. Em algumas pinturas, a água é mais transparente que em outras. Dá para ver as pedras brancas sob a superfície ou pequenos peixes.

— Caramba, Greer! Os seus quadros são tão intensos. São maravilhosos.

Ela abaixa a cabeça, embaraçada. É uma coisa que me agrada nela. Artistas modestos sempre me impressionam genuinamente. Ela parece de fato constrangida, e então eu peço para vermos o resto da casa. Quando termina de me mostrar tudo, Greer me ajuda a carregar minhas malas para dentro, e eu lhe faço um cheque.

— POR QUE VOCÊ PINTA ONDAS?

Greer está diante da geladeira. Ela está de costas para mim, mas tenho a impressão de que ela hesita antes de dizer qualquer coisa. Ela responde ainda de costas para mim. Não a conheço bem o suficiente para detectar alguma mudança no seu tom de voz.

— Causa e efeito — ela diz. Quando se volta, vejo uma garrafa de suco de laranja em sua mão. Ela abre a tampa e toma o último gole direto da garrafa. — Pensamos que podemos controlar as nossas vidas, mas em vez disso somos controlados por elas. E tudo o que afeta as nossas vidas nos controla. As pessoas têm menos poder do que pensam. Nós só podemos controlar nossas reações.

Ela diz tudo isso com grande convicção. Concordo com ela até certo ponto.

— Então, só o que resta a todos nós é esperar sentados até que as ondas nos levem para algum lugar? — pergunto.

O que me levou a ter aquele sonho? A motivação certamente não veio de mim. Apesar disso, o sonho teve impacto na minha vida. Mudei toda a minha vida por causa de um único sonho.

— É o que eu acho — ela responde.

— Mas está em nossas mãos escolher a reação que teremos. Isso significa alguma coisa. — Estou começando a ficar irritada, e nem mesmo sei por quê.

— Será mesmo? Ou são as experiências do passado controlando as nossas escolhas do presente? — Greer argumenta. — É um pensamento assustador, eu sei.

— Gosto de matemática e da certeza que ela proporciona, sabe?

Greer solta uma risada com vivacidade.

— Não gosto de pensar que não tenho escolha — contesto. — Pode até ser verdade, mas me assusta.

— É por isso que fazemos arte, Helena — Greer responde. — Arte é a guerra contra o que nós não escolhemos sentir. É a batalha da cor, das palavras, dos sons e da forma, uma batalha furiosa a favor ou contra o amor.

Porra, Kit, como você é estúpido. Que semelhança Della tem com Greer?

Quero que Greer me fale a respeito de tudo. Preciso saber quem sou e por que não sou boa em pintura. E também gostaria de conhecer o significado da vida, porque acredito que ela tem a resposta.

Greer me pergunta se estou com fome. Acabei de comer, mas mesmo assim minto e digo que estou. Ela prepara alguns paninis numa bonita sanduicheira. Também espreme algumas laranjas e me entrega um copo de suco. Está doce e intenso. Ninguém jamais espremeu laranjas para mim antes, exceto o cara da lanchonete Jamba Juice.

Aprendi mais com Greer nesses minutos que passei com ela do que aprendi em toda a minha existência.

— Gostaria que você me ensinasse tudo o que sabe sobre a vida — digo. — Você poderia fazer isso?

Ela arregala os olhos e me dá uma pancadinha leve com uma laranja. Bem na minha testa.

— Não sei nada sobre a vida — ela responde, rindo.

— Tudo bem, mas estou tentando me encontrar.

— Essa, minha querida, é a coisa mais assustadora que você poderia querer fazer.

— Por quê?

— Porque você pode não gostar do que vai encontrar.

CAPÍTULO 25

#marrowstone

EU ME MUDO COM A MINHA PEQUENA QUANTIDADE DE PERTEN-ces: quase tudo são roupas, sapatos e fotos. Meu quarto tem vista para o mar, e nas seis primeiras semanas acordo toda manhã temendo que essa nova vida seja arrancada de mim como aquela do sonho. Tenho pesadelos em que sou obrigada a ir embora de Port Townsend e da fábrica de conservas. Todos esses pesadelos terminam com o Range Rover despencando da balsa e afundando no canal.

Durante o dia trabalho na galeria, ajudando Eldine com a contabilidade, as vendas, e enviando obras para clientes de outros estados e países. Gosto de fazer isso; é um trabalho tranquilo, e Eldine passa praticamente despercebida. Há dias em que Greer me convida para almoçar, e outros em que levo um sanduíche até o porto e fico lá andando de um lado para o outro, lendo os nomes dos barcos até dar o horário de retornar ao trabalho. Durante as noites, eu me dedico à minha arte — mas os resultados são horríveis. "Você não pode forçar a barra", Greer me diz quando me vê atirar um pincel no chão com força. Na realidade, não sou boa em nada, mas quero ser. Para mim, já é o suficiente manter as mãos e a mente ocupadas com pinturas, argila e palavras. O que não pretendo é continuar fazendo o que fazia antes. Você acaba se tornando escravo dos seus hábitos, que exigem tempo e disciplina. Não como mais o meu cereal habitual. Não bebo leite de soja com adoçante. Não assisto a *reality shows* e nem leio romances açucarados para preencher minha vida com as coisas que estou perdendo. Não escrevo mensagens para Kit. Escrevi uma vez apenas, e depois não mais.

Um belo dia, porém, ele me envia uma mensagem de texto, depois de passarmos um tempo enorme sem nenhum tipo de contato. Estou passeando pela doca, tirando fotos dos barcos, quando o nome de Kit aparece na tela do meu celular. Abro o texto, nervosa. Que palerma eu sou. Pensando bem, tenho motivo para estar nervosa, afinal não quero que ele saiba que estou morando na fábrica de conservas com Greer.

K: Você não pode simplesmente se mudar para a minha terra e nunca mais falar comigo.

Por que não? — digito.

K: Então você não está mais falando comigo?

Não! Eu não disse isso.

K: Onde você está morando?

Argh! Caramba. Mas quem disse que isso é da conta dele? Não preciso responder. E não vou responder.

Estou dividindo uma moradia com uma pessoa. É a Greer. Aluguei um quarto dela.

Ansiosa, mordo minhas unhas enquanto espero que a resposta dele apareça na tela do meu celular, mas isso não acontece. Meu Deus, é como se eu não tivesse autocontrole. Nenhuma força de vontade. Penso em teclar "TE PEGUEI!", mas não costumo brincar assim. Ah, Senhor, achei que estivesse fazendo as coisas de maneira diferente...

Eu teclo: *Te peguei.*

E em seguida: *É brincadeirinha. Quer dizer, não sobre Greer, sobre ela eu falei sério. Estou mesmo morando com ela.*

E depois: *Ela é demais. E eu não ligo para o que você pensa.*

E então: *Você está bravo comigo?*

Quando finalmente a mensagem dele chega, quase não tenho mais unhas nos dedos; mas tudo bem, porque todo mundo tem unhas e eu gosto de ser diferente.

K: Você é doida.

No fim das contas eu fico mesmo muito aborrecida por causa das minhas unhas. Eu estava tentando deixá-las crescer. Examino as mãos antes de teclar:

Louca eu? Não mesmo.

Ele me envia uma fotografia. Reconheço a imagem: é parte do balcão do Tavern on Hyde. É a fotografia de uma taça de vinho sobre um guardanapo. Eu sorrio.

K: Acho que você precisa disso.

Acertou. Quero muito.

K: A boa notícia é que tem vinho em todo lugar! Um amigo meu tem uma adega e um vinhedo em Marrowstone. Se eu fosse você daria uma passada lá.

Ele me envia o endereço, e me informa que o nome do estabelecimento é Marrowstone Vineyards.

MENCIONO O MARROWSTONE VINEYARDS PARA GREER NESSA noite, esperando que ela queira me acompanhar. Sento-me na única banqueta disponível na sala de leitura e fico observando-a pintar.

— Quem lhe falou sobre esse lugar? — Ela abaixa o pincel. Noto que há certa resistência na voz dela.

— Hmmm, só ouvi dizer que tem vinho lá. E gosto de vinho. Está tudo bem com você?

Ela limpa a garganta.

— Sim, sim, claro. É que... tenho muitas lembranças desse lugar. Meus amigos e eu costumávamos entrar escondidos na propriedade quando éramos mais jovens. Íamos lá para curtir, beber, coisas assim.

Nunca vi pessoalmente nenhum amigo dela. Não me entenda mal — Greer é uma garota popular. Quando você tem cabelo prateado e só veste uma cor, você não passa despercebido em lugar nenhum. Mas nunca a vejo com ninguém, e, embora ela conheça todo mundo, não parece haver alguém de quem ela seja íntima de fato.

— Então...

— Claro que podemos ir — ela diz. — Vai ser divertido. Saímos daqui a pouco?

Não esperava que fôssemos ainda hoje, mas acabo topando, e Greer vai para o seu quarto se arrumar.

Dez minutos depois, ela retorna, toda vestida de preto. Caramba. Nunca tinha visto Greer vestir nada além de tons de roxo. Isso me deixa apreensiva.

— À noite, todos os gatos são pardos — ela diz, percebendo a minha reação. — Vamos embora.

145

Eu a sigo para fora da fábrica, ainda usando as roupas com as quais saí de manhã para trabalhar. Eu queria ter me trocado. Mais uma vez me sinto despreparada e deslocada. Que deprimente. Sua *chata do bege!*

Enquanto percorremos a estrada até Marrowstone, escutamos música dos anos 1970. O clima está incrivelmente seco lá fora, mas as nuvens estão escuras e carregadas — um indício sinistro do que virá nos próximos dias. Greer parece ler meus pensamentos.

— Hoje é o último dia antes da chegada das chuvas. Trate de aproveitar.

Vou aproveitar é a chuva, mas não digo isso. Em Washington, é quase uma blasfêmia não aproveitar os dias ensolarados e sem chuva enquanto você pode. A adega fica sobre as águas, de onde é possível observar os navios de cruzeiro rumando para o mar aberto. Estacionamos perto de um prédio, saltamos do carro e entramos na escuridão. Há um vinhedo atrás do prédio; a colheita de uvas já foi feita e tudo o que se vê é a sombra empoeirada de videiras e folhas. À minha esquerda há uma casa grande, com janelas retangulares de arco pontudo com vista tanto para o canal quanto para o vinhedo. Há frutas caídas no chão ao redor das árvores: maçãs, cerejas, peras e ameixas — murchas e enrugadas, pois seu sumo já foi consumido pelo solo. Greer fica paralisada quando olha na direção da casa.

— O que foi? — pergunto. — Parece que você viu um fan...

— E-eu estou bem. Vamos beber vinho. Você quer vinho, não quer? Pois então, vamos lá. — Ela avança para a porta da adega. Será que trocamos de personalidade no caminho para cá e eu não notei? Isso me deixa confusa. Ela compra uma garrafa, volta para fora e se senta no pátio.

— Tudo bem, Greer, vamos falar sério. Tem alguma coisa errada com você. O que é? — Pego a garrafa da mão dela e a abro com um saca-rolhas.

Ela aponta para a casa.

— Traí o meu namorado — ela diz. — Bem ali, perto daquela casa.

Não olho para a casa; prefiro observar a expressão do rosto dela nesse momento. Foi nesse lugar que tudo terminou? Foi aqui que a história de Kit e Greer chegou ao fim?

— A gente não precisava ter vindo para cá — observo, perguntando-me por que Kit teria sugerido esse lugar. *Mas que babaca filho da puta.* É como se ele estivesse tentando... *se vingar!* Droga, não pode ser!

— Vamos embora, Greer. Vamos.

— Não — ela responde com firmeza. — É só um lugar como outro qualquer.

— Então me fale sobre isso — peço. — Foi Kit?

A cabeça dela se vira tão rápido na minha direção que por um segundo tenho receio de que seu delicado pescoço se quebre.

— Mas como você...?

— Um palpite — respondo.

Greer está olhando fixamente para a sua taça de vinho, perdida em pensamentos. De repente, porém, ela sorri.

— Isso aconteceu há tanto tempo.

— Eu sinto muito, Greer.

— Tá tudo bem — ela diz. — São as ondas, lembra?

Não sei se ela está encobrindo seus verdadeiros sentimentos, mas ela acaba de me incluir em sua arte — e isso me agrada.

— Eu era tão jovem — ela diz. — Abandonei antes de ser abandonada. Algumas vezes esse é o melhor caminho, mas no caso de Kit não foi. Eu o magoei de verdade. Já não sou mais tão impulsiva. Mas faz um bom tempo que não namoro. Estou em greve.

— Meu namorado me traiu — revelo. — Aconteceu antes da minha vinda para cá. Ele engravidou uma garota do escritório onde trabalha.

— Que filho da puta — Greer diz. — Isso é abominável.

— É mesmo. Ele que se foda, e o amor que se foda junto.

Brindamos batendo nossas taças num tim-tim, e ela se mostra genuinamente feliz depois disso. Talvez não tenha sido tão ruim ter vindo até aqui, afinal. Foi até terapêutico. Olho para o telhado anguloso da casa e me pergunto quem mora nela. Quantos segredos essa casa já presenciou? Quero morar em uma casa assim, de onde eu possa ver segredos.

CAPÍTULO 26

#nãotenhamedodosanimais

NÃO EXISTE LUGAR MELHOR PARA SE DEPRIMIR DO QUE O estado de Washington. Há milhares de lugares em Washington onde você pode ir para apreciar o lindo cenário e sentir uma enorme compaixão por si mesmo. E quase todos os dias, até mesmo o céu vai compartilhar as lágrimas com você. E seja grato a Deus por isso — por essa ausência de luz. Porque isso torna o cenário perfeito para um melodrama. Greer se oferece para me levar a todos os melhores locais para uma pessoa se deprimir com qualidade.

— Você já ficou deprimida? — pergunto a ela.

— Bem, fiquei, sim, uma vez. Quando aconteceu o que lhe contei... — ela responde, piscando para mim. Para uma artista, a personalidade dela não tem tantos altos e baixos ou excesso de mau humor.

Ela elabora uma lista com uma caneta roxa e escolhemos os lugares um por um. Isso tudo é uma armadilha; eu sei disso. Greer está tentando me despertar, e está obtendo sucesso. O ar, o vento, as águas, as montanhas — esses elementos todos despertam os meus sentidos. Meu coração está sonolento. Certa tarde, estamos na área de montanhas Hurricane Ridge quando Della me envia uma mensagem de texto para me avisar que acha que Kit, enfim, vai pedi-la em casamento. Desligo o meu celular, deito-me de costas com cuidado na mureta onde estamos sentadas e fico olhando para o céu cinzento.

— O que houve, Helena? — Greer pergunta, curvando-se na minha direção. — Você só fica melodramática desse jeito quando algo está realmente errado. Por acaso é Kit que faz você ficar assim?

Não posso mentir para Greer depois de tudo o que ela fez por mim. Tento virar o rosto, mas ela agarra o meu queixo com seus dedos longos e lisos e me olha bem nos olhos, com expressão séria.

— Della acha que Kit vai pedi-la em casamento — digo por fim. — Mas não é nada de mais.

— Merda — Greer diz. — Merda — ela repete. — E o que você pretende fazer?

— Eu? Bom, você sabe... Nada.

Greer ri.

— Você devia pelo menos falar com ele.

— De jeito nenhum. O que vou dizer a ele?

Ela fica em silêncio; está pensando. Arranco tufos de grama enquanto espero que ela termine de refletir.

— Não machuque a grama, Helena. Daqui para a frente nós precisaremos de toda a ajuda que pudermos ter, principalmente da terra. Conte-me sobre o sonho que você teve. Aquele que você disse que deu início a todos os seus problemas.

— Não. Você vai achar que estou louca. — Limpo a mão na calça.

Greer suspira. Estou testando a paciência da fada.

— Você é a ex do Kit — continuo, contrariada. — E eu sou a maluca que está apaixonada por ele. Peço que me desculpe por não querer conversar sobre os meus sentimentos inapropriados com a mulher que o traiu na adega.

— Ah, Helena! — Ela abre os braços, e o vento balança as franjas de sua jaqueta roxa. — O melhor tipo de amor é o amor que não deveria acontecer.

Mastigo as unhas e as cuspo fora pelo canto da boca.

Greer bate na minha mão e faz um gesto enérgico para que eu comece a falar.

Conto a ela sobre o meu sonho. Nós duas estamos sentadas aqui, numa mureta no topo do Hurricane Ridge, enquanto abro meu coração. Estou terrivelmente envergonhada. Ela me escuta em silêncio até que eu termine.

— Kit tinha um sonho recorrente quando era um garotinho. — Ela balança o cabelo prateado emoldurado pelas montanhas, sorrindo seu sorriso incansável. — Sonhava com leões. Com um bando deles. Os leões iam atrás dele, só dele. Vagavam pelas ruas vazias de Port Townsend procurando por ele. Ele se escondia, mas os leões o encontravam em qualquer lugar em que se escondesse, onde quer que fosse. Kit ficava apavorado. Ele dizia que podia sentir o hálito fétido deles, sentir que rasgavam seu corpo com as presas, e então acordava gritando.

Faço uma careta de desgosto.

— Então, procuramos a ajuda de uma bruxa. — Ela desenha aspas no ar com os dedos ao dizer a palavra "bruxa", e sorri. — Ela era dona de uma espécie de loja de artigos relacionados a temas espirituais e religiosos. Um lance de ciências ocultas, Nova Era. Vendia amuletos para afastar sonhos ruins, coisas desse tipo. Ela não tem mais a loja, mas vive perto do vinhedo em Marrowstone. As pessoas ainda a procuram. De qualquer maneira, ela nos disse que Kit precisava de um talismã para afugentar os sonhos ruins. Primeiro, ela nos deu um amuleto para afastar pesadelos. Claro que não funcionou. Então voltamos a procurá-la na manhã seguinte. Dessa vez, ela nos entregou umas pedras, e explicou que Kit deveria colocá-las debaixo do travesseiro para que elas afastassem os pesadelos.

Greer tira uma garrafa de água do isopor e a passa para mim. Depois ela abre sua própria garrafa e bebe um gole, e percebo que os lábios dela deixam uma marca de um vermelho intenso na garrafa.

— Acontece que as pedras não funcionaram, e nós a procuramos outra vez. Ela então sugeriu um tônico, mas também não deu certo. Nós voltamos, voltamos e voltamos, e nada do que ela sugeria surtia efeito. No final, quando fomos vê-la pela décima vez, ela mudou de estratégia. Disse-nos que algo na vida de Kit estava provocando os sonhos ruins, e que nós dois juntos poderíamos deter os pesadelos.

As palavras dela me deixam constrangida. Sei tão pouco sobre a vida de Kit, e ela sabe tanto. É como se eu não tivesse motivo para sentir o que sinto por ele.

— E o que vocês fizeram? — pergunto.

— Kit dizia que, às vezes, ele tinha consciência de que estava sonhando, e isso tornava o sonho um pouco menos assustador, já que ele sabia que iria acordar. Então sugeri que ele simplesmente reagisse e lutasse durante esses sonhos conscientes. Que ferisse os leões antes de ser ferido por eles. Kit não acreditou que pudesse dar certo, mas disse que tentaria. Uma semana depois, na escola, ele foi correndo me contar que tinha feito o que sugeri. Ele quebrou as mandíbulas dos leões com as próprias mãos. Kit os enfrentou.

— E ele voltou a ter o pesadelo?

— Sim — Greer respondeu. — Mas cada vez com menos frequência. Ele ainda teve o pesadelo algumas vezes antes de deixar Port Townsend. Mas Kit dominou algum tipo de medo subconsciente, e isso deixou de ser um problema para ele.

— Sei.

Agora que Greer terminou de contar a história, eu me pergunto por que ela fez isso. Por que me contou. E então a minha ficha cai. A noite em que Kit e eu passeamos pelo meu condomínio. Perguntei a ele sobre a tatuagem inspirada em Greer. "Não tenha medo dos animais", aquela frase era dela. O ciúme me atinge com força. Isso tem um significado muito maior do que uma flor, uma cruz, ou mesmo um nome. Trata-se da história deles. Da ligação entre eles. Mas que direito eu tenho de sentir ciúme? Kit nem é meu. Não faço parte da sequência de namoradas; Della faz.

— Kit estará em Santa Fé no próximo fim de semana — Greer diz.

— Quê? Como sabe disso?

— É o casamento da prima dele. Fui convidada e adoraria que você me acompanhasse.

— Não — respondo, balançando a cabeça. — Não posso. Della vai es...

— Della não estará lá — Greer diz, interrompendo-me. — É a data do aniversário da mãe dela ou qualquer coisa do tipo.

Sinto-me culpada por esquecer que o aniversário da mãe de Della está chegando. Eu costumava ser mais próxima da família.

— De qualquer maneira, isso não é certo. Não posso fazer isso. Os dois são uma família, agora, Della e Kit.

— Não até que se casem — Greer argumenta. — E nós temos bastante tempo para evitar que isso aconteça.

— Mas isso é errado — insisto.

— Tudo bem, então. — Greer balança os ombros num gesto de indiferença. — Você é quem sabe. — Ela se levanta e se espreguiça, e sua camisa roxa brilha contra o verde da paisagem. — Vamos lá, vamos caminhar. E chega de falar sobre Kit e Della, tá?

Eu me levanto também e vou atrás dela. Mas paramos antes de completar nosso percurso pela montanha. Decidimos que é preferível beber chocolate quente. Ou comer chocolate. Ou simplesmente não caminhar.

NO DIA SEGUINTE, EU RECEBO UM E-MAIL DE GREER ENQUANTO estou no trabalho. Eu abro a mensagem e me deparo com uma passagem de avião para Santa Fé.

— O que é isso? — Eu telefono para ela e pergunto.

— Você vai me acompanhar, lembra?

— Não, acho que não me lembro de ter aceitado o convite. Na verdade, tenho certeza de que não aceitei.

— Não seja tão covarde, Helena. Você precisa lutar pelo que deseja. Ninguém nunca lhe disse isso?

Não, ninguém jamais me disse isso. E não é do meu feitio lutar por algo que já pertence a outra pessoa. Durante toda a semana tento pensar em uma desculpa para escapar dessa viagem, mas no final eu cedo, junto algumas roupas dentro de uma bolsa e finjo para mim mesma que irei até Santa Fé por causa de Greer. Tudo o que preciso levar comigo é um vestido de festa bege. Na verdade, quase todas as minhas roupas têm cor bege, creme e branca. Variações de cores claras combinam com o calor da Flórida, mas agora, morando em Washington, e sou só uma chata do bege que tem bermudas demais no armário.

POUSAMOS EM SANTA FÉ NO MEIO DA TARDE. MEUS OLHOS SE deliciam com o que veem enquanto nosso táxi nos conduz pelas ruas antigas da cidade. Tudo parece tão diferente do que se costuma ver nas cidades. Todas as cidades dos Estados Unidos são parecidas umas com as outras, mas Santa Fé se parece apenas com Santa Fé. Isso me fascina e ao mesmo tempo me assusta. Pergunto a Greer sobre a prima de Kit que vai se casar, e ela me conta que o nome da noiva é Rhea e o do noivo, Solo.

— Ele é artesão. Trabalha com a terra, com argila, e faz cerâmica.

— É por isso que ele se chama Solo? Porque trabalha com terra? — pergunto.

— O nome dele já era Solo. Ele se engajou em uma busca por si mesmo, pela sua essência, e então incorporou seu nome à sua arte.

Tenho vontade de rir, mas percebo que é a contadora em mim querendo ridicularizar a jornada de Solo. Como alguém que vem tentando com muito empenho se tornar artista, vou respeitar a visão criativa de Solo. Quem sabe o exemplo dele me ensine algo.

Chegamos ao nosso estranho hotel, com seu piso de concreto desnivelado e mobília deteriorada. Greer me explica que hospedar-se aqui é uma experiência única, por isso o preço da diária é tão alto.

— Este lugar era uma missão espanhola nos idos de mil e novecentos. Você está dormindo num quarto que já foi ocupado por conquistadores! — ela diz alegremente.

Olho para as paredes castigadas e para o meu dedo ensanguentado — que machuquei no piso quebrado — e me sinto afortunada por viver no século XXI.

— Vá se trocar, Helena. Vamos cair na noite.

Eu me troco, ponho um curativo no dedo e passo batom.

— Hum... acho que não — Greer diz quando saio do meu quarto. — Não vamos sair com as nossas mães.

Ela fuça a sua mala e tira de dentro dela um vestido preto sem mangas e com franjas.

— Esse não é nem um pouco o seu estilo — digo, rindo. — Não posso acreditar que tenha comprado isso.

— Tem razão. Comprei para você. É o seu estilo. — Ela joga o vestido para mim.

— Greer, eu jamais usei uma roupa dessas em toda a minha vida. Não tem nada a ver comigo.

— Talvez você não tenha usado um vestido assim, mas isso não significa que não seja o seu estilo. Algumas pessoas são reservadas demais e muito presas aos seus hábitos, por isso acabam não percebendo que roupa lhes cai bem.

Tudo bem, vamos lá. Não tenho nada a perder, e então coloco o vestido. Como num passe de mágica ganho seios e um belo traseiro.

— Nossa! Helena, você ficou bem feia. Acho melhor tirar isso já.

Faço uma careta para ela. Não sou estúpida. Aprendo rápido.

Vamos a um bar sofisticado. Bebemos vinho sofisticado. Dançamos ao som de música dos anos 1980. Meu cabelo fica todo bagunçado e gruda no suor do meu rosto. E quando eu me balanço, as minhas franjas balançam também. E como eu balanço! Ah, meu Deus, isso é que é diversão. Della nunca dança, porque isso a faz suar. Greer está dançando como se não houvesse amanhã, e posso ver o suor escorrendo pelo pescoço dela.

A CERTA ALTURA, KIT ENTRA NO BAR. E NÃO PARO DE DANÇAR. Mando um beijo para ele, e danço com Greer, e vejo que ele me observa. Sinto o meu coração doer quando olho para Kit. Jamais quis passar por uma sensação tão difícil na vida. Ele parece diferente, mas sei que continua o mesmo. Meus olhos é que estão diferentes. Aos meus olhos, Kit parece mais bonito a cada vez que o vejo.

— Ele não sabia que eu viria? — pergunto a Greer.

— Pelo contrário — ela responde. — Kit me pediu para trazer você.

CAPÍTULO 27

#ocasamentodaminhamelhoramiga

— OLÁ, CORAÇÃO SOLITÁRIO. QUER DAR UMA CAMINHADA? — Esta é a primeira coisa que ele me diz depois de todo esse tempo. Depois de meses e meses, Kit insiste em suas caminhadas.

Quero muito dar uma caminhada, muito mesmo. Está quente demais dentro desse bar, há gente demais aqui e eu preciso respirar ar puro. Mas esses motivos são secundários; o que me faz de fato querer sair para uma caminhada é a chance de estar perto de Kit.

Vou em direção à porta de saída do bar, com os ombros ainda balançando ao ritmo da música. Ouço a risada de Kit atrás de mim. Isso basta para fazer o meu coração acelerar. Ele me acha engraçada. Sempre achou. Não sou realmente engraçada, só bem atrapalhada. Quando nos retiramos do bar, não posso deixar de pensar no fato de que Kit está deixando seus amigos para trás — pessoas que ele não vê há séculos — para sair comigo em uma caminhada, no fim de semana em que a sua prima vai se casar.

A BRISA DO NOVO MÉXICO É DIFERENTE DA BRISA DA FLÓRIDA, que me incomoda quando toca o meu rosto. O ar no Novo México é mais seco e tem um cheiro de terra mais perceptível. Isso me faz pensar em Solo, e essa associação me faz rir. Quando Kit e eu já estamos longe da música o suficiente, eu o espio pelo canto dos olhos e dou um sorriso. Acho que ele não mudou nada. Talvez esteja só um pouco mais bronzeado. Aposto que Della não perde uma oportunidade de arrastar o cara para a praia.

Dou um pequeno salto na direção de uma fonte enquanto Kit me observa em silêncio. Se eu não o conhecesse, acharia que ele tem um milhão de coisas para dizer. E ele provavelmente tem, mas prefere guardá-las para si.

Ele se senta na beirada da fonte. Dou um passo desajeitado à frente, quase tropeço, e me sento ao lado de Kit, mexendo as pernas para a frente e para trás.

— Oi — digo.

— Olá.

— Por que você está com essa cara, Kit?

— Que cara? — ele responde. — É a minha cara de sempre.

— Tem alguma coisa no seu olhar. Como se você estivesse ansioso ou algo assim.

— E estou.

Dou um salto e fico em pé.

— Nossa, bateu uma hiperatividade de repente. Só vou dar uma corrida ao redor da fonte e já volto para falarmos nesse assunto — aviso.

Kit ri com tanta vontade que quase cai, girando o pescoço ao máximo para me seguir com o olhar.

— Eu tinha esquecido o quanto você era doida — ele diz quando volto a me sentar. — Você é uma raridade, sabia? Não há ninguém como você.

É um elogio adorável, sem dúvida mais do que a minha mente pode suportar neste momento.

— Mas então... por que você está ansioso? — Estendo os braços na direção da fonte e, com as mãos em concha, recolho um pouco de água e a deixo correr sobre a minha nuca.

— Estou esperando pela pergunta de sempre, Helena.

Puxa, será que eu sou tão previsível assim?

— Certo — digo. — Você está apaixonado? — Balanço a cabeça e agito as mãos no ar, tentando mostrar descontração num gesto de expectativa pela resposta. Mas ele não parece achar graça na minha brincadeira.

— Sim.

Nenhuma hesitação desta vez. Ele não desvia o olhar nem desconversa. De repente, eu me sinto enjoada e sem energia, como se fosse uma velha cansada. Não conseguiria correr ao redor da fonte nem que eu tentasse. Aliás, por que me senti feliz a ponto de ter feito isso, para começo de conversa?

— Curto e grosso — comento. — Caramba.

Kit tem cílios negros e em abundância. Eles tornariam sua beleza delicada demais se não fosse o formato quadrado do seu queixo, que resgata sua masculinidade — dando-lhe as características admiráveis de uma tela quadrada e compacta. Quando ele olha para você através daqueles cílios, é como se estivesse comunicando algo importante com os olhos. Ele não sabe o efeito que tem sobre as mulheres. Já observei esse efeito: elas se desmancham em silêncio, encantam-se a ponto de tropeçar nas próprias palavras e ficar com os rostos corados.

— Posso usar o seu celular, por favor? — pergunto.

Kit me entrega o celular sem hesitação. Seleciono a câmera frontal e tiro uma foto de mim mesma.

— O que você está fazendo? — Kit pergunta.

— O que parece que estou fazendo? Tirando uma fotografia de mim mesma.

— Sim, disso eu sei. Mas para quê?

Ele observa enquanto escrevo um texto para a foto. Deixei meu telefone celular no quarto de hotel, mas queria tê-lo comigo agora. Poderia enviar um pedido de ajuda a Greer.

— Tiro fotografias de mim mesma quando vivencio grandes momentos na vida. Dou título às fotos e as guardo num álbum.

Kit faz uma careta e balança a cabeça. Seus olhos estão dançando, porém pensando, pensando, pensando...

— E que nome você vai dar ao momento que acabou de viver?

Olho para a foto que acabei de tirar: tenho fios de cabelo enrolados como parafusos nas laterais da minha cabeça, meu topete está torto e tenho borrões de maquiagem embaixo dos meus olhos, como se fossem hematomas. Pareço meio perdida e um pouco zangada.

— Foda-se o amor — respondo.

Olho para ele com ar desafiador. Ele recua, como se eu tivesse batido nele, e o sorriso desaparece de sua boca.

— Foda-se o amor — repito. Kit não compreende. Ele balança a cabeça numa negativa, como se o amor não merecesse palavras tão cruéis.

Quero ir ao encontro de Greer para darmos o fora deste lugar. Preciso ficar bem longe de Kit, caso contrário não sobrará mais nada do meu coração.

— Helena — ele diz. — As coisas não são bem assim.

— Você ainda não viu a Greer? O seu grande amor do passado? Não sente mais nada por ela? Só precisou de um ano para se apaixonar por Della, e...

— Pare com isso — ele diz.

Sinto lágrimas rolando pelo meu rosto. Lágrimas estúpidas, repulsivas.

— Eu me apaixonei por você! — grito, e logo me arrependo. Por que uma pessoa teria necessidade de gritar uma coisa dessas a plenos pulmões?

O silêncio é devastador. Doloroso. Cortante e penetrante como uma grande faca afiada. Minha confissão não deixou nenhum espaço para a imaginação. No rosto dele está estampada uma expressão de choque — não posso ver isso, não consigo suportar. É tão constrangedor. Então resolvo ir embora. Avanço alguns poucos passos e, quando dou por mim, já estou correndo. Meu penteado se desmancha por completo e isso torna a minha escapada ainda mais dramática do que já é.

Ele não grita o meu nome, como os homens fazem nos filmes. Meus passos na calçada são os únicos que escuto. Ele não me segue. Não há interesse, não existe romance. E de repente eu me lembro de uma coisa realmente idiota, uma fala do filme *O Casamento do Meu Melhor Amigo*: "Você está atrás dele, mas quem está atrás de você?".

Não volto ao bar. Vou direto para o hotel e junto as minhas coisas. Uma camisa aqui, uma camisa ali — vou jogando tudo dentro da mochila. O mais rápido possível, sem perder tempo, tentando não pensar no que acabou de acontecer. Tentando não lembrar que eu destruí o meu relacionamento com Kit e com Della em um momento de pura irresponsabilidade. Jogo água no rosto e depois corro para a rua para pegar um táxi. No caminho até o aeroporto, percebo que estou agindo como uma espécie de fugitiva. Como alguém que pega as suas coisas e vai embora correndo quando situação fica feia. Essa sensação é uma novidade para mim, mas também é sinal de amadurecimento. Estou aprendendo sobre mim mesma. Mas... caramba, eu fiz exatamente o que vim fazer aqui. Sou uma fugitiva competente.

Nas últimas três horas, Greer vem ligando para o meu celular sem parar. Eu me pergunto se ela me viu sair do bar com Kit. Se ela procurou Kit quando percebeu que não me encontraria. Será que os velhos sentimentos por Greer ressurgiram quando ele a viu? Ou o seu coração está agora definitivamente ligado a Della? Envio a Greer uma mensagem de texto avisando que estou indo para casa.

Ela me responde: *Ele está procurando você.*

Olho ao meu redor, em pânico, mas estou segura. Ele não pode chegar até mim. E por que ele iria querer isso? Eu já estou tão envergonhada, não preciso que ele venha até mim para piorar ainda mais a situação. Eu disse ao namorado da minha melhor amiga o que nunca deveria ter dito. Aperto a minha mochila contra o peito e conto até mil. Sinto-me em pedaços. Tão magoada. Mais deslocada e fracassada do que nunca. Quando embarco no avião, peço uma bebida. E sei que estou vestindo bege, que o meu cabelo está todo bagunçado e que as pessoas estão olhando para mim. Mas elas não podem enxergar o meu coração. Se pudessem ver o que se passa no meu coração, elas entenderiam o motivo de a minha maquiagem estar toda borrada.

CAPÍTULO 28

É OUTONO E ESTOU ANDANDO PELA RUA EM UMA CIDADE QUE adoro. Já se passou um mês desde o casamento. Já não me sinto tão envergonhada pelo que fiz, embora gaste um bom tempo tentando *não* pensar no que eu disse a Kit. Esse mês eu resolvi escrever. Escrevo sobre o meu dia a dia em um blogue, uma série de postagens que nunca publico. O nome do blogue é *Foda-se o Amor*. Não sei bem qual é a utilidade disso, a não ser registrar meus sentimentos, mas essa atividade me faz bem. Não preciso fracassar publicamente como escritora, assim como fracassei como pintora e artista. O fracasso privado é muito mais confortável.

No momento em que estou pensando em uma postagem para o meu blogue — com o título "Eu Não Consegui Foder o Meu Amor" —, ouço alguém chamando o meu nome. Olho para trás para descobrir do que se trata. E então o vejo surgir — o amor que não consegui foder. O vento frio faz o cabelo dele dançar no ar, enquanto o seu sorriso *me* faz dançar no ar. Meu coração está cheio de resistência e raiva. Não está de acordo com o resto do meu corpo, que se vira na direção dele. *Não, não, não* — bate o meu coração.

— Meu Deus! Kit! O que você está fazendo aqui?

— Olá, coração solitário.

Sinto uma dor no peito quando meu coração sucumbe diante de Kit. Eu me entrego ao abraço dele, pressionando o meu rosto contra a sua jaqueta de couro. Ele ainda cheira a gasolina.

— Sinto tanta saudade de casa — digo. — Estou tão feliz por ver você.

— Também tenho saudade de casa — Kit responde. Ele segura o meu rosto com as duas mãos enluvadas e me olha nos olhos. — E de outras coisas.

Subitamente sinto que o nosso último e infeliz encontro vai voltar a me assombrar. Desvio o olhar, e ele me solta.

Estamos em evidência agora, no meio da rua, e isso parece estranho. Há outros humanos perambulando ao nosso redor. Por um minuto tive a impressão de que não havia mais ninguém além de nós dois.

— Então... — começo.

— Pois é — ele diz.

Meu coração está disparado. Será que Greer sabe que ele está aqui? Será que ele veio por causa dela?

— Onde está Della?

— Ela não veio, Helena. Viajei sozinho. Quer dar uma caminhada?

Solto uma risada e balanço a cabeça.

— Deus, Deus. Sim, vamos caminhar... por que não?

Passeamos pela Rua Principal. Há muita gente andando de um lado para o outro: pessoas fazendo compras, mães empurrando carrinhos de bebê. Tento entrar em contato com alguém através do olhar. Quero comunicar, por meio de telepatia, que estou com o homem que amo e que não posso tê-lo. Um carro passa por cima de uma poça e tenho de pular para o lado para evitar levar um banho. Nesse meu sobressalto, porém, acabo atingindo uma velhinha e derrubando-a no chão. Kit e eu a acudimos imediatamente e a ajudamos a ficar de pé. Começo a chorar, preocupada com a possibilidade de tê-la machucado de verdade.

— Não, querida, não fique assim. Vou ficar bem. Sou feita de aço. — Ela apalpa seu quadril e seu joelho, e também sua cabeça, deixando-me mais preocupada ainda.

Nós a cobrimos de cuidados durante alguns minutos. Ela parece gostar da atenção, e nos diz que somos um casal realmente adorável e que devíamos passar o resto do dia nos beijando. O pensamento me faz corar, mas Kit apenas ri e finge concordar. Enquanto nossa nova amiga — que se chama Glória — nos observa, Kit segura a minha mão e nós saímos andando.

— Não quis desapontá-la — ele comenta. — Só fiz isso por causa da Glória.

— Glória já não está mais nos vendo — aviso. — Por que então você continua segurando a minha mão?

Ele sorri com malícia e não solta a minha mão. Passamos por uma sorveteria, e ele olha para mim.

— Está frio demais para tomarmos sorvete, Kit. — Mas a verdade é que quero sorvete, sim, e ele sabe disso.

— E quem disse que não se pode tomar sorvete porque está frio?

Sei lá. Minha mãe? A sociedade? Foda-se.

— Quero um sorvete de licor de damasco — decido. Mas não tenho vontade de entrar na loja. Resolvo esperar por ele do lado de fora.

— Você veio até aqui... para ver Greer? — pergunto quando ele me entrega o sorvete.

Kit parece confuso. Um pouco de sorvete escorre em sua mão.

— E por que eu viria até aqui para ver Greer?

Usando o meu guardanapo, retiro o sorvete que caiu na mão dele.

— Ora, porque ela era tudo para você. O grande amor, o amor verdadeiro, o primeiro amor, o...

— Ok, Helena. Já deu pra entender, obrigado. E não, não estou aqui por causa da Greer.

— Ah — eu digo.

Caminhamos em silêncio por alguns momentos. O sorvete se tornou o meu inimigo. Kit estava segurando a minha mão uns minutos atrás, mas agora está segurando o sorvete.

— Então o que você veio fazer aqui? — arrisco.

— Eu já disse. Estava com saudade de casa. Senti necessidade de voltar para me reencontrar e ter paz de espírito.

— Ah. Mas o...

— Helena!

— Tudo bem, chega de perguntas. — Passo o polegar e o indicador unidos na frente da minha boca fechada, indicando que "fechei o zíper".

— Nós estamos dando um tempo — ele revela. — As coisas não...

— O quê?

Não quero parecer entusiasmada nesse momento, mas o fato é que estou. Eu sei como essas coisas funcionam: os casais brigam, enfrentam altos e baixos no relacionamento, mas sempre acabam voltando no final. Quando Neil me traiu, tentei encontrar maneiras de justificar o comportamento dele para podermos voltar. Se eu pudesse salvar o

162

relacionamento, não iria parecer que eu havia perdido anos da minha vida ao lado da pessoa errada. A ideia era salvar o que restava para compensar os meus erros.

— Não sei — ele diz por fim. — As coisas não iam bem. Mesmo quando você gosta de uma pessoa, o ciúme acaba estragando tudo.

Eu me esforço para ficar calada e não perguntar nada. Conheço bem o ciúme de Della. Estou bem familiarizada com a insegurança que faz Della investir contra qualquer coisa que ela enxergue como ameaça.

— Onde você vai ficar? — pergunto.

— Tenho uma casa aqui — ele responde.

Eu não sabia disso. Olho para ele intrigada.

— Olhe, você pode ficar aqui. Se quiser...

— A casa era do meu tio. Ele deixou para mim quando morreu.

— Ah. — Esfrego as mãos. Não o conheço tão bem quanto pensava, e isso me deixa triste. — E por quanto tempo pretende ficar?

Então ele olha para mim, e de repente percebo que é preciso mesmo ter cautela ao se relacionar com as pessoas. Pessoas que falam com você por meio do olhar. Pessoas capazes de feri-la tão duramente que você desejaria jamais ter nascido.

— Isso depende.

Tropeço em um desnível na calçada e Kit estende o braço para me dar apoio.

— Depende de quê?

Enquanto espero pela resposta, observo o comprimento e a curva dos cílios dele, e os seus lábios cheios e inclinados para baixo. Desvio o olhar, tentando me concentrar em outras coisas: um cachorro-quente comido pela metade, jogado no topo de um lixo; uma mulher usando meias diferentes nos pés calçados com tênis. Coisas que não fazem a minha cabeça girar.

— Do que a minha verdade vai me trazer.

Estou prestes a lhe pedir que me fale mais sobre isso, mas ele avisa que precisa ir.

— Vou almoçar com a minha mãe. Ela está tentando me convencer a me mudar de volta para cá.

— Sim, claro — digo. Já começo a gostar da mãe dele. — As mães geralmente sabem o que é melhor para os filhos.

— Ah, é?

— Não, que nada — respondo. — Se ela se parece um pouco que seja com a minha mãe, é melhor não lhe dar ouvidos...

Ele ri com vontade.

— Até já, Helena.

NÃO DEMORA MUITO PARA QUE DELLA ENTRE EM CONTATO comigo. Já faz meses que não tenho notícias dela. Ela me envia uma mensagem de texto para contar que os dois romperam depois de uma briga que tiveram. Não respondo sua mensagem de imediato; ela então resolve me telefonar.

— Ele está aí, Helena? Você sabe se ele está?

Vejo o meu reflexo no espelho quando respondo; pareço uma mulher indignada. Não quero me intrometer nos problemas deles, sejam quais forem esses problemas. Não quero ter de escolher entre um dos dois.

— Por que não telefona para ele? — respondo. — Kit já desapareceu antes, lembra?

— Meu Deus, é óbvio que eu já liguei para ele. Ligo para ele de cinco em cinco minutos, Helena! Tudo o que ele me disse foi que precisava de tempo para pensar. E eu, como fico? Tipo... não sei resolver absolutamente coisa nenhuma! Não sei nem como vou pagar a minha hipoteca!

Posso ouvi-la chorando e fungando. Posso até imaginá-la de robe, comendo chocolate, toda aflita. Sinto-me culpada por não estar lá para ajudá-la. Mas isso não faz sentido, não sou a babá dos meus amigos. Estou aprendendo a trilhar o meu próprio caminho; ela também pode e precisa aprender a cuidar de si mesma.

— Tente resolver as coisas da melhor maneira possível até ele voltar — sugiro. — Sua mãe irá ajudá-la.

— Por acaso vocês se encontraram? — Della pergunta após uma longa pausa.

— Sim — respondo. — Eu o vi agora há pouco. Andando pela rua. Ele ia se encontrar com a mãe.

— Ele disse alguma coisa? Sobre mim?

— Na verdade, não muita. Só me disse que vocês iam dar um tempo.

Della começa a chorar. Afasto o telefone do ouvido e mordo o lábio. Estou sentindo duas coisas: pena — algo definitivamente desagradável e que rebaixa a pessoa a quem dirigimos esse sentimento — e esperança. Não quero que Kit volte para ela. Não quero que ela o convença de que pode ser diferente. Sei que ela não pode.

— Tudo vai ficar bem — digo a Della. — Se ele precisa de tempo para pensar, então você tem que dar isso a ele. E não fique ligando a cada cinco minutos. Tente passar algum tempo... pensando.

Depois que desligamos, ela me envia uma mensagem de texto para me agradecer, e também para me implorar que lhe conte tudo o que eu ouvir. Sinto vontade de lhe dizer que não temos mais quinze anos de idade para ter esse tipo de comportamento. Eu me sinto mal. Mal por Della e por mim mesma. Mal também por Kit, mas não tanto. Ele merece sofrer um pouco.

June me manda uma mensagem de texto para contar que viu o bebê de Neil no supermercado, e que a cabeça do rebento parece uma abóbora.

É menino ou menina?, pergunto.

J: É uma abóbora!

Saber que o bebê de Neil se parece com uma coisa que pode ser comprada na seção de hortifrutis do supermercado deveria me deixar feliz. Mas não sinto nada. Não me importa se o tal bebê é feio ou bonito, não ligo a mínima. Não me importo nem um pouco com Neil. O que isso significa? Que eu superei a minha dor? Aliás, abóbora é uma fruta ou um vegetal?

CAPÍTULO 29

#homensmentem

ACABO DE SAIR DO TRABALHO QUANDO RECEBO UMA MENSA-gem de Kit. É a fotografia de uma escadaria coberta de lindas folhas vermelhas. Sei onde fica o lugar. Já passei por ele certa vez. Sigo para lá quase automaticamente, e, quando chego, meus passos vacilam. Eu me deparo com Kit Isley sentado no primeiro degrau com a cabeça abaixada. Ele está vestindo uma jaqueta de marinheiro, e noto que há gel no seu cabelo. As folhas rodopiam ao redor dele, num leve tremor de tons avermelhados. Um pequeno tornado aos pés de Kit. Suspiro. Não há nada de errado em apreciar o que é belo, desde que você conheça o seu lugar. Bem que eu gostaria de tirar uma foto dele sentado entre as folhas vermelhas. Ora, por que não? Pego o meu celular e bato uma foto que tenho quase certeza de que ficará tremida.

— Oi — ele diz.

— Tudo bem?

Ele se levanta, com as mãos nos bolsos.

— Está com fome? — ele me pergunta.

— Alguém me disse uma vez que sempre estou com fome. — Dou um sorriso. Kit também sorri, mas um sorriso apagado. Talvez ele tenha conversado com Della. Nada como uma boa dose de Della para fazer a alegria de uma pessoa desaparecer. *Uau, isso foi cruel*, penso, *mas é a mais pura verdade.*

Saímos caminhando lado a lado. Kit parece saber para onde está indo, então apenas o sigo. Cheguei a pensar nessas ruas como minhas ruas, mas na verdade elas são de Kit. Aqui eu apenas sigo os seus passos.

— Sabe de uma coisa, Helena? Sempre a achei linda, mas este clima é melhor para você. Cabelo ao vento e roupa de inverno.

— Esse é o tipo de elogio que só um escritor é capaz de fazer — observo. Não consigo nem olhar para ele. Quero me atirar do alto de um prédio ou na frente de um carro em movimento. De repente fico agitada e mexo na minha bolsa, no meu cabelo, no rosto...

— Helena...?

—O quê?

Kit dá uma risadinha maliciosa, de quem sabe o que está acontecendo. Ele faz com que eu me sinta tão transparente. Sob o olhar dele eu fico vulnerável, para não dizer emocionalmente nua.

— Calado — peço. — Você não me conhece.

— Talvez. Porque essa não é uma tarefa fácil.

— O que você quer dizer com isso? — Estou a um passo de ficar ofendida. Ou melhor, a menos de um passo!

— Conhecer você não é uma tarefa fácil, foi o que eu quis dizer. Não é uma crítica, portanto pare de me olhar dessa maneira.

— Bom... como eu deveria olhar? — retruco. — Esse é o meu rosto de sempre, o meu olhar de sempre. — Nada mais distante da verdade. Sei como fica a minha expressão quando sou tomada por um tumulto emocional como este: testa vincada, olhos esbugalhados, lábios franzidos.

Ele ri com vontade. Gosto de fazê-lo rir. Gosto de verdade.

— Bem, é óbvio que elogios me incomodam bastante. Não sou difícil de conhecer. Sou uma pessoa simples, acredite. Ainda nem sei o que eu sou.

— Helena! — Kit diz. — Eu ficaria preocupado se você dissesse que conhece a si mesma. Você sabia que Albert Einstein nunca usava meias?

— Hã?

— A mente dele era complexa. Era um pensador. Mas as meias atrapalhavam a sua vida, então ele apenas resolveu que não as usaria.

Isso me faz lembrar do cara sem-teto de Seattle, o que gostou das meias que eu não estava usando. Por que isso invade minha cabeça agora? E por que exatamente Kit está falando sobre meias? Ah, Deus... Mantenha o foco, Helena! Balanço a cabeça, na esperança de fazer o meu cérebro voltar a funcionar direito.

— Aonde nós estamos indo?

— Comer — ele responde.

— Sim, eu sei disso. Mas onde?

— Confie em mim.

ESTAMOS NO RESTAURANTE LANZO, DA FAMÍLIA LANZO. ESSAS pessoas conhecem comida. Eu não confiava em Kit. Percorri todo o caminho até lá resmungando, e quando chegamos conferi o menu com desconfiança. É a fome que faz isso comigo. Kit sorri para mim o tempo todo, até mesmo enquanto como todo o pão do *couvert*. Os olhos dele estão sobre mim quando começo dou a primeira garfada no meu prato. Ele nem toca na comida até perceber que gostei.

— Minha nossa, que comida do ca...

— Ei, ei! — ele diz. — Vá com calma, eles são meio conservadores.

— Que comida dos deuses! Era isso que eu ia dizer.

Kit ainda nem tocou em sua refeição. Olhando para mim, ele toma um gole de vinho.

— Você não vai comer? — pergunto.

— Já comi.

— Então por que nós estamos jantando?

— Para que você possa comer, é claro.

Puxo o prato dele para o meu lado da mesa.

— Kit, eu sei que você tem alguma coisa a me dizer. Então, vá em frente e fale logo. Porque já estou ansiosa e comendo de forma compulsiva, e gostaria de parar.

Já estou mais do que satisfeita, e numa situação normal não conseguiria nem olhar mais para a comida, mas vou continuar mastigando e mastigando até que ele me diga por que estamos aqui. Ou por que ele está aqui. Ou...

Ele exibe um guardanapo sobre a mesa. A princípio, penso que ele está sugerindo que eu limpe o rosto, mas então percebo do que se trata. O espanto é inevitável. Não consigo ler as palavras porque os meus olhos se enchem d'água. Nosso garçom se aproxima para perguntar se tudo está bem. Kit faz que sim com a cabeça, tranquilo, ainda olhando para mim. Ele não está sorrindo. Seria melhor se eu parasse de tossir. Mas tusso mais um pouco para ganhar mais algum tempo.

Não se case com Della

— Onde você achou isso? — pergunto, mesmo sabendo a resposta. *Helena, sua grande idiota!*

— Você sabe onde.

— Eu estava bêbada.

— Sim, estava mesmo. Mas eu conheço você. Você é totalmente honesta quando está bêbada. — Kit faz um sinal para chamar o garçom. — Mais uma taça de vinho para ela, por favor.

Solto uma risada.

— Como você é idiota.

— Em matéria de casamento, sou mesmo — ele diz.

— Não, não e não — protesto. Quero me levantar e ir embora, mas o garçom está de pé bem no meu caminho, segurando o meu vinho.

— Helena, fique quieta e me escute.

— Tudo bem. — Pego a minha taça de vinho e bebo tudo de uma vez só.

— Eu não devia ter deixado você fugir daquele jeito. Fiquei um pouco chocado.

— Meu Deus, está tão quente aqui dentro — digo, ignorando-o. Olho a minha volta, e começo a me abanar.

— Estou apaixonado por você, Helena. Eu devia ter dito isso a você naquela ocasião, mas estou dizendo agora. Sinto muito.

Ele sente muito?

— Você sente muito por estar apaixonado por mim?

— Eu sinto muito por não ter lhe contado antes. Preste atenção.

— Você terminou tudo com Della?

— Sim, eu e Della terminamos.

— Por quê...

— Porque estou apaixonado por você.

Não, não pode ser. Devo ter perdido alguma coisa nessa conversa.

— Acho que tem algo de errado com esse vinho. Me deu alergia.

— Você tem alergia a emoções — Kit diz.

— Eu preciso ir — aviso, e me levanto. — Espere aí. Ela sabe? Você disse a ela tudo isso que acabou de me dizer?

Pela primeira vez em nossa conversa, ele desvia o olhar.

169

— Não, Helena, eu não contei nada a ela.

— Então você está secretamente apaixonado por mim? E veio até aqui para me contar. E se eu não correspondesse, então você poderia voltar para Della como se nada tivesse acontecido?

— Não, não é bem assim. Não quero magoá-la.

— Você ainda está apaixonado pela Greer também?

— Meu Deus do céu. Não, não estou apaixonado pela Greer. — Ele fica em pé de um salto e me empurra de volta para minha cadeira. Acho que nunca fiquei tão assustada na minha vida. Nem mais zangada.

— Helena...

— Pare de dizer o meu nome!

— Por quê?

— Porque eu sinto um frio na barriga quando você faz isso, e não confio em você nem nos meus sentimentos.

Os lábios dele se apertam, como se ele estivesse achando tudo isso muito engraçado.

— Helena, você não devia admitir que eu lhe faço sentir frio na barriga.

Ele pega o telefone celular e começa a teclar algo nele. Por que diabos alguém faria isso num momento como esse? Estou prestes a lhe fazer essa pergunta quando vejo o nome de Kit surgir na tela do meu celular.

K: Vamos tentar isso, ele escreve.

Certo.

K: Lembra-se do dia em que você me ensinou a fazer ovos mexidos?

Sim...

Levanto a cabeça e olho para o Kit. Ele está sorrindo, com a cabeça abaixada, olhando para a tela do celular.

K: Pois então. Naquele dia, quando cheguei em casa comecei a escrever. Uma hora na sua companhia e eu, enfim, encontrei inspiração. A inspiração pela qual esperei toda a minha vida chegou subitamente, de uma só vez.

Por que não me contou isso?

K: E por que eu contaria? Você era a melhor amiga da minha namorada. Além disso, você e Neil estavam juntos. Na ocasião, acreditei que você fosse a minha musa inspiradora, porque era o que parecia.

Estou rangendo os dentes com tanta força que até posso escutar o ruído do atrito. Kit para de escrever e toca com delicadeza na minha taça de vinho, empurrando-a na minha direção.

K: *Helena, eu amo você. Estou apaixonado por você. Diga alguma coisa... Homens mentem.*

E então eu me levanto e vou embora antes que ele possa me deter.

CAPÍTULO 30

#apenasumarolha

ESTOU SEM RUMO, NÃO SEI PARA ONDE IR. PRESSIONO OS olhos com as palmas das mãos e aspiro o ar denso e penetrante. Eu me sinto esmagada. Estou dobrando as minhas emoções como se dobra um pedaço de papel — um pequeno quadrado, depois um quadrado menor, e depois outro quadrado menor ainda. Quando os meus sentimentos estiverem pequenos o suficiente eu os largarei em um canto qualquer da minha mente, e os esquecerei por completo. É o meu jeito de fazer as coisas, não é? E, às vezes, em dias como hoje, imagino que o meu cérebro está abarrotado com centenas de sentimentos bastardos que não quero assumir.

Estou na rua, olhando de um lado para o outro, pronta para sair correndo. Esqueci meu casaco dentro do restaurante, para o meu azar, porque está frio. Tenho receio de que Kit venha atrás de mim, mas também tenho receio de que não venha. Será possível que a essa altura dos acontecimentos eu ainda não saiba o que seria pior? Enquanto eu não der o fora daqui, não conseguirei pensar direito. Mantenho a cabeça baixa, enfio o meu telefone celular no bolso de trás e sigo na direção das docas. O vinho me deixou zonza; minhas pernas estão bambas. A essa hora da noite, quase todas as lojas da Rua Principal já fecharam. Restam umas poucas pessoas passeando pela calçada com seus cães, já agasalhadas por causa do clima. Cruzo os braços na frente do corpo para me proteger do frio e tento sorrir para os passantes. Movimento-me com pressa, e as pessoas saem do caminho para que eu passe.

A caminhada até a marina leva dez minutos; correndo é possível fazer esse percurso em seis. Mas não estou usando calçados adequados para correr, e os meus pés doem. Paro quando chego ao lugar onde fica *Belle*, o meu barco favorito. *Belle* se destaca muito das outras embarcações;

construída em madeira polida, num trabalho primoroso, ela faz os outros barcos parecerem pedalinhos.

Estou segurando a minha rolha de vinho. Fico girando a rolha sem parar com o polegar enquanto observo a água. Nem sei como o objeto veio parar na minha mão. A rolha sempre acaba passando para as minhas mãos quando estou angustiada. É uma coisa realmente estúpida carregar para todo lado um pedaço de cortiça como um amparo psicológico. Fecho os dedos em torno da rolha e levanto a mão acima da cabeça, e então, após um breve momento de hesitação, atiro a rolha na água. Imediatamente começo a chorar, porque de fato amo a minha rolha de vinho. Ah, foda-se. Tiro os meus sapatos e arrumo o meu coque. Não há motivo para arrumar o cabelo, mas sinto que devo fazer isso, como um boxeador girando o pescoço antes da batalha no ringue. Estou me preparando para mergulhar quando alguém me agarra por trás.

— Helena! Isso é loucura! — Kit me puxa, afastando-me da beirada da doca. Luto para me livrar dele.

— Quero a minha rolha de volta, Kit!

Sei que isso parece maluquice, e das grandes. Percebo isso. Mas eu mal consigo enxergar a minha rolha agora; ela não passa de uma minúscula mancha na superfície dessa imensidão de água. Kit não olha para mim como se eu estivesse louca. Ele abaixa a cabeça e estreita os olhos, buscando a localização exata do objeto, que a correnteza leva cada vez mais para longe.

— Aquilo?

— É — respondo.

Ele tira o casaco e os sapatos, sem perder de vista o objeto flutuando na água.

— Ah, meu Deus! Não, Kit! É só uma rolha de vinho.

Mas espero até que ele se atire na água para gritar isso. Não quero que ele mude de ideia. Quando ele retorna e sai da água, subindo para a doca de novo, está ensopado e tremendo dos pés à cabeça. Se ele tiver pneumonia e morrer, eu serei a culpada. E então vou passar a odiar a minha rolha. Mas pelo menos ainda a terei comigo.

— Você precisa se secar, Kit! — Olho na direção da fábrica de conservas. Greer deve estar em casa. Penso em Greer, eu a visualizo em minha mente. Ela olhando para Kit. Kit olhando para ela. Nós três juntos. Que bizarro. Eu não quero compartilhar Kit.

— Vamos dar o fora daqui — ele diz. — Vamos lá. — Ele me ajuda a vestir o meu casaco. Enfio a rolha no bolso, mas ela agora não me parece grande coisa. O ato superou o objeto desejado. O que Kit fez foi...

Andamos algumas poucas quadras e logo chegamos ao condomínio onde ele mora. Fico surpresa quando ele para diante de um dos meus prédios favoritos e tira as chaves do bolso. É o prédio azul-celeste com molduras de cor bege. Tão perto da fábrica de conservas que fico surpresa por Greer não ter mencionado a existência do imóvel. Tomamos um elevador que cheira a tinta fresca. Kit está pingando água por todo o chão, criando poças ao seu redor. Olho para ele com simpatia, e ele ri.

— Tá tudo bem comigo. Eu faria isso de novo só pra mostrar a você que faria.

Ah...! Puta que o pariu!

Ouvir isso tem o efeito de um beijo muito bom. Até sinto os meus olhos se fechando e minha cabeça rodando.

Saímos do elevador e eu o sigo até seu apartamento. Espero ansiosa enquanto ele abre a porta. Estou nervosa, preocupada com o que Greer vai pensar, e também com o que Della vai pensar. E a minha mãe. E a mãe de Kit. Estou a ponto de arranjar uma desculpa para não entrar quando ele se volta para mim e sorri. E então eu sigo o sorriso dele para dentro do apartamento.

Não há nada ali dentro a não ser um sofá de couro e algumas caixas amontoadas num canto, ainda seladas com fita adesiva. Tudo é novo e cheira a tinta fresca; o piso de madeira brilha, recém-polido. As paredes são revestidas de madeira — painéis quadrados justapostos. Kit desaparece dentro do quarto para trocar de roupa, e eu me aproximo da janela para apreciar Port Townsend. Começa a chover forte agora. A chuva faz tudo brilhar, e eu gosto disso. Uma vez viajei em férias com meus pais até o Arizona — uma família como qualquer outra em peregrinação até o Grand Canyon. As cidades ao longo do caminho pareciam todas iguais para mim, poeirentas e sem brilho. O meu desejo era entornar um balde de água gigante sobre todo o estado e lavá-lo inteiro.

— E aí, o que você acha? — Kit pergunta.

Levo um pequeno susto, pois estava distraída, e me volto para ele. Ele está vestindo um suéter cinza e calça jeans.

— Uma beleza — respondo. — Realmente adorável. — Viro o rosto para que ele não possa ver o meu sorriso.

— Eu ou o apartamento?

Meu sorriso se transforma em uma careta de censura. Não é justo que ele sempre esteja um passo a minha frente.

— Os dois — respondo num suspiro.

Quando olho para Kit novamente, ele está me observando. Ele parece sonolento e sexy.

Kit faz um aceno afirmativo com a cabeça.

— Meu tio adorava este lugar. Restaurou o prédio inteiro. Ele era dono do edifício e deixou uma unidade para cada sobrinho quando morreu.

— Como foi que ele morreu?

— Câncer no pâncreas. Tinha quarenta e cinco anos.

Eu me sento no sofá, e Kit vai até a cozinha preparar um café. Enquanto o café coa, ele acende a lareira, e então empurra o sofá — sem me pedir para sair de cima do móvel — pela sala até colocá-lo bem diante da lareira. Gosto do modo como ele faz as coisas, sem me pedir permissão. Isso é natural nele, porque ele conhece a si mesmo. Invejo isso profundamente.

— Como foi que você me encontrou no cais? — pergunto.

— Você posta imagens daquele lugar o tempo todo. Imaginei que fosse o seu lugar predileto.

— Sou assim tão previsível? Ah, não, não precisa responder, por favor.

Ele se senta ao meu lado.

— Algumas pessoas são atentas, Helena.

Então ele coloca a mão na perna com a palma virada para cima, e olha para mim como se esperasse que eu pusesse minha mão sobre a dele. E é o que faço. Meu Deus, como ele é confiante. Na verdade, estou pasma com minha própria passividade.

— Ouça, Helena — ele começa. — Não posso culpá-la se preferir acreditar que não aconteceu nada no restaurante. Sinto muito se a magoei quando lhe contei tudo. Não era a minha intenção.

— Como você sabia sobre o meu sonho?

Ele aperta a minha mão, e sua face assume uma expressão séria.

— Você simplesmente comentou que havia sonhado, e então imaginei como seria se o sonho fosse meu.

— Isso é impossível. Porque as coisas que você escreveu... bem, eu sonhei mesmo com elas.

— Acha possível que a gente tenha tido o mesmo sonho? — diz ele com ar cético.

Engulo em seco e olho para o lado.

— Não sei — respondo.

Kit coloca a mão em meu joelho e o pressiona de forma carinhosa.

— Vou buscar o café enquanto você lida com seu mar de emoções.

— Duas colheres pequenas de açúcar — peço quando ele se vai.

É engraçado, mas ao mesmo tempo não é. Como ele sabe dessas coisas?

E É DESSA MANEIRA QUE TERMINAMOS A NOITE. SENTADOS NO sofá diante do fogo, bebendo café e ouvindo o som da voz um do outro. Mais tarde, Kit me leva de volta à fábrica de conservas e me dá um abraço de boa-noite. Della detonou o meu telefone celular: doze mensagens de texto e quatro ligações perdidas. A culpa que sinto é tamanha que chega a me revirar o estômago. *Eles não estão juntos*, penso comigo mesma. Mas é um argumento muito frágil. Estou pisando em terreno minado. Conheço Della desde que éramos crianças. Eu deveria mostrar lealdade a ela; afinal, as amigas devem vir em primeiro lugar. Mas será que essas regras sagradas conseguem sobreviver à realidade? As pessoas buscam conexão mais do que qualquer coisa, e são capazes de atropelar regras sagradas se tiverem de fazer isso para alcançar a conexão que desejam. Decido não responder a Della. Não até que eu tenha pensado melhor no que Kit disse. Coloco o meu celular no modo silencioso e me arrasto até a cama, levando comigo a minha consciência pesada.

CAPÍTULO 31

#nãotoque

NA NOITE SEGUINTE, ENQUANTO TRANCO A GALERIA, TEN-tando não deixar cair a minha bolsa nem os sacos de lixo que estou carregando, recebo uma mensagem de texto de Kit. O toque do meu celular para as mensagens de Kit é o som de um apito de trem. Sempre que ouço o apito olho ao redor para saber de onde vem. Isso me faz rir, mas me deixa um pouco confusa também.

Kit enviou uma imagem. As coisas todas caem na calçada, mas agora não me importo com isso. A foto é do prédio dele, todo aquele azul e bege sob um céu cinzento e ameaçador. Que estranho. Isso parece algum tipo de proposta.

Caminho sem pressa pela Rua Principal, parando para olhar as vitrines das lojas enquanto examino com cuidado as condições do meu coração, que parece em grande conflito com a minha mente. Sinto-me fraca e boba. Egoísta. Desleal. O tipo de garota de quem as outras falam pelas costas. Paro na esquina. Tenho a chance de escolher. Posso continuar em frente até a fábrica de conservas, ou posso atravessar a rua e ir ao encontro de Kit Isley.

KIT ESTÁ ME ESPERANDO NA ENTRADA DO PRÉDIO. TROCAMOS apenas um olhar quando eu entro no edifício. Logo sinto o cheiro que vem dele — de gasolina e pinho. Ele está vestindo uma camiseta esportiva azul com detalhes em amarelo em volta do colarinho.

— Como você sabia que eu viria?

— Eu não sabia. Só tinha esperança de que você viesse.

Esperança. Passo o dia inteiro lutando contra os meus sentimentos por ele, preparando-me mentalmente para nunca mais voltar a vê-lo. Daí a noite chega, e eu desmancho feito papel molhado. Minha força de vontade é uma piada, e a minha moral é cheia de falhas.

Quando chegamos ao apartamento, percebo que ele está cozinhando, e a julgar pelo cheiro é alguma coisa deliciosa.

— Você está preparando comida! O que é? — pergunto com entusiasmo.

— Uma coisa que eu peguei com as minhas próprias mãos.

— Hmmmmmm. Acho que já ouvi isso antes... — Fico parada na porta da cozinha para bisbilhotar, mas ele agarra os meus braços e me afasta da cozinha.

— Só me dê um minuto. Está quase pronto.

— Como você sabe que estou com fome? — pergunto despretensiosa.

— Você está sempre com fome.

Ele tem razão.

Alguns minutos depois, ele traz dois pratos e os coloca em bandejas que ainda trazem penduradas as etiquetas de preço. Depois ele retorna à cozinha para pegar o vinho.

— Você sabe das coisas — digo a Kit.

Ele sorri, despeja vinho em minha taça e a entrega para mim.

— Esse vinho é da Marrowstone Vineyards — comento. — O lugar onde o seu relacionamento com Greer terminou. Aliás, obrigada por me avisar a respeito desse acontecimento. Ela quase teve um colapso quando fomos até lá.

— Helena, você pode se lembrar das coisas ruins que aconteceram em um lugar ou das coisas boas. Às vezes, elas são inseparáveis. Isso torna tudo ainda mais interessante.

— Não sei, não — respondo, e nós brindamos.

KIT NÃO ME DEIXA LIMPAR A BAGUNÇA. ELE EMPILHA A LOUÇA sobre a pia da cozinha e volta para ficar comigo à janela. Port Townsend está coberta pelo nevoeiro. A bruma toma conta das ruas, tirando toda a visibilidade. Posso sentir Kit ao meu lado, bem perto de mim. É brega pensar que podemos sentir uma pessoa, principalmente se ela está do outro lado do país, como estávamos antes. Mas eu o sentia. E agora que ele está ao meu lado sou arrebatada pela intensidade da presença dele.

— Isso está errado — afirmo em voz baixa.

— Por quê?

— Você sabe o porquê. — Eu me volto e olho para ele.

— Não parece errado para mim, Helena. Parece certo. — Ele também se vira para mim, e agora estamos olhando um para o outro.

Kit Isley é bem mais alto que eu; quando estou olhando para ele, e estamos próximos um do outro como agora, preciso inclinar a cabeça para trás.

— Você se lembra da primeira vez que nos encontramos? — ele pergunta.

Sim, acho que me lembro. Alguns meses atrás, antes de o relacionamento deles ficar sério. Lembro-me de ter esperado do lado de fora da casa de Della. Eles estavam atrasados. Nós nos encontraríamos na casa dela para comer pizza e ver o jogo. Ela nos apresentou o seu novo namorado. Ele subiu as escadas na frente dela, carregando caixas de pizza. Usava um boné do Seattle Seahawks. Ele imediatamente me deixou arrepiada. Apenas por existir. Porque ele era lindo.

Ele disse o meu nome na ocasião, como se já me conhecesse.

— Como você sabe o meu nome?

— Você é exatamente como Della me descreveu.

Como eu pude me esquecer disso? Todos esses meses de obsessão, e acabei me esquecendo de que ele já me conhecia antes mesmo que eu o conhecesse.

— É, eu me lembro — respondo com cuidado. — Na noite do jogo dos Seahawks... no apartamento dela.

Kit me olha com ternura, quase fechando os olhos.

— Não — ele diz. — Não foi nessa ocasião. Pense bem.

Será possível? Inclino a cabeça e vasculho mais um pouco a memória.

— Foi nesse dia, sim. Eu me lembro.

Um sorriso se insinua devagar nos lábios dele.

— A gente já se conhecia, Helena. Você é que não se lembra.

— Nós já nos conhecíamos? Antes da noite do jogo?

Kit faz que sim com a cabeça. Vasculho mais um pouco a minha mente, em busca de lembranças. Fixo o olhar na curva da garganta dele, logo acima da clavícula. Será que eu topei com os dois em algum lugar antes de conhecê-lo como namorado de Della? Em algum evento, talvez? Não consigo me lembrar de coisa alguma. Volto a olhar para o rosto dele e balanço a cabeça numa negativa.

— Foi em um bar — ele diz. — Você estava bêbada.

— Quando?

Quando você está na faculdade, ir a bares é muito comum. Também é bem comum se embebedar até cair e não se lembrar de quase nada do que aconteceu.

— Seis meses antes de sermos realmente apresentados.

— E você se lembrou de mim?

Ele faz que sim com a cabeça, e de súbito sinto vontade de ficar na ponta dos pés e beijá-lo na boca.

— Em que bar?

— Mandarin Hide.

Mandarin Hide. Eu já estive lá, ele tem razão. Os bartenders usavam suspensórios e colete, como os que Kit vestia no...

— Os seus suspensórios! — exclamo surpresa.

Ele confirma com um movimento de cabeça.

— Eu já usava esse os suspensórios no Mandarin, Helena. Apenas continuei a usá-lo no novo emprego.

Eu havia pedido um Blind Pig (Porco Cego) porque gostei do nome. Della estava bebendo uma marguerita ao meu lado. Mas ela não estava *conversando* comigo. Não. Ela conversava com um cara que a havia abordado, o que não era nem um pouco incomum. Sempre que nós duas saíamos, eu esperava passar uma boa parte da noite me divertindo comigo mesma enquanto Della se divertia com os caras. Na noite em questão, um homem jovem e de boa aparência, vestindo paletó, foi conversar com ela. Ela se virou de costas para mim para flertar com o sujeito, e de repente eu me vi sozinha no bar. Lembro-me de ter pedido outro drinque. O bartender era legal. Ele preparou para mim outro Pig e depois pôs uma bebida energética bem na minha frente.

"O que é isso?", perguntei. Ele sorriu, e apontei para as costas de Della. "Vai ser uma longa noite". E aceitei a bebida, agradecida, sentindo uma estranha conexão com ele.

— Sim, era você... O bartender que me deu o energético!

— Você se lembrou?

— Eu não estava tão bêbada assim — observo. — E você estava bonito. Mas tinha uma...

— Barba — ele concluiu.

— É isso aí. Caramba! — Viro a cabeça na direção da janela e olho para fora. Eu não poderia jamais esquecer aquela noite no bar. Mesmo entorpecida pela bebida, via Della claramente; e me lembro que ela não pensou duas vezes para me deixar falando sozinha e dar atenção total a um completo estranho. Em contrapartida, outro completo estranho, que me ofereceu um energético, viu essa cena e se compadeceu. E eu me senti notada.

"Qual é o seu nome?", o bartender me perguntou. Eu disse o meu nome, e ele o repetiu com um elogio: "Helena. Que lindo!".

— Foi então no Mandarin que você conheceu a Della?

Ele desvia o olhar.

— Sim — ele responde, olhando para a rua. — Ela voltou algumas vezes depois daquela noite. E nós começamos a conversar.

— Por isso você se lembrou do meu nome. Naquele dia na entrada do apartamento da Della.

— Isso.

— Uau.

Passo a língua nos lábios. Minha boca está seca. Um Blind Pig cairia muito bem agora para relaxar e descontrair um pouco.

— Você tem mais alguma bebida alcoólica? — pergunto. — Se for algo forte, melhor ainda.

— Tenho uma garrafa de tequila.

— Perfeito. Traga a danada pra gente.

Ele vai até a cozinha, e penso em aproveitar a chance e escapar pela porta da frente. Quanto tempo eu levaria para chegar ao elevador? E será que ele iria atrás de mim? Claro que sim. E eu ficaria toda molhada à toa na tentativa de fugir. Decido ficar quieta e permanecer seca.

Kit retorna com a garrafa e com uma tigela de limas-da-pérsia, e também com um pequeno saleiro. Nós nos sentamos diante da lareira, com a garrafa de tequila e as limas entre nós, e viramos três doses cada um. Passamos o sal um para o outro, e começo a encará-lo com mais insistência do que faria normalmente. A essa altura, eu já teria desviado o olhar, mudado de assunto; mas a tequila me dá coragem, e não interrompo o contato visual com ele. Aproveitamos a luz do fogo, porque a iluminação da cozinha não pode nos alcançar, e Kit ainda precisa comprar lâmpadas. Lá fora, a chuva e o vento se intensificam, trazendo o canto doce do Noroeste Pacífico. É uma noite de fogo e água, metafórica e fisicamente falando. O *shush-ah shush-ah* dos pneus passando pelas poças de água na rua lá embaixo. O fogo projetando sua luz trêmula na testa e nos lábios de Kit, aquecendo sua pele. Quero tanto tocá-lo que as minhas mãos até tremem. Estou num purgatório emocional, oscilando entre o certo e o errado. Estou tentando, tentando...

tentando não

tocá-lo.

CAPÍTULO 32

#fodonanabanheira

KIT ME TOCA. ELE ESTENDE A MÃO, E NUM INSTANTE O SEU dedo bronzeado está acariciando meu rosto. Estremeço involuntariamente.

— Quando essa luz cai sobre você, você parece...

— O quê? — pergunto.

Não sei se tomo alguma atitude ou se só espero por um sinal dele. Somos amigos, mas ao mesmo tempo sabemos que há alguma coisa no ar.

Ele suspira e desvia o olhar.

— Helena, você quer mesmo que eu diga? Quando tento lhe dizer alguma coisa você sempre reage mal.

— Porque não sei ao certo o que você está fazendo e nem o que você quer.

— Estamos passando algum tempo juntos e conhecendo melhor um ao outro.

— Como amigos? — pergunto.

— Claro.

— De verdade? Não me venha com tramoias.

— Não sei o que é uma tramoia. Posso perguntar para a minha avó; ela usa essa palavra às vezes.

Eu fungo. Kit balança a cabeça.

— Por enquanto, eu me contento em só ficar perto de você e mais nada.

Impossível evitar que palavras assim mexam com o seu coração. Respiro fundo, pelo nariz. Estou sentindo emoções tão fortes, mas não sei como detê-las. E se eu fosse menos previsível, só para variar?

— Porque você é uma pessoa muito disciplinada? — pergunto de repente. — E consegue manter tudo só no terreno da amizade?

Kit inclina a cabeça e me olha com desconfiança.

— Sim, eu consigo, sim.

— Pode provar que consegue? Porque tenho um desafio para você — digo, mesmo com a garganta seca, mesmo sem acreditar que estou levando isso adiante.

Kit me encara com seus olhos claros. A beleza deles me dá coragem — o desejo de possuir esses olhos.

— O que você tem em mente, Helena?

— Vá se sentar no sofá e feche os olhos.

— Está falando sério?

— Veja só, Kit. — Chamo a atenção dele apontando para o meu rosto. — É assim que a minha cara fica quando eu falo sério. E então, você quer fazer isso ou não?

Ele faz o que eu peço: anda até o sofá e se senta nele, fechando os olhos. Agora que ele não está olhando para mim, posso fazer algumas loucuras. Inflo as minhas bochechas e esbugalho os olhos, e murmuro a palavra "porra", e então avanço até Kit.

Isso mesmo, Helena, você tem que terminar o que começou.

Subo em cima de Kit, montando no colo dele com as pernas abertas. Seus olhos não se abrem, mas se movem atrás das pálpebras devido à surpresa.

— Não abra os olhos — aviso. — Se abrir, você perde.

No mesmo instante, as mãos dele começam a subir pela minha cintura.

— Não sei como alguém poderia perder sendo montado por uma mulher — ele diz.

— Shhh — Meu rosto está tão quente que eu provavelmente conseguiria fritar um ovo nele. Olho para o cabelo dele, e para os seus olhos, e então para os seus lábios. As mãos dele estão nos meus quadris; este deve ser o maior contato físico que já tive com ele. Se Kit abrisse agora os olhos e visse o meu rosto, tudo desmoronaria. Correção: eu desmoronaria. Mal consigo me manter concentrada. Deus, o que é esse homem? Um forno humano? Eu me inclino devagar e encosto a boca no ouvido dele.

— Aconteça o que acontecer, Kit Isley — digo com suavidade —, não me beije.

Contenho-me para não rir ao ver o pomo de Adão dele subir e descer de repente na garganta. Que loucura.

Ei, Helena, você é fodona mesmo, penso. *Você apaga cigarro entre os dedos. Mas por que isso me veio à cabeça agora?*

Concentro-me e me inclino na direção do rosto dele. O incrível é que não preciso fechar os olhos, e posso olhar para Kit o quanto eu quiser. Também posso tocá-lo, se quiser; essas são as minhas regras. Levanto a mão e com ela percorro a região do rosto dele, desde a orelha até a pequena fenda do queixo. Ele fica arrepiado; e os arrepios se propagam pelos seus antebraços bronzeados. Sentindo-me encorajada, eu me inclino ainda para mais perto dele e beijo o canto de sua boca. Muito suavemente. Bem devagar. Inalo o cheiro de sua pele enquanto faço isso, e o corpo dele se enrijece.

— Disciplina, Kit — sussurro. — Seja forte. Você *não pode* me beijar.

Meus olhos tremem quando eu me afasto aos poucos a fim de repetir a dose do outro lado da boca de Kit. Isso é mais difícil do que eu pensava. Está me deixando desnorteada. Eu o beijo mais uma vez, e percebo quando ele engole em seco. Passo então para o lábio inferior dele, tomando-o entre os meus lábios e puxando-o de leve. De súbito paro, recuo e olho para ele. Uma profunda dobra entre as suas sobrancelhas indica o quanto ele está concentrado. Está se esforçando para não ceder. Agarro a parte de trás da sua cabeça e a puxo para mim, e ao mesmo tempo projeto meus joelhos para a frente. As mãos dele estão na parte de trás das minhas coxas — *delícia, delícia, delícia.* Então aproximo minha boca dos lábios dele, roço a boca aberta nos lábios de Kit, tiro a boca, e volto a roçar, mordisco, e me afasto de novo. Uso a língua para provocá-lo, lambendo toda a extensão da sua boca.

Essa é a minha primeira experiência real com tensão sexual, e eu mal consigo respirar direito. Meu *Deus*, que gosto bom ele tem! Então eu o beijo bem na boca, simplesmente pressiono os meus lábios contra os dele. Um suspiro profundo escapa da minha boca sem que eu possa evitar.

De súbito, sinto a mão de Kit na minha nuca. *Nossa, que mãos quentes!*

E esse é o meu último pensamento. Kit me pressiona contra a sua boca, me puxa para bem perto dele e me beija de modo tão profundo que choramingo com a minha boca colada à dele. Mole, embriagada, zonza, desnorteada: meu corpo está tão pronto para tudo o que ele quiser fazer que me sinto envergonhada. Eu me liberto do beijo e das mãos dele, e tombo para fora do seu colo. Afasto-me dele andando de costas para trás, e só paro quando me choco contra a parede.

— Se ferrou — digo sem olhar para ele. — Você não tem disciplina.

Minha camisa está abaixada até o ombro, e o meu coque está caído para a esquerda. Ainda sentado no sofá, Kit se inclina para a frente e cobre o rosto com as mãos.

— Não é verdade. Quero uma segunda chance!

Começo a gargalhar, mas tapo a boca com a mão, interrompendo a risada.

Kit volta a se encostar ao sofá quando ouve a minha risada e abre um sorriso.

— Venha cá, Helena — ele diz. E estende a mão na minha direção.

Vou até ele. Talvez eu fuja. Não, eu não vou fazer isso, porque não seria nada legal.

Eu me lanço sobre o colo de Kit, e ele me agarra, colando as mãos no meu traseiro. Então ele me deita gentilmente no sofá, e em seguida se inclina sobre mim. Permanecemos nessa posição por um longo tempo, e nos beijamos sem parar. Beijos demorados. As minhas mãos afagando o cabelo preto e macio dele. Acontece como no meu sonho — tão familiar —, mas não temos pressa. Para mim é o suficiente sentir o corpo dele, provar do seu beijo, e saber que ele está pronto, fazendo pressão entre as minhas pernas. Eu não sabia que era capaz de beijar alguém por tanto tempo. Nem mesmo sabia que gostava de beijar! Acho que não gostava muito das coisas que fazia porque estava fazendo essas coisas com a pessoa errada. Só paramos de nos beijar porque alguém bate na porta de Kit. Ele rola o corpo e sai de cima de mim, e então me puxa para que eu fique em pé. E nós ficamos parados em pé, no meio da sala de estar, completamente desorientados.

— Melhor você atender — sugiro.

— Nossa, você também ouviu isso? Achei que pudesse ser o meu coração.

Tão fraquinha essa... Mas como não amar palavras tão fofas assim? Eu lhe aponto a porta.

— Eu... acho que... vou ficar no banheiro — digo a ele.

— Por quê?

— Bom, porque... não sei. Só acho melhor que não me vejam aqui.

— Se prefere assim. — Kit coça a nuca. — Mais tarde conversaremos sobre isso. Acho que vão acabar amassando a minha porta se continuarem batendo forte desse jeito.

Dou uma risada e o empurro na direção da entrada.

— Vá logo! — digo.

DENTRO DO BANHEIRO, LAVO O ROSTO NA PIA E ARRUMO UM pouco o meu cabelo. Não estou lá muito preocupada com a pessoa que bateu à porta, até que ouço a voz dela. É Greer. No mesmo instante, procuro por uma janela a fim de fugir por ela. Prefiro saltar para a morte do que ser encontrada aqui dentro. As janelas do banheiro de Kit estão vedadas. Eu me sento na banheira e cubro os ouvidos com as mãos, na tentativa de não escutar. *Não é da minha conta, isso não é da minha conta. Não é da minha conta.*

Mas o pior é que é da minha conta, sim. Um pouco, pelo menos.

— Por que não me avisou que estava de volta? — ela pergunta.

Ei, eu também quero saber por quê, penso comigo. Pego o sabonete de Kit e o cheiro.

— E por que eu deveria informar você disso? — ouço Kit responder. — Escute, será que podemos tratar desse assunto outra hora?

— Está me mandando embora, é isso? — Greer retruca com voz ríspida. Nunca escutei a Greer falar dessa maneira impertinente com ninguém.

— Greer, não é bem assim. Só que você não pode chegar aqui de repente e tentar derrubar a minha porta a socos.

— Tudo bem — eu a ouço dizer. — Eu só queria que soubesse que enquanto você estava fora a Roberta morreu. Não quis lhe mandar uma mensagem de texto avisando.

— Sério, mesmo? Você poderia ter me contado.

Não consigo parar de cheirar o sabonete. Estou segurando o sabonete colado ao nariz, sentada na banheira. Exatamente como uma psicopata faria.

— Bom, agora você já sabe.

— Como isso aconteceu? — Kit pergunta.

— Um carro a atropelou.

Meu Deus. Será que eles estão falando de um cachorro? Se a minha rolha de vinho estivesse comigo, eu não estaria fazendo isso com o sabonete. Os dois conversam por mais um ou dois minutos, e então ouço a porta do apartamento se abrir e fechar. Kit me chama da sala, mas não saio logo do banheiro, e então ele bate à porta.

— Tudo bem aí com você, Helena?

— Quem é Roberta?

Kit gira a maçaneta, mas a porta não abre.

— Era a nossa cadela. Quer falar sobre isso?

— De que raça era a cadela?

— Uma *poodle*.

Eu recoloco o sabonete no lugar.

— Você tinha uma *poodle* chamada Roberta?

— Sou um cara descolado.

Eu me levanto da banheira de Kit e abro a porta.

— Estar aqui é bem estranho pra mim, sabe? Você tem uma namorada que por acaso é minha amiga, e eu moro com a sua antiga namorada, e essa situação está começando a me tirar a vontade de dar uns amassos com você.

— Peço desculpa por ter colocado você em uma posição difícil — ele diz. — Mas não vou me desculpar por ter beijado você. Nem vou lamentar o fato de você ter me beijado. Não vou.

— Você é que está dizendo. — Eu me esforço para não sorrir.

— Não lamento o que aconteceu. Só preciso que você saiba disso — ele repete. — Eu não...

Avanço até Kit de um salto e tapo a sua boca com a mão. Ele ri e beija a palma da minha mão.

— Preciso ir agora — digo. — Foi muito bom beijar você.

Ele me abraça com força antes de me deixar ir, e me beija na testa.

— Não fuja de mim, Helena. Deixe que eu a encontre.

Volto para casa caminhando leve e sem pressa.

QUATRO LIGAÇÕES PERDIDAS E OITO MENSAGENS DE TEXTO DE

Della. Que diabos eu estou fazendo, afinal?

CAPÍTULO 33

TODAS AS NOITES, MOMENTOS ANTES DE FECHAR A GALERIA, A tela do meu celular se ilumina avisando que recebi uma mensagem de texto. KIT, diz a minha notificação. Fico agitada quando o nome dele aparece. Durante alguns momentos, evito olhar para o meu telefone, e procuro lidar com os meus afazeres — verificar um grampeador vazio, um quadro que vai precisar de alguns retoques finais, escrever um lembrete para comprar mais sacos de lixo no dia seguinte. No decorrer desse tempo, uma dor começa a se formar no meu peito e logo evolui para algo como uma acidez estomacal. Só que não é exatamente uma acidez estomacal; é uma "Kitcidez" estomacal. Quando, por fim, termino minhas tarefas e volto para o meu celular, já sei o que vou encontrar. Todas as noites ele me envia uma fotografia de um lugar diferente de Port Townsend. Num dia recebo uma imagem da estátua de Galateia, a ninfa dos mares, e no outro o que parece ser um velho poço de elevador da cor de um ovo de pintarroxo. Ele me envia uma foto do Rose Theatre, e no dia seguinte uma foto de um restaurante sujo que serve a melhor caçarola de batatas fritas em tiras que eu já comi na vida. A famosa instalação de um barco com bicicletas, um "foda-se" hippie aos conformistas, que fica na Rua Principal e que é uma espécie de monumento ao mau gosto. É um verdadeiro lixo, mas é lindo ao mesmo tempo. Foi essa que ele me enviou ontem. Toda noite, depois que recebo a minha foto, visto o meu casaco, fecho as portas da galeria e vou até o lugar indicado na foto, onde Kit me espera. É uma caça ao tesouro para ele. E muito mais que isso. É a essência dele. Eu me pergunto se Della aprecia esse lado da natureza dele ou se não liga a mínima.

Houve um dia em que Kit me enviou uma foto de um pátio com tijolos marrons. O lugar era recoberto por um brilhante musgo verde, e o chão era um grosso tapete de folhas vermelhas. Levei trinta minutos para achar o lugar, embora ficasse a apenas duas quadras de onde eu estava.

— Seu maldito! — eu disse quando me aproximei do local e o vi de pé, encostado numa parede, como se nada estivesse acontecendo. — Este lugar é muito escondido. Essa foi difícil!

— Nada que valha a pena é realmente fácil de se encontrar — ele declarou. — Sei disso por experiência própria.

Fingi que não o ouvi e parei para olhar a minha volta. A beleza do cenário me arrebatou. A beleza do pátio e a beleza de Kit. E como foi lindo vê-lo ali. Ele estava vestindo um agasalho de lã com capuz e calças jeans rasgadas, e estava de pé, em meio a todas aquelas folhas. Eu nunca mais conseguiria tirar essa imagem da mente, mesmo que tentasse.

— Por que você quer me mostrar isso? — perguntei, embora eu soubesse o motivo. Ele estava me dando uma aula sobre Port Townsend.

— É um dos meus lugares favoritos da cidade. É mesmo difícil de ser encontrado.

No entanto, nós não ficamos lá. Voltamos ao apartamento de Kit, onde ele me ofereceu uma xícara de vinho quente, aromatizado com cravo-da-índia e laranja. Movendo-me de costas contra o peito dele, eu me sentei entre as suas pernas no sofá, de frente para a janela.

— Helena — ele disse ao meu ouvido. — Você tem me dado um bocado de atenção ultimamente. E eu gosto disso.

— Você está precisando tanto assim de atenção? — perguntei, rindo. Eu via mulheres olhando para ele o tempo todo quando caminhávamos juntos na rua.

— Eu quero a *sua* atenção — ele disse.

Fechei meus olhos, feliz porque ele não podia ver o meu rosto. Lá fora, na rua, duas crianças andavam em cima de um muro.

— Por quê?

— Helena, olhe para mim.

— Hã?

Olhei para ele.

— Eu não tenho uma boa razão. Só sei que você desperta algo em mim, algo que eu não consigo evitar.

Eu conheço a sensação.

— Não sei do que você está falando.

— Ah, você sabe — Kit responde, fitando os meus lábios. — Sabe, sim. Ele tem razão.

NINGUÉM SABE QUE TENHO ME ENCONTRADO COM KIT, NEM mesmo Greer. Principalmente Greer. Nesta manhã, quando estamos as duas na cozinha, ela me pergunta qual o motivo de tanto brilho nos meus olhos.

— Ora, Port Townsend — alego.

Ela ergue os olhos para mim sem tirar a xícara de café da boca.

— Pois eu acho que é Kit — ela diz.

— O quê? Hein? — Nervosa, acabo derrubando o meu iogurte.

Olho de esguelha para ela, enquanto limpo a sujeira que fiz. A expressão no rosto da Greer é impassível, mas posso sentir que falhei miseravelmente na tentativa de mentir. Eu só confirmei as suspeitas dela.

— Tem razão. É ele, sim.

— Eu vi a sua bolsa no apartamento dele. No dia em que fui bater lá para falar sobre a Roberta.

— Ah... puxa. — E isso é tudo o que me ocorre dizer neste momento. Estou bem envergonhada.

— Ele voltou para cá por sua causa, Helena?

Cheguei a pensar nessa possibilidade, mas a descartei, pois parece boa demais para ser verdadeira. Aqui é a casa dele. A decisão de Kit de voltar para a sua casa não deve ter nada a ver comigo. Quem dera se tivesse.

— Greer, escute. Não sei por que Kit voltou a Port Townsend — respondo, levantando-me. — Ele e Della romperam, e acho que ele precisava voltar para casa por algum tempo.

Ela faz que sim com a cabeça, lentamente.

— Faz sentido. Mas quer a minha opinião, Helena? Acho que você vai se magoar.

Eu sei disso. Eu sei.

— Não posso me magoar, porque não estou levando a coisa a sério.

— Você mente muito mal, Helena. Nossa, você é péssima nisso.

Sei disso também.

Não falamos mais no assunto. Greer sai de casa sem se despedir de mim, e eu me apronto para ir trabalhar. Ela estava certa. O melhor a fazer é parar com essa história o quanto antes. Pego o meu celular e deleto o número de Kit. Pronto. Agora não posso mais enviar mensagens para ele. É uma coisa estúpida, mas me dá uma sensação de triunfo. Uma sensação temporária. Saio a pé para o trabalho, planejando os passos seguintes. Vou mandar uma mensagem de texto para Della; vou escutar o que ela tem a dizer, vou confortá-la. E vou reafirmar a nossa amizade. As amigas vêm em primeiro lugar. Serei para ela a amiga que ela precisa que eu seja, e colocarei de lado os meus sentimentos por Kit.

Quando chego diante da Conservatory Coastal Home, uma loja de artigos de decoração, eu viro à esquerda. Vejo Kit cerca de vinte passos à minha frente, caminhando na minha direção. Ele está com a cabeça inclinada, olhando para a tela do telefone celular. Tenho tempo para dar meia-volta e correr. Mas talvez fugir não seja a melhor opção. Resolvo entrar na Conservatory. Eu adoro a loja, mas hoje vou entrar nela só para me esconder. Passo entre as prateleiras de pedra coral vermelha e de cobertores decorados, e vou direto para o fundo da loja. Há um lindo quadro que eu adoro pendurado na parede numa extremidade da loja. É um polvo com os tentáculos abertos, soltando um jato de tinta pela boca.

— Sempre vou encontrar você. Não adianta fugir.

— Não sei por que eu fugiria — digo, sem me voltar. Eu sinto que estou gelada, mas meu coração bate acelerado. — Estou só fazendo meu passeio matinal de sempre.

— É, eu percebi — ele retruca. — E fugindo de mim.

Olho para ele de canto de olho.

— É muita pretensão da sua parte, não acha?

— Ei, não quer dar uma caminhada comigo?

— Nada feito. Tenho que trabalhar.

— Então vou acompanhá-la até o seu trabalho.

Balanço os ombros em sinal de indiferença.

Kit caminha com as mãos enfiadas nos bolsos. Não há vento hoje, mas agarro a minha bolsa com força, como se ela pudesse ser soprada para longe a qualquer momento. Estou realmente tensa. Quando chegamos às portas da galeria nós paramos, e eu penduro as chaves na ponta dos dedos, balançando-as um pouco. Apenas para servir de aviso a Kit. É isso. *Pode ir agora! Estou balançando as chaves na sua cara!*

— Obrigada por me acompanhar até aqui — digo em tom sério.

Agito as chaves com mais força para fazer mais barulho ainda, e elas escapam do meu dedo. Kit se agacha para pegá-las, e quando me dou conta vejo que ele está ajoelhado diante de mim, com apenas um dos joelhos no chão. Ele levanta a minha mão inerte e encaixa o anel do chaveiro de volta no meu dedo. Ainda bem que ele não escolheu o meu dedo anular. Era provável que eu desmaiasse, e isso não seria nada bom. Ele não tira os olhos de mim enquanto permanece ajoelhado. Nem mesmo quando se levanta ele interrompe o contato visual comigo.

— Preciso ir — digo.

Eu me volto para a porta e enfio a chave na fechadura, com movimentos mecânicos. Pelo reflexo na janela, eu o vejo se aproximar de mim por trás. A voz dele está próxima do meu ouvido. Parece até que consigo sentir a respiração dele, mas é provavelmente alguma brisa soprando. Eu me imagino abrindo a porta e entrando — a galeria permitindo a minha entrada e empurrando Kit para fora. A galeria vai ter de empurrá-lo para fora, porque eu não consigo fazer isso. *Não, eu não consigo, não mesmo.*

— Não me mande embora, Helena. Não estou pronto para ir.

Numa situação como essa, o que mais eu poderia fazer a não ser fechar os olhos com força e tentar controlar o tremor em meus lábios? Eu me viro para Kit, porque não passo de uma garota idiota, e deixo que ele me beije. Ele segura o meu rosto como se quisesse ter certeza de que não vou desviá-lo. Mas ele não tem motivo nenhum para se preocupar. Toda a minha atenção é...

O celular dele toca. E isso põe um fim no nosso beijo. Fico encostada nas portas de vidro da galeria. Posso sentir as advertências de Greer pesando sobre as minhas costas — uma após a outra, atingindo-me como ondas implacáveis. A minha visão está embaçada, e meu peito dói... Mas por quê? Será saudade? Observo Kit quando ele atende a chamada, nossos olhares estão conectados; então, uma expressão de surpresa se estampa em seu rosto.

— Que número é esse? — A voz dele é dura, ríspida. Eu não gostaria de estar do outro lado dessa ligação.

Saio do meu estado de torpor. Não preciso mais ficar encostada na porta para me manter em pé. Eu me endireito e arrumo o cabelo, que ficou todo despenteado graças às mãos de Kit.

Algo me incomoda; uma espécie de mal-estar. Surgiu de repente. E então Kit me olha de um jeito estranho. Ele está em silêncio, escutando, mas posso ver que algo não vai bem. E então eu entendo. Antes mesmo que ele desligue o telefone, eu já sei. Nós terminamos ainda antes de começar.

— Era Della — Kit diz. E faz silêncio por um momento antes de completar: — Ela está grávida.

CAPÍTULO 34

#foitudoumsonho

MENOS DE CINCO MINUTOS DEPOIS DE LIGAR PARA KIT, DELLA posta a fotografia de um ultrassom no Instagram. Um trabalho bem cronometrado para uma garota bem insegura. *Parabéns, Del, você está lidando com o assunto com um tato incrível.* A legenda da foto é: *meu pequenino.* Ah, sei. COMO SE HOUVESSE ALGUÉM PARA PROVAR ISSO. A *hashtag* dela me atingiu em cheio: #oitosemanas. Pouco antes de Kit voltar para Port Townsend. *Ah, meu Deus,* como eu me sinto mal.

Você vai ficar bem, digo a mim mesma. *Isso não é o fim do mundo.* Saí quantas vezes com ele? Cinco vezes? Cinquenta e cinco vezes? Na realidade, eu já me casei com ele uma vez, e nós tivemos um bebê, mas ele não sabe disso. Bom, mas eu já passei por isso antes. Um cara. Uma mulher que não era eu. Um bebê. Mas o que Neil fez não se compara com isso. Neil me traiu, sem dúvida. Mas Neil e eu estávamos juntos porque éramos jovens, e isso fazia sentido. Nós tínhamos uma conexão verdadeira e forte? Claro que não. Nossa conexão era circunstancial. Tínhamos os mesmos amigos, e estávamos na mesma universidade. Assistíamos aos mesmos programas na televisão porque os nossos amigos viam também, e precisávamos disso para ter o que conversar.

Kit apareceu na minha frente do nada, como que por encanto. Tive um sonho que me fez olhar com mais atenção para um cara que até então eu ignorava. E por meio desse sonho descobri uma conexão. Eu já nem pensava mais no sonho. Nas últimas oito semanas, eu estava vivendo esse sonho.

Mas deixo de lado esse assunto enquanto atendo a telefonemas, embalo alguns quadros para despachá-los e deposito cheques. Sinto-me como se tudo o que havia dentro de mim tivesse sido retirado e substituído por um material que me faz funcionar como um robô. Eu não recebo a mensagem que Kit sempre me envia quando é hora de fechar a galeria e ir para casa, por isso permaneço no trabalho mais tempo que o habitual. Isso me faz lembrar a minha avó, que anda de quarto em quarto da casa como se estivesse muito ocupada, mas na verdade não está fazendo nada.

De certo Kit está voltando para a Flórida neste momento, com um copo plástico cheio de um vinho porcaria na mão. Pensar que ele está tão longe faz os músculos do meu coração se contraírem em pontadas de dor. Isso não é bom. Não estou bem. A rua está deserta quando saio do trabalho. Tudo está assustadoramente quieto; ouço apenas o som da chuva e o ruído distante de um gerador. É uma noite fria; numa noite assim, o vento passa pelo topo das montanhas geladas e depois desce até nós com seu sopro congelante. Eu me encolho ao máximo dentro do casaco e olho na direção da fábrica de conservas. Não quero estar lá. Nem aqui. Nem em lugar nenhum. Sigo na direção do porto, com passos determinados. No fundo do meu bolso, seguro firme a minha rolha. Já não me sinto mais tão entorpecida como antes. O choque desapareceu, e deu lugar a uma sensação mais concreta. Acho que posso chamar isso de "cair na real". *Rá!* O *Belle* não está em seu espaço na doca. É a primeira vez que não vejo o barco em seu lugar. Fico em pé no cais, tremendo de frio, sem saber o que fazer daqui para a frente.

— Helena?

Eu sempre vou encontrar você.

— Não perca o seu tempo — digo sem me virar.

Ele se aproxima e fica ao meu lado, e nós olhamos para a água juntos. Posso ouvir a minha respiração.

— Pensei que você já tivesse partido a essa altura.

Kit abaixa a cabeça, e eu o escuto suspirar.

— Vou voltar para a Flórida amanhã, Helena.

— Ah.

O silêncio se abate outra vez sobre nós.

— Um bebê. Você deve estar muito excitado.

— Não, Helena. Isso é... Eu não planejei isso. Preciso ir até lá para conversar com ela, cuidar das coisas.

— Você tem de ir cuidar da sua família — afirmo, olhando para ele. — Essa é a coisa certa a fazer. A questão é... o que é que nós estamos fazendo aqui afinal, Kit?

Ele faz uma careta, começa a falar, mas então para e desvia o olhar, fechando a cara.

— O que nós tínhamos aqui era bom. Eu tinha a intenção de conhecer você. Conhecer de verdade — ele diz.

— Não, nós não fizemos nada de bom. Só parecia bom. Eu traí a Della. O que eu sou? Sua pequena diversão enquanto você tira umas férias da correria da cidade grande?

Ele arregala os olhos e se agita, balançando a cabeça como se não acreditasse no que *eu* acabei de dizer.

— Você sabe que isso não é verdade! Nós temos algo, Helena. Em outra vida, sei que teria sido uma coisa maravilhosa.

Dói ouvir isso. Deus, como dói. Eu vi essa vida. Ele nem mesmo sabe do que está falando. Para Kit, sou apenas uma possibilidade que poderia ter se concretizado. Para mim, porém, ele é a única possibilidade.

Eu me aproximo mais dele, o bastante para ver a barba rala em seu rosto. Estendo a mão para tocá-la, e sinto-a roçar a palma da minha mão. Kit fecha os olhos.

— Há uma casa num bairro elegante de Washington; nessa outra vida, nós vivemos juntos nessa casa — eu digo com tranquilidade. — Tudo é verde, verde, verde demais em nosso jardim. Temos dois filhos, um menino e uma menina. Ela se parece com você, Kit. Mas no resto puxou a mim. — Acaricio o rosto dele, porque sei que é a última oportunidade que terei para fazer isso. Os olhos de Kit estão abertos. E agitados. Meus lábios estão secos. Tomo fôlego antes de continuar. — No verão, nós fazemos amor no quintal, em cima da grande mesa de madeira e com os pratos do jantar ainda sobre ela. E falamos sobre todos os lugares onde queremos fazer amor. — Começo a lamber as lágrimas que se acumulam em meus lábios. Elas correm em linha reta pelo meu rosto abaixo, como o vazamento de uma torneira. — E somos tão felizes, Kit. É como viver um sonho todos os dias. — Eu me coloco na ponta dos pés e o beijo suavemente nos lábios, deixando que ele prove o sabor das minhas lágrimas.

Ele me fita com tanta intensidade que tenho a sensação de que vou rachar.

— Mas isso não passa de um sonho, não é?

Antes de ir embora, toco o vinco que se formou entre os olhos dele. Kit não diz uma palavra, mas sua boca está contraída numa expressão zangada. Ele tem menos confiança para falar agora. E eu compreendo.

— Pegue isso. — Estendo o meu punho, e ele levanta a mão. Ponho a rolha de vinho na palma da mão dele. — Pode me fazer um favor?

Ele olha bem para a rolha. Posso perceber a confusão no rosto dele. Há centenas de coisas passando pela cabeça de Kit neste momento. Aponto para a água.

— Jogue-a no mar — peço.

— Essa é a... Mas por quê?

— Só faça o que pedi — insisto, fechando os olhos. — Por favor.

Kit resiste. Ele quer dizer alguma coisa. Então, de súbito, ele ergue o braço acima da cabeça. Ainda consigo ver a rolha uma última vez, antes de ela desaparecer para sempre.

Está feito. Eu suspiro, aliviada.

— Adeus, Kit.

E só então sigo o meu caminho.

CAPÍTULO 35

DIAS SE PASSARAM — MUITOS DIAS. NÃO SEI DIZER O QUE ACON-
teceu nesses dias: quem eu encontrei, com quem falei, o que comi. Eu definitivamente não consigo me lembrar de detalhes dos meus pensamentos; só sei que o medo se apossou da minha mente, e passou a me perseguir em toda e qualquer ocasião. O medo me acompanhou no trabalho e em casa. Nas minhas conversas com clientes e durante as conversas por telefone com meus pais. A vida sem Kit era assustadora para mim, e isso era uma coisa triste, bastante triste.

    Depois veio o entorpecimento. Após semanas de dor contínua, a sensação de sonolência foi um alívio bem-vindo. *As coisas são como são*, eu disse a mim mesma. E pensar assim me deixou tão orgulhosa que apliquei esse pensamento a tudo, até que nada mais tivesse importância.

    Porém, um belo dia essa droga resolve voltar. *Filho da puta.* Acordo pela manhã com o sol entrando pela minha janela. O sol? Ah, pelo amor de Deus. Essa não é a terra onde o sol não brilha? Rolo na cama, fico de barriga para baixo e escondo a cabeça sob o travesseiro. E é então que acontece. Tudo volta de uma só vez para me atormentar — a intensidade do meu sentimento por ele, aquele ridículo sofá do sonho, da Pottery Barn, e o modo como ele me disse "sinto muito" antes de ir embora. Posso ver os músculos do pescoço dele se retesando quando fecho os olhos. O lábio inferior carnudo, que se contrai quando ele está pensando em alguma coisa. Percebo o cheiro dele — não o da sua colônia, mas o da sua pele. Penso no dia em que ele me apanhou cheirando sua camisa no *closet*. Deus, parece que isso aconteceu há tanto tempo. Estou devastada. Completamente devastada.

CONTEI TUDO PARA PHYLLIS. NÃO TIVE A INTENÇÃO DE CON-
tar, na verdade. Eu estava mexendo em uns gorros de tricô que parecem
guardanapos quando ela sorriu de repente para mim atrás da caixa registradora. Comecei a chorar na mesma hora. E nem foi um choro normal —
foi um berreiro.

— Uma dor dessa magnitude é como menopausa — Phyllis me diz.
Sem perceber, uso um dos gorros para enxugar o meu nariz. Ela o tira de
mim e me dá um lenço de papel. — Vem em ondas de calor. Quando você
pensa que não vai mais conseguir suportar, ela desaparece. Mas acaba
voltando, ah, e como volta!

Faço que sim com a cabeça. Mas Phyllis está errada. Essa dor jamais
passa, nem mesmo por um instante. É como se fosse a mão enorme de
alguém em torno do meu coração, apertando-o o tempo todo. A única
coisa que faz diminuir a pressão e a dor é o meu trabalho. Você pode distrair a cabeça por alguns instantes, mas quando o coração e a mente ope-
ram juntos, eles são cruéis. Antes de me despachar, Phyllis me dá — de
presente — o gorro que eu usei para enxugar o nariz.

Nos próximos dias, começo a notar que sou alvo de olhares. As pessoas na cidade parecem saber. Estou na Conservatory, escolhendo alguma
coisa para dar à minha mãe como presente de aniversário, quando a proprietária do estabelecimento toca em minha mão. Olho para ela com
espanto. O que será que ela deseja? Quase choro, porque tudo passou a
me fazer chorar de um tempo para cá.

— Só queria que você soubesse de uma coisa — a mulher diz. —
Conte conosco. Você tem o apoio de todos nós.

Pisco várias vezes para tentar conter as lágrimas. Não consigo falar.
Não sei se devo agradecer a ela, então agarro a minha bolsa e aceno para
ela com a cabeça antes de sair apressada da loja.

Mais tarde, nesse mesmo dia, eu menciono esse fato a Greer.

— Você achou mesmo que ninguém saberia? Esta é uma cidade
pequena, Helena. Quando um garoto bonito como Kit segue uma
garota por toda a cidade com uma garrafa de vinho na mão, as pessoas
ficam curiosas.

— Ele não estava... Ele não...

— Ele está apaixonado por você. Isso é mais do que evidente. É uma pena que ele tenha engravidado aquela garota.

As palavras dela fazem o meu coração se acelerar. Kit... apaixonado por mim? Não. Isso é risível. E acabo mesmo dando uma pequena risada. Faz semanas que não recebo notícias de Kit nem de Della. Até onde sei, eles estão pintando o quarto do bebê com alguma cor neutra e enjoativa. Enquanto isso, permaneço aqui, na cidade da magia, lambendo as minhas feridas. Bebendo o meu vinho. Morrendo aos poucos por dentro. Mergulhada em melodrama. Apegada a um sonho que tive uma vez, e que virou a minha vida de cabeça pra baixo. Como sinto falta dele. Tenho tanto medo de olhar para as fotografias. Medo de me lembrar de Kit sugando os meus lábios como se fossem um doce. Eu me sinto como se estivesse à beira de um precipício. Sentada na escuridão, com vinho escorrendo pelo queixo. Odiando Della por tocá-lo. Odiando Kit por deixar que ela o toque. Quando isso vai acabar? Não vai. A única maneira de dar fim a esse sentimento é arrancando-o fora.

NOTÍCIAS SOBRE O CASAMENTO DE DELLA E DE KIT SURGEM

cinco meses depois via Instagram (surpresa, surpresa!), quando Della posta uma fotografia da sua mão, com as unhas impecáveis, com a legenda: *Ele colocou um anel no meu dedo!*

Além disso, os pulmões da bebê já se formaram, e ela pode abrir e fechar os olhos. Sabemos que é *ela* porque Della não para de anunciar isso... também pelo Instagram.

Eu me sinto mal. E ainda por cima ela insiste nessa *hashtag* estúpida: #adeldesempre

Eu me sinto mal também por ter um coração rancoroso e desejar coisas ruins aos outros. #desculpasporisso

Della não se casará até dar à luz e voltar à velha forma. Isso me conforta um pouco. O casamento não vai acontecer imediatamente, e terei tempo para me adaptar à realidade. Quanto a Kit, quero que ele se foda bonito! Esse merda. Estou furiosa, e começo a digitar uma mensagem. Quero enviar a ele uma coisa ofensiva e cruel. *Covarde! Idiota!* Mas a verdade é que não consigo encontrar palavras para expressar o meu estado de espírito. Como estou me sentindo? Toco o remendo de pele que resta sobre o meu coração, massageando-o. Sinto dor nessa região. Quase alcancei alguma coisa que queria na vida, e agora nunca saberei como teria sido. O que eu mais queria na vida se tornou inalcançável para mim. E então eu escrevo uma mensagem de texto para ele.

Vá se foder, Kit. A resposta dele logo começa a aparecer: *Helena...*

Ele digita e para, digita e para, e eu aguardo ansiosa a chegada de algum texto. Mas a mensagem não vem. Eu me sinto negligenciada. Usada. De repente, o meu telefone toca. Sinto um calafrio quando vejo o nome dele. Mas mesmo assim, eu atendo.

Não digo uma palavra, mas Kit sabe que estou escutando, porque ele diz o meu nome.

— Helena...

Posso ouvir a respiração dele através do aparelho. É uma respiração agitada. Cubro a boca com a minha mão livre para que ele não consiga ouvir o meu choro.

— Helena — ele diz meu nome novamente. — Eu sinto tanto. Você tem de acreditar em mim.

Ficamos em silêncio durante alguns segundos. Meu coração se desfaz do entorpecimento habitual e começa a doer.

— Não é isso o que eu quero — ele prossegue. — Eu quero você, mas não posso fugir dessa situação. A criança é parte de mim.

Ele para de falar, e eu me pergunto onde ele está. Nas dependências do bar onde trabalha? No carro dele? Na casa onde os dois vão criar a filha juntos? Não consigo escutar nada além da voz alterada dele dizendo-me essas palavras.

— Eu sei — respondo.

— Sou um covarde. Pensei em falar com você todos os dias desde que saí de Port Townsend, mas eu não sabia o que dizer.

— Na verdade não tem nada mais a ser dito, não é, Kit?

— Tem, sim. Quero dizer que sinto muito. Que eu não tinha o direito de ir atrás de você e depois magoá-la. Que não foi nada fácil deixar você. Despertei alguma coisa no seu coração e depois a abandonei. Esqueça-me, Helena. Eu quis protegê-la da crueldade do mundo, mas acabei eu mesmo sendo cruel. Jamais desejei isso.

Não consigo. Não consigo esquecê-lo. Eu me inclino para a frente, levando as mãos ao estômago. Não existe meio de deter o sofrimento. Tenho que deixar as coisas seguirem seu curso. Eu precisava que ele me dissesse essas palavras para fechar as feridas.

— Obrigada — sussurro.

E desligo em seguida.

CAPÍTULO 36

#másnotícias

DESPERTO. MEU TELEFONE ESTÁ TOCANDO. EU TATEIO À PRO-cura do interruptor, derrubando coisas de cima da mesa de cabeceira — minha garrafa de água e meu relógio caem no chão. Pego o telefone.

Kit.

Eu me sento, afastando fios de cabelo do meu rosto. Não consigo achar minha orelha! Onde está a minha orelha? Meu coque tombou para o lado e está cobrindo minha orelha como um enorme protetor de ouvidos.

— Alô? — Minha voz está grossa, pois acabo de acordar. Procuro minha garrafa de água, mas ela rolou para debaixo da cama.

— Helena...

Um calafrio percorre a minha espinha quando ouço o som da voz dele. Quando alguém telefona para você no meio da noite, é provável que não seja para lhe dar uma notícia boa.

— Sou eu. Aconteceu alguma coisa? — De repente eu me sinto completamente desperta. Levanto-me e vou até a janela.

— É Della — ele diz.

Ouço-o dizer muitas coisas depois disso. A princípio não consigo compreender direito do que se trata. Mas as últimas palavras me deixam desesperada:

— Não sabemos se ela vai conseguir sair dessa.

Vou até eles — até todos os três. Depois de enfiar umas roupas numa mochila, pego o desodorante e as lentes de contato, e acordo Greer para pedir que me leve até Seattle. Tomo o primeiro avião, e não durmo um instante durante toda a viagem. Enfio as mãos entre os joelhos e bato os pés no chão sem parar, até que o passageiro do assento ao meu lado me pede silêncio. Não consigo evitar o sentimento de que é tudo culpa minha. Não tem a menor lógica, mas se eu estivesse lá, talvez...

Kit vai ao meu encontro no aeroporto. Eu o avisto na base da escada rolante, com os olhos inchados e vermelhos e o cabelo mais longo do que eu jamais havia visto. Corro na direção dele e me lanço em seus braços, e ficamos assim por alguns momentos, nos braços um do outro. Tento não chorar, mas é difícil evitar isso com os ombros dele me envolvendo, com seus braços me apertando como só ele sabe fazer. *Meu Deus. Eu perdi isso.* Nós provavelmente estamos chamando a atenção das pessoas que passam, mas não ligamos.

— Você só trouxe isso? — Kit pergunta sobre a minha mochila.

Ele não olha para mim quando nos separamos. Enxugo minhas lágrimas e faço que sim com a cabeça. Andamos até o carro em silêncio. Tenho vontade de perguntar um milhão de coisas: *Como foi que isso aconteceu? Os médicos podem fazer alguma coisa por ela? E você, como está se sentindo? O que está passando pela sua cabeça? O bebê está bem?*

Entramos no carro dele. Noto a cadeira de bebê no banco de trás, e engulo em seco. Desvio depressa os olhos dela. Não quero ficar pensando nisso.

Só quando chegamos à rodovia Kit me conta o que aconteceu. A chuva cai com força do céu coberto de nuvens cinzentas.

— Ela teve uma embolia de líquido amniótico — ele explica, medindo as palavras; imagino como os médicos disseram isso a ele. — O líquido amniótico entrou na corrente sanguínea dela durante o nascimento. Isso impediu que o sangue coagulasse, e então uma hemorragia teve início durante o trabalho de parto. Coagulação intravascular disseminada. Depois que Annie nasceu, eles socorreram Della às pressas. E não me diziam nada.

Annie, eu penso. Que nome mais doce.

— Eles nos fizeram esperar uma eternidade. Ah, Deus, foi o dia mais longo de toda a minha vida! Eles não me deixavam vê-la, e não me deixavam ver o bebê também. Por fim, o médico apareceu e nos disse que os rins dela haviam parado de funcionar. Eles a colocaram em coma induzido para permitir que o corpo dela se recuperasse.

Fico horrorizada, mas a minha reação é bem contida; não quero surtar na frente de Kit e piorar ainda mais as coisas. Aperto com força as beiradas do meu assento enquanto ele fala. *Meu Deus, Della! Você quase morreu. Quase perdemos você. E eu não estava aqui.*

— Ela... ela está...? — Minha voz cessa. Simplesmente não consigo dizer mais nada.

— Não sabemos. — Olho para ele sem me virar, com o canto do olho, e o vejo passar a mão com força no rosto. — Eles me perguntaram se Della era religiosa. Disseram que seria aconselhável chamar um padre.

Com as duas mãos cruzadas sobre a barriga, eu me inclino para a frente até minha cabeça tocar o painel do carro. Esse tipo de coisa não costuma acontecer na vida real; é algo que se vê nos filmes ou nos livros. Parece inacreditável que esteja de fato acontecendo com a minha melhor amiga. Não pode ser. Vou chegar ao hospital e encontrá-la bem, sentada na cama, segurando Annie nos braços. Seu cabelo estará perfeito e resplandecente, mais lindo do que nunca; e todos vão se aproximar dela e dizer: *Ah, meu Deus! Não dá pra acreditar que você acabou de ter um bebê!* — E o bebê? — pergunto a Kit. — Annie?

— Ela está bem — ele responde. — É perfeita. Mas aconteceu mais uma coisa.

Meu Deus, o que mais pode ter acontecido?

— Foi preciso fazer uma histerectomia de emergência em Della.

Fecho os olhos e sinto todo o meu corpo estremecer. Della é de uma família grande, uma família italiana. Depois que a mãe dela teve três filhos, o médico avisou que correria risco de vida se tivesse mais um. Desde que me conheço por gente, a mãe de Della sonhava com uma família grande, cheia de netos, e contava com a filha para realizar esse sonho. O irmão mais velho de Della, Tony, é um solteirão convicto, que não tem a menor intenção de formar uma família. Sua irmã, Gia, é lésbica. Ninguém na família tem muito contato com Gia, que mora em Nova York com sua companheira e seus três cães adotados. "E nenhum deles é de raça", Della disse uma vez, referindo-se aos cães de Gia. "Ela não pode ver um vira-lata que já quer levar para casa". Della tinha a tarefa implícita de dar continuidade à linhagem da sua família. Quando acordar e souber que seu útero foi retirado, Della ficará devastada. Isso *se* Della acordar.

COMO ESTAMOS NUM SÁBADO, HÁ MUITA GENTE NO HOSPITAL. Famílias em peso visitando seus doentes, crianças segurando a mão dos pais, acompanhando-os de um lado a outro. Tenho de levar em conta que nem todos estão aqui por um motivo triste. Há bebês nascendo, pedras estão sendo retiradas dos rins, vidas estão sendo salvas. Kit segura a minha mão e me conduz através de corredores e elevadores, até chegarmos ao quinto andar. Todas as pessoas nesse andar estão quietas e tristes. Tento ignorar os pensamentos de desespero que invadem a minha mente, mas eles gritam na minha cabeça. *Eles a puseram aqui para morrer, e pediram à família católica que trouxesse um padre.*

Passamos pela sala das enfermeiras e chegamos a um quarto no final do corredor. Eu respiro devagar, temendo que os odores do lugar afetem ainda mais o meu estado de espírito. Vejo o sobrenome *Beggiro* escrito em uma placa branca pendurada do lado de fora da porta. Eu me preparo; seguro a respiração, fecho as mãos com força. A porta se abre, e os meus olhos logo se dirigem para a cama de hospital. Há fios por todos os lados: vermelhos, brancos, todos conectados às máquinas posicionadas perto dela como sentinelas. Elas são barulhentas, e anunciam a condição da minha amiga com bipes, cliques e zunidos. A mãe dela está sentada em uma cadeira à direita da filha; Tony, o irmão, está cochilando em uma cama dobrável. Sou recebida com abraços, com palavras ditas entre lágrimas, e eventuais expressões em italiano cujo significado aprendi ao longo de tantos anos. Quando terminamos de nos cumprimentar, eu me aproximo da cama e olho bem para a minha melhor amiga. Levo a mão à boca num gesto involuntário, e reprimo o choro. Esta não é Della. Simplesmente não é.

Ela está inchada, com vermelhões. Seu rosto está bege como macarrão cozido. Quero tirar seu cabelo de cima do rosto — por que ninguém fez isso? Os fios estão inertes, sujos. Quando eu me volto, vejo Kit de pé ao lado da porta, com a cabeça abaixada, como se olhar para ela o ferisse. Toco as mãos de Della, que estão pousadas sobre o estômago; ainda posso ver o que resta das suas unhas pintadas de rosa. Suas mãos estão frias, por isso puxo o cobertor sobre elas. Como sabem que ela não está sentindo frio? Ela não pode dizer que está. Tenho vontade de lhe dizer alguma coisa. Pedir a ela que acorde e se prepare para ver seu bebê. Mas o choque me deixa paralisada.

Sinto a mão leve de alguém em minhas costas — é Annette, a mãe de Della.

— Venha ver Annie — ela diz. — Vai ser bom para você. Della estará aqui quando você voltar. Venha fazer companhia a ela amanhã.

Concordo com um aceno de cabeça, enxugando as lágrimas na manga da minha roupa. Kit me leva até a pequena casa deles em Fort Lauderdale. Uma música de Keith Sweat está tocando no rádio. "Mas tenho que suportar a emoção, você partiu meu coração", ele canta. De repente sinto uma terrível dor de cabeça. Kit me avisa que a prima de Della, Geri, está cuidando de Annie. Não digo a ele que Geri é usuária de drogas pesadas, que faz uso quase diário de cocaína, e que passou uma temporada numa clínica de reabilitação para viciados em heroína. Geri está lendo uma revista no sofá quando chegamos. Ela põe um dedo na frente da boca para nos pedir silêncio e nós entendemos que Annie está dormindo. Geri me abraça calorosamente, e sinto cheiro de álcool em seu hálito. Sempre fui legal com Geri, mas não posso dá pra aceitar uma pessoa que bebe enquanto cuida de um bebê. Nenhum bebê deveria passar por uma situação dessas, muito menos esse bebê. Tenho ímpeto de mandá-la embora e nunca mais voltar. Em vez de fazer isso, peço licença e vou ao banheiro. É estranho ver as coisas do bebê espalhadas pela casa de Della: cadeirinhas de balanço, carrinhos, cobertores cor-de-rosa. Quando saio do banheiro, Geri já foi embora. Kit está em pé na entrada da sala, com as mãos nos bolsos. Ele não está olhando para mim; na verdade, não está olhando para lugar nenhum.

— Kit — chamo. Ele reage com um pequeno sobressalto, e então balança a cabeça, como se estivesse despertando de um sonho.

— Você quer conhecer Annie? — ele pergunta gentil.

— Claro que sim.

Ele me leva até o quarto dos fundos. A casa cheira a tinta fresca, e antes que ele abra a porta do quarto de Annie, já sei que Della mandou pintarem o quarto de rosa. É um rosa intenso, não do tom suave que eu esperava. Fico assim por um instante, observando a cor com atenção, antes que meus olhos se fixem no berço encostado à parede. É um berço preto. Posso ouvir murmúrios e movimento dentro dele, como se Annie tivesse decidido acordar. Kit se aproxima do berço e me convida a me juntar a ele. Parece... meio estranho. Meus pés afundam no carpete. Minhas mãos parecem grudadas uma na outra. A primeira coisa que vejo é o cabelo dela, escapando de sua touquinha. É um cabelo cacheado, um topete preto numa pele branca e lisa. Os olhos dela estão abertos; são cristalinos, como costumam ser os olhos de um recém-nascido. Ela abre a boca para chorar — e, para a minha surpresa, solta um choramingo muito manso e gentil. Eu a pego no colo; é impossível evitar. Ela é a coisa mais perfeita que já vi na vida.

— Oi, Annie. Eu sou a tia Helena.

Cheiro a cabeça dela, e então a beijo. Eu a levo até a mesa de trocar fraldas e tiro o cobertor que a envolve. Quero ver o resto — as perninhas, e os dedinhos perfeitos dos pés e das mãos. Fico tão concentrada na pequena que esqueço que Kit está na sala.

— Perdão — eu digo. — Quer fazer isso?

Eu me sinto tão mal. Simplesmente tomei uma decisão e agi, sem perguntar nada. Kit, porém, sorri e balança a cabeça com tranquilidade.

— Vá em frente — ele me dá permissão. — Vocês precisam mesmo ter contato uma com a outra.

Ele não precisa dizer mais nada. Ajo como uma experiente encantadora de bebês. Kit vai pegar a mamadeira dela enquanto troco a sua fralda. No meio do processo, começo a chorar. Della. Ela nem mesmo pôde segurar sua garotinha. Agora me sinto ainda mais culpada. Preciso ficar para ajudá-los. Pelo menos até que Della se recupere. Tenho de fazer a coisa certa, por todos eles. Principalmente depois de todos os erros que cometi.

KIT E EU NOS REVEZAMOS PARA FICAR COM ANNIE PELO RESTO da noite. Eu teria ficado com a bebê o tempo todo, e o deixaria dormir sossegado; mas ele diz que quando acorda para vê-la sente que está fazendo alguma coisa, e ele *precisa* dessa sensação para não acabar enlouquecendo. Durmo no escritório em frente ao quarto de Annie, e sempre que ela acorda e o seu choro suave chega até os meus ouvidos tenho vontade de ir correndo até ela. Quando é a vez de Kit ficar com a menina, deito de lado na cama e tento ouvi-los. Ele canta para a filha. É tão meigo que me faz lembrar a época do Natal, quando os corações se enchem de paz e esperança. Parece errado que eu esteja ouvindo o que Della deveria estar ouvindo. É como se eu estivesse escondida atrás de uma porta, bisbilhotando a vida de alguém.

No dia seguinte, o irmão de Della vem tomar conta de Annie. Ele nos traz copos de café e omelete com cogumelos que Annette fez. Pegamos nosso café e jogamos um pouco de conversa fora até Kit sugerir que é melhor seguirmos caminho antes que o trânsito comece a ficar congestionado. Não gosto da ideia de deixar Annie com Tony; na época da escola secundária, ele fumava muito baseado e vivia doidão. Isso aconteceu vários anos atrás, mas mesmo assim ele não parecia ser a escolha mais adequada. Menciono esse fato a Kit quando estamos no carro.

— Quantos anos você disse que ele tinha quando fazia isso, Helena?

— Dezesseis.

— Acho que ele já superou essa fase — Kit argumenta. — Afinal, já se passaram dez anos.

— Ele é peludo demais — afirmo. — Se ele tentar beijar Annie, vai acabar arranhando o rosto dela.

— O que exatamente você tem contra o Tony? — Kit pergunta.

Ele toma a direção da autoestrada, e eu começo a entrar em pânico. Logo estaremos presos no trânsito, e será impossível descer do carro se alguma coisa acontecer.

— Não tenho nada contra ele; só não o quero lá, tomando conta de Annie. — Solto o meu cinto de segurança. Não sei bem o que tenho em mente... Talvez pular do carro em movimento e voltar correndo para a casa. Claro que não sou nenhuma louca e não vou...

— O que você está fazendo? — Kit diz. — Coloque o cinto de volta.

— Um de nós dois precisa ficar com a bebê, Kit! Você ou eu. O outro pode ir para o hospital. Nós podemos alternar.

— Você está falando sério? — ele pergunta. — Você tem consciência de que Tony e Annie têm o mesmo sangue, não é?

— Não estou nem aí. Leve-me de volta.

Sem dizer uma palavra, Kit entra no primeiro retorno e pega um caminho diferente até a sua casa. Tony não se mostra surpreso quando nos vê; e até parece aliviado quando lhe dizemos que ele está liberado.

— Ouça e aprenda. — Balanço o dedo diante do rosto de Kit. — Uma babá indiferente é uma babá desatenta.

Ele agarra o meu dedo, e eu solto uma risada.

— Você quer ir primeiro ou quer que eu vá? — ele pergunta.

Olho para Annie, que está dormindo em seu balanço, e mordo o lábio.

— Fique — ele diz, sorrindo. — Você poderá ir ao hospital amanhã. Já vai estar menos ansiosa até lá.

Faço que sim com a cabeça.

Eu o acompanho com o olhar enquanto ele volta para o carro. Antes de partir, ele se volta para mim e faz um aceno com a mão.

Só neste momento é que me lembro que amo esse homem. E amo demais.

CAPÍTULO 37

#pimentamalagueta

EM TODA A MINHA VIDA, NUNCA TOMEI CONTA DE UM SER humano tão pequenino. Você fica em movimento constante: correndo para lá e para cá. Limpando objetos, limpando o serzinho humano, mas sem tempo para se limpar. É um trabalho que deixa pouquíssimo tempo para pensar em si mesma. Em você, que ainda está com o coração partido. Você, que precisa lidar com seus sentimentos enquanto troca fraldas, embala e alimenta. Sentimentos que você nem tem o direito de remoer. Você não pensa nesses sentimentos e nem dá nome a eles. Cuidar, cuidar, cuidar. O básico para o bebê: limpeza, amor, sono. Sempre recebo a ajuda de todos, mas em algum momento, já na primeira semana, torna-se bem claro que sou a cuidadora oficial de Annie. "Helena sabe do que ela precisa; Helena sabe como preparar o leite; Helena, onde estão as fraldas? Helena, ela está agitada; Helena..."

É a mais pura verdade. Annie e eu temos um sistema. Descobri que esfregar as costas dela no sentido anti-horário duas vezes e depois dar uns tapinhas desde a região lombar até o ponto entre as escápulas, ajuda-a a arrotar com mais facilidade. Ela tem alergia à proteína. Noto as saliências na pele de Annie e vou com ela à pediatra escolhida por Della, uma médica iraniana chamada dra. Mikhail. Ela é austera e olha feio para mim o tempo todo.

— As mães de primeira viagem costumam ser nervosas e superprotetoras. Você já deve ter passado por isso antes.

— Não sou a mãe dela — explico. — Eu deveria ser mais protetora? Mas confio em você, por que não confiaria? Você acha que eu confio demais nos outros?

Vou até a mesa onde ela está examinando Annie e pego a menina no colo. A dra. Mikhail me lança outro olhar duro e pega a bebê de volta, recolocando-a na mesa.

— Acho que me enganei — diz a médica. — Talvez eu deva prescrever alguma coisa para a sua obsessão.

ANNIE PRECISA DE ALGUNS CUIDADOS ESPECIAIS. QUANDO KIT volta para casa, vamos juntos ao supermercado para fazer compras. Ele pega uma embalagem de fraldas, mas eu o detenho.

— Não gosto dessas — digo. — Elas vazam.

Ele sorri, recoloca o produto no lugar e me deixa escolher.

— Não olhe para mim assim — peço a ele.

— Assim como, Helena? Como se eu estivesse realmente impressionado com você? Não posso evitar.

Eu me atrapalho e deixo cair o pacote de fraldas, e nós dois nos agachamos para pegá-lo. Agradeço, e nos erguemos ao mesmo tempo; ele segura o pacote debaixo do braço, sem tirar os olhos de mim. Então Annie começa a chorar, e vamos até ela. Não agradeço e o afasto do meu caminho com um empurrão para tirar a menina do carrinho. Kit não consegue parar de rir de mim.

— Kit? Qual é a graça?

Ele olha para o chão e balança a cabeça.

— Não é nada, Helena. É que você é mesmo boa demais nisso. Estou muito grato que você esteja aqui.

— Ah, pare com isso, você vai me deixar sem jeito! Vamos lá, vamos embora — digo a ele. Na fila da caixa registradora, duas pessoas me dizem que meu bebê é lindo, e eu me sinto bem.

Kit apenas continua rindo.

KIT DIVIDE O SEU TEMPO ENTRE ANNIE E DELLA. E EU FICO COM o tempo que lhe resta. Tenho pensado muito nos velhos tempos. Tempos em que bebíamos qualquer cerveja em qualquer espelunca, e falávamos cheios de excitação sobre o nosso futuro como adultos independentes.

Tantos planos, planos incríveis, e em nenhum deles o nosso namorado engravidava outra mulher. Nesses planos não acabávamos com o coração partido, nem tomávamos conta do bebê da nossa melhor amiga que estava em coma. Ninguém nos avisa que é tão doloroso se tornar um adulto. Adultos são tão complicados que terminam por magoar uns aos outros para se preservar. Olho para Annie; e já começo a temer por ela. Não quero que o mundo a faça sofrer. Algumas vezes, eu a abraço e choro, e minhas lágrimas caem na parte de trás do pijaminha da menina enquanto ela dorme em meu ombro.

Quando Annie completa mais algumas semanas de vida, começo a sair de casa com ela regularmente. Saímos para passear e para comprar fraldas no supermercado. Leio todos os livros de Della relacionados a bebês: como estimular o bebê, o que esperar de cada semana de desenvolvimento. Perco tanto peso nessas semanas que Kit começa a me trazer bolinhos e salgados de queijo. As pessoas no supermercado me dizem que pareço fantástica para alguém que acabou de dar à luz. E me perguntam como consigo fazer isso.

— Eu como bolinhos e salgados de queijo — respondo. E elas não gostam muito. *Vão cuidar da própria vida, pessoal!*

Em uma quarta-feira, Kit não sai para trabalhar, nem para ir ao hospital. Enquanto lavo algumas mamadeiras na cozinha, dou uma espiada nele enquanto brinca com Annie no chão da sala. Fico esperando até que ele vá embora; quase quero que ele vá, para que eu possa começar a minha rotina. Mas ele não sai.

— Por que ainda está aqui? — pergunto, desconfiada.

— Bem... esta é a minha casa, não é? E esta é a minha filha. Estou certo?

Faço uma careta, e ele ri.

— Resolvi tirar um dia de folga. Quero levar vocês, meninas, para algum lugar.

Ele encosta a ponta do dedo no nariz de Annie, e uma onda de medo me atinge em cheio. Não quero ir a lugar nenhum com Kit. Não posso.

— Boa ideia. Vai ser ótimo para ela dar um passeio com o pai. Vou preparar as coisas dela para você levar. — Mal termino de falar e já vou apanhar a bolsa para guardar as fraldas e o leite especial de Annie. Sou uma especialista no assunto.

— Não — ele diz. — Você precisa sair um pouco. Fica enfiada aqui o dia inteiro. Vá se vestir.

Dou uma olhada na roupa que estou usando: calça de moletom e uma camiseta regata surrada. Estou cheirando a vômito e a loção hidratante para bebê.

— Tudo bem, vamos lá.

Não tenho roupas limpas. Pego algumas peças emprestadas do guarda-roupa de Della. Uma calça jeans e uma camisa regata azul. Não tenho tempo para secar o cabelo, então o prendo num rabo de cavalo. Antes de sairmos, tiro a garrafa de uísque do armário de bebidas e tomo uma dose. Preciso de algum estímulo para entrar no clima. Mas não para fingir que estou passeando com a minha família. Não somos uma família. Annie não é meu bebê. Vou odiar cada segundo desse dia. Sei que vou, com absoluta certeza. VOU ODIAR. Vai ser um dia horrível, um abominável passeio com uma família de mentira.

KIT COLOCA A CADEIRA DE BEBÊ NO BANCO DE TRÁS DO CARRO,

e segura a porta aberta para mim enquanto entro no veículo. Chega a ser odioso, mas ele sempre consegue encontrar a música certa no rádio, e sempre sabe o momento de mudar de estação. Ele dirige por um tempo que me parece uma eternidade, e, quando estacionamos num trecho de terra, num lugar que não reconheço, eu me pergunto por que não enfiei a garrafa de uísque no meio das fraldas quando tive a chance.

— Onde nós estamos, Kit?

— Em uma fazenda! Aqui podemos colher nossas próprias laranjas e espremê-las para fazer suco. E também há cabras andando por aí.

— Cabras? — repito. — Vamos passar o dia com as cabras?

— Não seja chata, Helena. Cabras são animais incríveis.

Bem, não gosto de cabras. E quero uísque para misturar com o suco de laranja. Levamos cinco minutos para chegar à entrada da fazenda. Kit leva Annie em um carregador amarrado ao seu peito. Não me lembro de já ter visto nada mais lindo do que essa cena em toda a minha vida. Que se fodam as cabras.

Eles nos dão cestos e nos mandam para o meio do mato. Fico aflita com a possibilidade de que uma laranja caia na cabeça de Annie, e por isso fico rodeando Kit, até que ele percebe minha preocupação.

— Saia daqui — ele diz. — Vá colher umas frutas. Eu cuido dela. — Ele me empurra na direção de uma árvore.

Então começo a colher frutas, mas os observo com o canto dos olhos. Um homem de macacão, cheirando a manteiga de amendoim e com uma trança no cabelo, carrega nossas laranjas para o celeiro a fim de espremê-las e fazer o suco. Somos levados para ver as cabras. Há doze delas. Todas com nomes começando com "M". Tiro fotos de Kit alimentando as cabras, e depois ele insiste que eu mesma as alimente. Ele jura que não nos levará embora até que eu toque numa delas e faça isso com boa vontade. Tento mostrar boa vontade. Tento com tanto empenho, que a cabra Melanie pula em cima de mim, apoiando suas duas patas cheias de lama no meu peito.

— Kit! — grito. — Tire-a de cima de mim!

Kit afasta Melanie, e eu olho feio para ele. Isso até que foi engraçado, e estou me divertindo. Seguimos para o celeiro ao lado, onde ganhamos dois enormes copos de suco de laranja cheios de gominhos. Então nós sentamos em cadeiras de pedra vermelhas e admiramos o laranjal ao sol, enquanto Kit alimenta Annie. Eu me ofereço para fazer isso, mas ele recusa e me pede para aproveitar e relaxar.

— De que cor você acha que são essas cadeiras? — eu lhe pergunto.

Ele pensa um pouco antes de responder.

— Vermelhas?

— Sim, mas que tipo de vermelho? Pense numa caixa de lápis de cor. Ele franze as sobrancelhas, mais uma vez com a expressão pensativa.

— Vermelho tipo pimenta malagueta.

— Isso — eu digo. — Exatamente isso.

Estou pensando no lápis de cor que ele me deu no sonho. O lápis de cor azul.

AO FIM DO PASSEIO NA FAZENDA, NÃO POSSO DEIXAR DE RECO-nhecer que o nosso dia foi muito especial. Houve cabras e risadas, e cadeiras de pedra vermelhas como pimenta malagueta. Uma fralda bem cheia, uma mancha de suco de laranja em minha camisa, e um pequeno desentendimento no momento de prender Annie em sua cadeira. Havia a ilusão de que éramos uma família. Uma mentira. Uma situação temporária, que mais tarde acabaria despedaçando o meu coração. Por enquanto, porém, o meu coração está dentro do carro de Kit, batendo com violência em meu peito, que transborda com o amor que sinto por esses dois.

No dia seguinte, Della sai do coma.

CAPÍTULO 38

#estaçõesdoano

DELLA ESTÁ EXTREMAMENTE CONFUSA. ELA PERGUNTA SE pode ficar na minha casa por algum tempo depois que sair do hospital, para que eu tome conta dela.

— Não moro mais aqui, Del — declaro com delicadeza. — Não se lembra? Moro em Washington agora. Mas posso ficar na sua casa com você.

— Kit é de Washington, Helena. Você o conhece?

— Sim. Quer que eu lhe traga mais água?

Acaricio as mãos dela e escovo os nós do seu cabelo. Ela geme e fecha os olhos como se essa fosse a melhor sensação que ela já experimentou na vida. Della quer muito a minha presença no quarto ao seu lado; quando precisa de alguma coisa, ela insiste que Kit saia, não eu. Kit e Annette se distanciaram da cama da minha amiga, e colocaram a minha cadeira perto dela, pedindo-me que respondesse às suas perguntas.

— Devo contar a ela sobre Annie, doutora? — pergunto.

— Vamos dar a ela algum tempo para se recuperar — a médica responde. — O cérebro dela está se ajustando. Não vamos correr o risco de sobrecarregá-la.

E então conto a Della sobre as minhas aventuras em Washington. A magnífica enseada Puget Sound, as colinas ondulantes de Seattle, que castigam o seu traseiro quando você as escala. Descrevo o bar de champanhes que serve aos clientes morangos cobertos com açúcar cristalizado. Falo sobre o morador de rua que me deu um cigarro e elogiou minhas meias imaginárias. E falo também sobre a experiência de estar na balsa, com o vento sibilante lambendo o meu rosto e o meu pescoço, obrigando-me a fechar os olhos para ser levada pela intimidade do momento. Quando enfim termino de falar, vejo lágrimas nos olhos da minha amiga, que estende a mão pálida para tocar meu rosto.

— Como você é corajosa! — ela diz. — Gostaria de ter toda essa coragem.

Viro a cabeça para o lado, com os olhos marejados. Corajosa, eu? Mas então Della diz algo que me faz perder o controle.

— Você me lembra tanto o Kit, Helena.

Eu me levanto na mesma hora, e digo que tenho de ir ao banheiro. Quando eu retorno e me preparo para sair do quarto, vejo Kit encostado à porta, observando-me. Não havia percebido a presença dele. Pergunto-me o quanto ele ouviu de nossa conversa, mas logo tenho a resposta para essa pergunta, porque quando passo por Kit ele segura a minha mão e a aperta.

NÃO DEMORA MUITO PARA QUE DELLA SE LEMBRE DE QUE nossa amizade não ia tão bem. Isso acontece quando Kit e a médica lhe contam sobre Annie e sobre a cirurgia de retirada do útero. Eu me apoio na parede num canto do quarto, com a cabeça baixa e as mãos entrelaçadas na altura da cintura. Jamais me senti tão exposta, nem me odiei tanto. Percebo que Della olha para a médica e depois para Kit, e então concentra a sua atenção em mim. Enquanto ela definhava nesse quarto de hospital, eu abraçava e ninava seu bebê, alimentava e dava amor a Annie. Só resta a Della o ressentimento. Mas estou pronta para suportar isso, e não a culpo.

— Onde está a minha bebê? — ela pergunta, e há medo em sua voz.

— Eles já estão vindo para cá com ela — Kit responde gentilmente.

Ela começa a chorar, e chora desesperadamente. Não consigo suportar. Saio do quarto e desço as escadas. No saguão, quase me choco com a mãe de Della, que está carregando Annie na direção do elevador. Annie sorri assim que me vê, e começa a balançar as perninhas no ar. Não posso lidar com isso agora. Sorrio com discrição para a mãe de Della e sigo na direção oposta. Ela é a minha Annie, mas não é a minha Annie.

KIT CHEGA EM CASA POR VOLTA DE DEZ HORAS. ELE NÃO TRAZ a bebê consigo.

— Ela vai ficar com a avó esta noite — ele me diz. — Eu precisava ter a chance de conversar com você.

Afundo no sofá, sentando-me sobre as minhas pernas. Estou preparada. Com o coração blindado. Kit se encosta à parede, cruzando os braços na altura do peito. Ele não olha para mim, o que nunca é um bom sinal.

— Você não precisa me dar nenhuma explicação, Kit. Está tudo bem. Eu estava verificando horários de voo antes de você chegar.

Todo o meu medo se transforma em raiva. Por que diabos fui fazer isso? Por que ele me deixou fazer isso? Eu planejava vir apenas para ver Della, ficar alguns poucos dias e depois ir embora. Era o que eu deveria ter feito. Agora conheço cada curva do rosto daquela garotinha, e jamais vou conseguir esquecê-lo.

— Do que você está falando, Helena?

— Da minha partida — respondo com impertinência. — Agora que Della despertou.

Kit olha para o chão e balança a cabeça numa negativa.

— Helena, eu não ia lhe dizer nada disso. Na verdade, ia lhe pedir para ficar. Pelo menos por mais algum tempo. Até que Della possa se recuperar o suficiente. Sei que não é nem um pouco justo, mas resolvi lhe pedir mesmo assim.

Por essa eu não esperava. Estou absolutamente surpresa. Abro a boca para falar, mas a fecho em seguida. Antes de Kit entrar em casa, eu estava na minha segunda dose de vodca. Só vodca, vodca pura, não misturada com qualquer outra coisa. Agora pago o preço por ter feito isso, cheia de pensamentos inúteis que não param de girar na minha cabeça.

— Mas para que você precisa de mim agora?

— Só quero que fique. Sei que é pedir demais,mas estou pedindo.

Olho para os lados, procurando o meu copo de vodca. Será que sobrou alguma coisa? Talvez só tenham restado cubos de gelo, derretendo ao léu.

— Ela não me quer aqui, Kit. Eu vi isso no rosto dela.

— Ahhh, Helena. Você está enganada. Ela acabou de acordar de um coma e se lembrou de que teve um bebê. E tivemos de contar que ela nunca mais poderá ter outro.

Cubro o rosto com as mãos. Ainda bem que eu não estava lá para testemunhar essa parte.

— Sabe... — eu digo. — Às vezes você me surpreende. De verdade.

Os lábios de Kit se contraem, e ele olha para mim com expressão séria.

— Você parece ver tudo e não ver absolutamente nada.

Eu me levanto sem pressa. Quero que ele perceba que não estou muito satisfeita com a situação. Estou vestindo uma calça de couro que Della havia separado para doar. Elas fazem um barulho quando eu me movimento e atravesso a sala na direção dele. Kit fica tenso, e eu me divirto com isso, bancando a imprevisível.

— Vou ficar por causa de Annie — digo, e então passo por ele e vou para o meu quarto.

A VIDA ESTÁ EM CONSTANTE MUDANÇA, COMO AS ESTAÇÕES. É

imprevisível na maior parte do tempo. Feliz. Infeliz. Satisfatória. Tediosa. Desordena toda a ordem, e então muda mais uma vez. Aprendi que a verdadeira transformação deve vir de dentro para fora. Cruzar o país para ampliar a visão. Transformar o coração e a mente para conquistar sanidade. Mas o principal é se revoltar quando a estação muda. Revoltar-se, nem que seja para aplacar a sua sede.

CAPÍTULO 39

#casaljuntinho

AGORA NUMA CADEIRA DE RODAS, COM AS MÃOS NO COLO E curvadas para dentro, Della parece não ter energia para nada. Ela me diz que está particularmente revoltada com suas mãos, porque não consegue segurar Annie com elas. E eu também tenho de ouvi-la reclamar por ficar presa a uma cadeira de rodas o dia inteiro, pois suas pernas ainda estão muito debilitadas. E ela nunca havia mencionado as contusões que vão da sua barriga até a altura dos joelhos — hematomas feios, de uma coloração roxa. Mas as mãos dela...

Em duas oportunidades, eu a flagrei sentando-se em cima das próprias mãos, tentando usar o peso do corpo para endireitar os dedos. Quando percebeu que isso não funcionaria, ela caiu num choro tão descontrolado que começou a engasgar e até a sufocar. Quase liguei para Kit, que estava trabalhando, para pedir que voltasse para casa a fim de acalmá-la. Mais tarde, ouvi Della falando sobre o assunto com sua enfermeira. Ela parecia embaraçada, mas bastante determinada.

— O corpo humano não é um pedaço de papel. Você não pode colocar um objeto pesado em cima dele e esperar que endireite. Tem que lhe dar tempo para se curar — a enfermeira lhe diz.

A dureza das palavras da mulher me impressiona, e tento fingir que não estou ouvindo. À noite, depois que Kit sai para trabalhar e eu me encarrego das tarefas, esfrego as mãos dela com óleo de sésamo. Sua pele está seca e quebradiça como madeira velha. Ela fecha os olhos e geme enquanto endireito os seus dedos, massageando as juntas e puxando-as com delicadeza, tentando fazer com que voltem ao normal.

Mas não é apenas o corpo dela que está diferente; seu estado de espírito mudou também. A Della vibrante, a garota otimista, líder de torcida entusiasmada, para quem o mundo todo era sempre cor-de-rosa

— essa Della se foi. Agora ela é uma garota sombria. Uma garota derrotada. Tristes e inexpressivos, seus olhos, antes reluzentes, agora só expressam tédio. Kit e eu conversamos discretamente sobre esse assunto à noite, e tentamos pensar em algum modo de ajudá-la a voltar ao normal. Marco um horário para que o cabeleireiro dela venha lavar e aparar seu cabelo. No início, ela se mostra excitada; porém, depois de algumas horas, ela muda de ideia. Kit se esforça para convencê-la de que isso só lhe fará bem. E por fim a convence. No dia combinado para que Joe venha atendê-la em casa, Della está mais quieta do que o habitual. Quando pergunto se ela quer segurar Annie, ela faz que não com a cabeça. Joe aparece antes do horário combinado, trazendo para Della um café e um buquê de peônias cor-de-rosa. Eu o abraço, e faço uma careta quando ele pergunta como ela está.

— Vou cuidar bem da Boo Boo — ele diz.

Joe Bae é hétero; gostaríamos que ele fosse gay, mas ele é completamente hétero. Ele sempre teve uma queda por Della, e é por esse motivo que aceita vir atendê-la em casa. Hoje agradeço ao céu por sua heterossexualidade.

— Jogue todo o seu charme, não economize — sussurro para ele. — Veja se consegue fazê-la sorrir.

Joe pisca para mim e vai até ela para dar início ao trabalho. Tudo corre perfeitamente bem durante os primeiros vinte minutos, até que Della espia seu reflexo no espelho. Ela começa a chorar, e pede que Joe cubra o espelho com uma toalha. Ela implora a Joe para cortar seu cabelo bem curto. E quando eu me oponho à ideia e tento argumentar, Della me pede para sair do quarto. Joe olha para mim com preocupação quando estou fechando a porta. Ele não sabe o que fazer. Quando o serviço termina, uma hora mais tarde, Della aparece na sala com um corte de cabelo joãozinho. Começo a temer de verdade pela minha vida. Kit vai me matar. Joe me olha com uma cara de *não estrague tudo!*, e tento sorrir e ser positiva.

— Uau, que corte diferente! E é engraçado! Quer comer queijo cottage? Com suco de abacaxi?

— Não ligo para o que você pensa — Della diz contrariada. — Você não sentiu o cheiro do meu cabelo depois do que aconteceu...

Ela tem razão. Quando ela saiu do coma, foi sua mãe quem a banhou. Ela disse ao Kit e a mim que precisou usar três xampus para tirar o cheiro ruim do cabelo da filha.

Quando Kit chega em casa, voltando do trabalho, ele não mostra o menor sinal de aborrecimento ao ver o corte de cabelo de Della. Muito pelo contrário: ele sorri e passa a mão pelo cabelo curtíssimo dela como se fosse a coisa mais linda do mundo. Della abre um grande sorriso, e parece aliviada. Eu me refugio na cozinha e lavo as mesmas garrafas várias e várias vezes, até que ele vem ao meu encontro. Espero vê-lo zangado, mas ele começa a falar em jantar.

— Você não está zangado comigo? — pergunto. — Por deixá-la cortar o cabelo todo desse jeito?

— Não. — Ele acende os queimadores do fogão. Está com uma rosquinha doce na boca. — Ela está feliz. Se ela está feliz, também estou feliz.

— Certo — eu digo.

— Legal. Ei, quer um pedaço de rosquinha?

DUAS VEZES POR DIA, PREPARO PARA DELLA SUCOS CHEIOS DE promessas. Encontro muitas informações em sites na internet: frutas poderosas que podem fazer sua pele brilhar; vegetais que farão o seu cabelo crescer. Sementes de linhaça e Ômega-3 acabarão com o seu baixo astral. Beber os meus sucos mágicos é a única coisa que Della faz com entusiasmo. Ela suga com seu canudinho todo o conteúdo do copo, até a última gota, e então, quase imediatamente, levanta a mão para examinar o cabelo. Della sempre parece desapontada por um momento quando toca o cabelo muito curto, mas a determinação logo retorna aos seus olhos. Annie e eu observamos tudo isso com otimismo.

— Ela logo vai voltar ao normal — digo a Annie em nossa caminhada da tarde. — E então você vai conhecer a sua verdadeira mamãe.

Annie gorgoleja e morde o próprio pé, enquanto o vento balança de leve o seu cabelo enrolado. Eu me sinto culpada por dizer a Annie que a Della que ela conhece não é sua mãe de verdade. Talvez a real Della simplesmente seja a de agora, e não há nenhum problema nisso. A menina vai amar a mãe do mesmo jeito.

Em nossa caminhada seguinte, dou a Annie uma aula sobre a importância de aceitar as pessoas como elas são, e não tentar transformá-las naquilo que queremos que elas sejam. Annie chora durante todo o caminho de volta para casa, e eu lhe digo para não ser egoísta.

Della parece triste o tempo todo, menos quando Kit está em casa. E para ser bem honesta, eu também só não me sinto triste quando ele está aqui. Robusto, todo sorridente, ele chega trazendo flores, ou fraldas, ou comida quente e saborosa, e a satisfação toma conta dos nossos rostos. Ele entra pela porta, tira os sapatos e se anuncia em voz alta: "Estou em casa, crianças!", numa imitação bem ruim de Fred Flintstone. Quando ouve a voz do pai, Annie começa a agitar os braços e as pernas freneticamente e só para quando ele aparece para pegá-la no colo; e então ela perde o interesse por qualquer outra pessoa que não seja ele. Isso tudo me emociona, e me faz chorar — o fato de que eu sempre me sentirei como uma intrusa nesses momentos que são tão deles. Além disso, não posso negar que sinto ciúme, porque jamais vou protagonizar esses momentos. Não com Kit e Annie, de qualquer maneira. Eles não são meus. Tenho ódio do sonho que me fez acreditar que poderiam ser meus. Estou perdida nesses péssimos pensamentos quando Kit põe uma música para tocar. Com a música invadindo todo o ambiente, e depois de ser recebido por sua família — quase toda —, ele vai à cozinha para preparar o jantar, segurando Annie em um braço enquanto trabalha com o outro. Vejo-o espalhar alguma coisa verde em uma panela e voltar a tampá-la.

Esta noite tento não observá-lo enquanto ele canta para Annie. Ela fica tão pequena nos braços dele, tão sossegada. Como eu queria estar no lugar de Della.

— ALGUMAS VEZES VOCÊ PARECE BEM ESTRESSADO QUANDO está olhando para Annie — comento com Kit enquanto lavamos a louça do jantar.

Ele ri, sem tirar os olhos da água. Não sei ao certo por que ele lava a louça dessa maneira quando poderia usar a lavadora. Talvez porque assim podemos passar um pouco mais de tempo juntos na cozinha.

— Sabe, começo a achar que você daria uma ótima detetive.

— Sério? O que passa pela sua cabeça quando você olha Annie desse jeito?

Ele me entrega um prato sem olhar para mim.

— Não sei. Há uma coisa que me preocupa bastante: como vou proteger a minha filha.

— Proteger de quê? De caras como você?

Ele olha para mim.

— Acho que sim. Sei o que se passa na cabeça dos homens. Estou sondando escolas só para garotas.

Dou uma risada sarcástica enquanto guardo o prato no armário.

— Se você educá-la direito, não vai ser fácil para os garotos darem em cima dela — digo em tom irreverente.

— É fácil dar em cima de você? — Ele desliga o som e se volta para olhar para mim, apoiando-se na pia.

— Sei lá. Acho que não. Só tive um namorado firme, e levei anos para conseguir confiar nele o bastante para querer namorar.

— Posso concluir então que você não entrega o seu coração com tanta facilidade?

— Quem falou em entregar o coração? — Evito o olhar dele. Não sei bem aonde ele quer chegar com essa conversa, e não gosto muito de falar sobre mim mesma. Sinto-me como se estivesse numa consulta com um ginecologista.

— Quer dizer então que você não estava apaixonada pelo Neil?

Eu me inclino contra a bancada do lado oposto e enxugo as mãos num pano de prato. Deveria ser fácil responder essa pergunta, principalmente porque a ruminei em minha mente centenas de vezes.

— A nossa separação não foi nenhuma tragédia para mim. Já vi amigos meus passarem por experiências parecidas, mas não me senti devastada e nem nada disso. Foi doloroso, foi triste, mas não foi como se eu tivesse perdido o amor da minha vida. É que... sabe como é...

Minha boca está seca. Pego um copo no armário, mas Kit está bloqueando a pia. Com um sorriso maroto na boca, ele estende a mão, e eu lhe entrego o copo. Em vez de enchê-lo com água, ele abre o armário de bebidas e pega uma garrafa de tequila.

— Pensei que você só gostasse mesmo de vinhos — digo.

Ele me ignora, retira a tampa da garrafa, despeja uma dose num copo e toma num só gole. Posso sentir o gosto da bebida, mesmo que esteja na boca de Kit. Suas bochechas produzem um pequeno estalo depois que ele engole.

— Ele não era o amor da sua vida — Kit diz, despejando outra dose e me passando o copo.

— Não me diga! Quanto tempo você passou com a gente? Alguns dias, se tanto? E conseguiu nos conhecer tão bem a ponto de chegar a essa conclusão?

Quando Kit está imerso nos próprios pensamentos, ele encara o outro com os olhos vidrados. É como se ele estivesse tentando encontrar a si mesmo nos olhos da pessoa em sua frente. Já o vi causar constrangimento nas pessoas olhando-as assim. Tomo a minha bebida apenas para poder desviar o olhar.

— Conheço você — ele responde tranquilo.

Conheço você. Nós já caminhamos juntos nas ruas de um sonho...

— Quê? Não. O que você sabe sobre mim?

Pressiono a palma da mão contra a minha boca para conter uma risada. A tequila não pode ter agido tão rápido assim. Devo estar sob efeito de alguma outra coisa.

A janela da cozinha está bem atrás de Kit. Posso ver carros passando, e suas luzes o iluminam sempre que passam. Eu então me dou conta de que em algum momento, durante a nossa de tarefa de lavar a louça, a noite caiu. Esquecemo-nos de acender as luzes, e não fazemos nenhum movimento para cuidar disso agora, embora a coisa mais correta a se fazer seja acendê-las.

— Acho que apaixonar-se é difícil para você porque você gosta de ter controle da situação, e não se pode controlar o que outra pessoa faz ou pensa. Então, você não dá muita chance ao outro, e acaba escondendo o jogo.

Eu daria um suspiro de indignação se não houvesse a possibilidade de ele estar certo. Será que ele está? E outra, um suspiro indignado é coisa de mocinhas, e eu sou uma mulher forte e independente.

— Quem sabe? — respondo. — Se eu pudesse contar com mais alguma coisa além do amor...

— Como o quê? Como um sonho, por exemplo?

Fico tão quieta que chego a ouvir o som da minha própria respiração. O ruído do motor da geladeira, o barulho de uma moto passando. Apanho o copo para beber mais uma dose. Ouço o tilintar da garrafa tocando a borda do copo enquanto ele o enche, sem tirar os olhos dos meus.

— Alguma vez você já teve um sonho assim? — pergunto, lambendo a tequila dos lábios. — Tão real que você não conseguiu mais esquecer?

Vejo um brilho estranho passar pelos olhos de Kit.

— Sim, claro — ele responde.

Estou a ponto de perguntar o inevitável que sonho foi esse?, quando ouvimos Della chamando do quarto. Ela raramente dorme sem ter certeza de que Kit está ocupando seu devido lugar na cama. Quase todas as noites, ele reclama de que não está com sono.

— Hora de ir dormir. Já para a cama — digo sarcástica.

— Odeio você. — Ele faz uma careta. — Vai ficar acordada assintindo àqueles programas idiotas?

— Aqueles programas idiotas que você vê comigo depois de escapulir da sua cama escondido? Sim.

Ele finge que está bravo, e então ri.

— É melhor você ir logo. A patroa acabou de solicitar a sua presença.

Kit bebe mais uma dose antes de se retirar. Quando chega à porta da cozinha, ele se volta para mim mais uma vez.

— Quero que ela seja como você, Helena.

— Quê? — Estou concentrada em terminar as tarefas na cozinha. Olho para ele distraída.

— Minha filha — ele diz. — Quero que ela seja como você.

Sinto várias coisas ao mesmo tempo, mas a principal delas é dor. Ainda posso ver Brandi em meus pensamentos, mas mesmo assim eu não faria absolutamente nada para mudar a existência de Annie.

— Então você deveria ter tido Annie comigo, Kit.

Ele me fita imóvel. Depois seus olhos se abrem e se fecham uma, duas vezes. E então ele se vai.

Guardo a garrafa de tequila e lavo o copo na pia antes de guardá-lo no armário, para apagar todas as evidências da nossa travessura.

CAPÍTULO 40

KIT CONCLUI O SEU MESTRADO E NÃO ME DIZ NADA, E SÓ TOMO conhecimento disso porque seus pais lhe enviam um cartão que acabo encontrando por acaso no lixo, debaixo de uma caixa de ovos. "Parabéns, filho!"

— Por que você não me contou? — pergunto a ele, brandindo o cartão na mão.

O cartão está manchado com gema de ovo. Noto o tom acusatório na minha voz, e então me refreio. Não quero parecer uma esposa chata.

Ele olha para mim enquanto prepara alguma coisa numa caçarola e abre um sorriso.

— Aconteceram tantas coisas que eu simplesmente me esqueci disso.

— Ah, não fale como se não fosse nada de mais. É uma grande realização.

— Só que se tornou meio insignificante diante de todos os problemas.

— Não mesmo — insisto. — É algo que merece comemoração, e um motivo de alegria em meio a tantas coisas ruins.

— Pare de falar, coração solitário, e me passe a páprica.

Faz muito tempo que ele não me chama assim. Isso me deixa toda arrepiada.

— Eu não tinha papel de embrulho, me desculpe. — Empurro uma embalagem em cima da bancada. Ele para de lidar com a caçarola e olha primeiro para a embalagem e depois para mim.

— Você embrulhou isso em uma fralda?

Faço que sim com a cabeça. Kit ri e seca as mãos no pano de prato. Ele se encosta ao fogão e pega o embrulho de fralda na mão, examinando-o com atenção.

— Já vem com a fita para ser fechada — ele diz.

— É mesmo uma ideia genial.

Enquanto retira os adesivos da fralda, ele mantém os olhos em mim, quase me enlouquecendo com seu sorrisinho malicioso. Conheço esse sorriso. Noites de caminhada por Port Townsend, levando uma garrafa de vinho na mão. O nariz dele estava sempre vermelho devido ao frio... sorrindo, sorrindo. Esta noite estou na cozinha com o Kit de Port Townsend. Nos últimos tempos, só vi o Kit papai ou o Kit noivo preocupado. Esta noite, porém, ele está agindo como o meu Kit. E eu estava morrendo de saudade dele.

Kit abre a embalagem e encontra três coisas dentro dela: um lápis de cor azul, uma rolha de vinho e um caderno de desenho. Ele não olha para mim como quem não entendeu nada. Não há confusão em seu olhar. Kit mostra surpresa ao tocar cada um dos objetos. Depois, ele deixa de lado o lápis e a rolha, e abre o caderno. Eu o observo com atenção, com o coração aos saltos.

— Você fez isso, Helena?

— Pois é — respondo baixinho. — Você se lembra do li...

— Do livro que eu lhe dei de presente — ele completa a minha frase.
— Sim, eu me lembro.

Ele faz que sim com a cabeça, e continua balançando a cabeça, como se não percebesse o que está fazendo.

— Você desenhou isso para mim. — A voz dele se torna áspera devido à emoção. E eu desvio o olhar.

As imagens formam uma história, e foram desenhadas com tinta. Levei meses para terminar esse trabalho. Com essas imagens contei a história do sonho, e foi doloroso para mim fazer isso.

— Helena...

— Quero que você saiba de uma coisa: seja qual for a sua formação, o seu emprego, sejam quais forem as escolhas que você faça, você mudou a minha vida. Existe alguma coisa em você que influencia as pessoas e as faz mudar de vida.

Não fico para ouvir o que ele tem a dizer.

QUANDO ANNIE COMPLETOU CINCO MESES DE IDADE, DELLA conseguiu dar os seus primeiros passos após seu grave revés. Foram apenas cinco passos muito vacilantes, mas um grande progresso em sua recuperação. Enquanto sua mãe cambaleava sobre o piso de madeira, Annie a observava, instalada em seu cobertor no chão. Na mesma manhã em que isso aconteceu, Annie conseguiu rolar o corpinho de um lado para o outro pela primeira vez. Por sorte, Kit, Della e eu estávamos na sala, e nossa reação foi tão barulhenta e espontânea que Annie começou a chorar, amedrontada.

Agora, posicionadas em um canto da sala, a filha e a melhor amiga observam enquanto a terapeuta de Della a encoraja a dar mais passos. A princípio, acho que ela vai acabar caindo; suas pernas estão tão fracas e finas que não parecem ser capazes de suportar coisa nenhuma, nem mesmo a mais leve. Mas ela consegue atravessar a sala, com uma expressão de triunfo estampada no rosto. Foi impressão minha ou ela me lançou um olhar vitorioso? O cabelo dela chega à altura das orelhas agora, e ela recuperou apenas um pouco do peso que perdeu. Della parece muito melhor. Gosto de pensar que a minha presença aqui está ajudando em sua recuperação — e está mesmo, em vários aspectos —, mas a verdade é que Della não me quer aqui. É por isso que ela está tão empenhada em melhorar. Se dependesse de mim eu já teria ido embora, mas Kit conseguiu emprego em uma agência de marketing, e não há ninguém para tomar conta de Annie durante o dia.

E não demora para que Della insinue que seria melhor se eu partisse e fosse cuidar da minha própria vida, mas Kit se opõe à ideia.

— Annie conhece a Helena — ele argumenta. — Não quero que um estranho qualquer venha tomar conta da nossa filha.

Kit diz isso com tanta convicção que nenhuma de nós se atreve a discutir. Mais tarde, quando Della está dando um banho em Annie, encurralo Kit do lado de fora da casa, no momento em que ele leva o lixo.

— Eu preciso ir, Kit. Ela já está quase curada.

Percebo que algo o incomoda, mas ele não me responde de imediato, e para disfarçar olha para um carro que passa na rua.

— Helena, eu sei que mais cedo ou mais tarde você vai ter de voltar a cuidar da sua própria vida. Sei bem disso. Mas fique só mais algum tempo. Por favor, fique.

Não sei bem como agir, e respondo com certa impaciência.

— Por que você insiste nisso? Ela não me quer aqui.

— Eu sei — ele diz. E em seguida repete o seu bordão: — Mas eu quero você aqui.

O que dizer diante disso?

— Annie ama você — ele argumenta, como se fosse justificativa suficiente.

— Sim — respondo com delicadeza. — E eu amo a Annie. Mas não sou a mãe da menina. Della é. E não sou a sua namorada. Della é. Não posso ficar aqui brincando de casinha com você. Isso está me fazendo mal. Ir embora vai me fazer sofrer. Eu só queria dar um jeito nessa situação de uma vez por todas.

Eu não tinha a intenção de dizer essas coisas, mas de certa maneira me sinto aliviada por ter feito isso. Kit se vira subitamente e fica de costas para mim, com o rosto voltado para a rua. Põe as duas mãos na cabeça e agarra o cabelo com força. Não posso ver sua expressão, mas posso perceber que ele está tenso.

Ao se voltar outra vez para mim, ele está zangado. Já vi muitos sentimentos nos olhos de Kit — sentimentos de medo, de espanto, de prazer. Mas nunca havia visto raiva nos olhos dele. As íris dos olhos dele se tornam ardentes, intensas e cheias de cor. Elas me fitam como se eu fosse um alvo, e disparam flechas de fúria entre uma e outra piscada. Dou um passo para trás.

— E para onde você vai? — ele diz. — Para a minha cidade natal? Para a fábrica de conservas de Greer? Aliás, por que você foi para lá, Helena? Pode me dizer por quê?

Passo a mão pelo meu cabelo, alisando-o.

— Claro, Kit. Vou lhe dizer o porquê. Fui viver em Port Townsend porque me apaixonei pelo namorado da minha melhor amiga. Quis ficar o mais longe possível de vocês dois, e ao mesmo tempo o mais perto de você que eu pudesse. Isso faz algum sentido? Ou parece uma grande loucura? — Ele não diz nada, apenas pisca sem parar, e eu continuo.

— Porque aos meus ouvidos, quando digo isso a mim mesma, parece loucura. E aqui estou eu, tomando conta da sua bebê, louca de amor por ela, que aliás é muito melhor do que vocês dois. Sua namorada é uma narcisista estúpida, e você é covarde e incapaz de tomar uma decisão. Parabéns por gerarem um pequeno ser humano que é perfeito. E agora vou para casa, vou voltar para Washington, que você deixou para trás e que eu adotei. E você fica aqui, com a mulher que escolheu. E vou continuar amando vocês, mesmo que não passem de dois idiotas. Mas já vou avisando, Kit: cuide bem da minha garotinha. Se você ferrar com ela, vou ferrar com você em dobro. É isso. Agora tire o seu carro da garagem, porque estou indo embora.

E espero ansiosa que ele faça o que pedi. Com as mãos na cintura, eu espero. Depois de tudo, estou furiosa, e falando aos gritos — dando total vazão à megera indomável que há em mim. Mas Kit não se move. *Ah, seu filho da puta.* A Flórida só serve para encrespar o meu cabelo e me deixar doida. Preciso dar o fora daqui.

— Quanto tempo você pretende ficar parado aí, com o seu lindo cabelo ao vento? Diga alguma coisa! — eu o repreendo.

Kit está olhando para um ponto atrás do meu ombro.

— Meu Deus! — murmuro, fechando os olhos.

Claro que isso acabaria acontecendo. Claro. Eu me viro para encarar a pessoa que um dia foi a minha melhor amiga. Que era minha melhor amiga até cinco meses atrás, ou cinco segundos atrás. Eu nem mesmo sei ao certo. Ela está apoiada na lateral do carro de Kit, muito arfante. Della deve ter feito um esforço inimaginável para vir até aqui fora por conta própria. Meu primeiro impulso é ir até ela e ajudá-la a voltar para dentro, mas a expressão em seu rosto me faz ficar onde estou. Cria-se um impasse, e ninguém sabe o que fazer para quebrar o silêncio. *Devia ter sido comigo,* eu penso. *Eu é que devia estar toda fodida desse jeito.*

Tomo um susto quando Kit corre até ela. Ela deixa que Kit a segure, mas não tira os olhos de mim. Posso ver a traição, a dor. Eu me sinto acabada.

— Della... — meus lábios articulam seu nome tarde demais; os dois já estão dentro de casa. Não sei o que fazer. Por que fui me meter nessa situação? Jamais deveria ter voltado para cá.

Kit sai da casa poucos minutos depois, de cabeça baixa e com as mãos enfiadas nos bolsos.

— Ela quer falar com você, Helena. Está esperando na sala.

Faço que sim com a cabeça.

— Sinto muito por tudo isso, Kit. Eu não devia ter feito...

— Não — ele me interrompe. — Na verdade você devia, sim. Apenas vá até lá e converse com a Della. Preciso caminhar um pouco.

Kit passa por mim e segue na direção da rua. Eu me sinto aflita e enjoada. Acabei de confessar que estou apaixonada pelo homem da minha melhor amiga. Em voz alta. Para ele, e — sem querer — para ela também.

Caminho para dentro sem pressa. Essa situação toda já está se desenhando há meses. Eu sabia que esse momento chegaria, mas mesmo assim me sinto completamente despreparada. Quando entro, Della está sentada em sua poltrona como uma rainha. Ela sempre me fez sentir pequena, e estou cansada disso. Ela não olha para mim. Ninguém quer olhar para mim. É assim que a verdade funciona. Se você evita olhar para ela, pode fingir que ela não está bem na sua cara.

— Você nem é tão bonita quanto eu.

Essa é a primeira coisa que ela me diz.

— Não posso acreditar que você acabou de me dizer isso, Della. Pode repetir? Eu só quero confirmar quão filha da puta você é.

— Você veio até aqui para roubar minha família de mim.

Balanço a cabeça para negar as palavras dela. Mas balanço devagar, porque estou tentando lidar mentalmente com o fato de que minha melhor amiga, que conheço há tantos anos, acabou de me dizer que eu não sou tão bonita quanto ela, e em seguida me atacou com acusações insanas.

— Viajei até aqui para ajudar você. Para tomar conta de Annie até que você melhorasse.

— Você não passa de uma mentirosa — ela diz. — Eu vejo como você se comporta perto de Kit. Você veio para cá esperando que alguma coisa acontecesse comigo, para que você pudesse ter Kit e Annie só pra você! Mas não vou deixar que você leve a minha família de mim. Ela é a minha bebê, e não quero você perto dela. Entendeu bem?

Com vinte e cinco anos de idade, eu deveria saber o que é sentir dor. Mas eu estava enganada. Com uma única frase cruel, Della acaba de tirar

Annie de mim, e a tristeza me atinge com tanta força que eu logo sinto minhas pernas bambearem e caio sentada no sofá. Foi por causa de Annie que o meu coração conheceu a delicadeza. Antes de ela aparecer na minha vida, meu coração só se ocupava das coisas que eram importantes para mim; mas ele me deixou de lado para dar preferência a Annie. Agora, meu coração dói como se estivesse sendo esmagado por um punho imenso, uma dor tão forte que chego a pôr a palma da mão no peito, aflita. Não há nada que eu possa fazer para que Della mude de ideia. E quem poderia culpá-la? Ainda hoje pela manhã, Annie chorou e se contorceu porque queria sair dos braços da mãe e vir para os meus. Eu não tenho esse direito. Não tenho razão para me revoltar. Sou eu a filha da puta, não Della.

— Quero que você vá embora da minha casa ainda esta noite. — Quando ela começa a deixar a sala, o monitor sobre a mesa avisa que Annie está acordando. — Kit é meu, Helena.

E então ela se vai.

CAPÍTULO 41

#vaiterquesedeitarnela

NÃO TENHO MUITA BAGAGEM, POR ISSO LEVO APENAS ALGUNS minutos para recolher as minhas coisas e enfiá-las na mochila. Há um voo partindo em duas horas, então preciso me apressar. Envio uma mensagem de texto para Greer e pergunto se ela pode me apanhar no aeroporto. É um percurso longo para ela, mas não sei mais a quem recorrer.

Greer me envia a resposta imediatamente:

Graças a Deus você vai voltar. Vou estar lá esperando.

Deixo as chaves do carro de Della sobre o aparador, junto com as cópias das chaves da casa, e saio para chamar um táxi. Kit está encostado ao seu carro.

— Você não precisa ir embora esta noite — ele diz com calma.

— Não foi o que Della disse. — Minha garganta está queimando, e os meus olhos estão queimando. Tudo o que sinto é humilhação e desânimo. Faz só dois minutos que saí de dentro da casa e já fui picada por mosquitos cinco vezes.

— Ela não quis dizer isso — Kit argumenta. — A Della quase morreu, Helena. Ela está presa a uma cadeira de rodas faz cinco meses.

— Não seja burro — respondo sem vacilar. — Ela está defendendo o que lhe pertence. Ela quis dizer exatamente o que disse. Eu teria feito o mesmo no lugar dela. Você não pode minimizar o que acabou de acontecer. Está tudo acabado.

— Você está certa, Helena.

Pela expressão em seu rosto, percebo que ele está preparando uma reação. Posso ver a luz da determinação nos olhos dele, e sei que o que ele dirá a seguir vai ser difícil de ouvir.

— Não vá ainda — ele diz. — Nós podemos fazer isso dar certo. Apenas me dê algum tempo para que eu explique a situação a ela.

— Não. Ela precisa de você. Você a escolheu. Seu lugar é ao lado dela. Eu estou bem. — Essas palavras saem da minha boca como se tivessem vida própria. Mentiras e desculpas.

— A Della não vai precisar de mim para sempre. Ela não precisa ficar com um cara que ama outra mulher. Cometi um erro. Você é a mulher que eu quero, Helena. Você é a mulher que eu sempre procurei. Eu devia ter dito a verdade a Della.

Isso dói terrivelmente. Não é justo fazer uma pessoa arder por você e depois tentar apagar as chamas despejando sobre ela as coisas que você devia ter feito e não fez. Esse arrependimento não é água, mas sim gasolina pura. Tenho de fazê-lo parar. Isso é loucura.

— Annie — digo de forma branda. E a menção desse nome cai pesadamente sobre nós.

Os lábios dele se contraem numa expressão de desgosto, e ele balança a cabeça de um lado para o outro. *Fui dura demais envolvendo Annie na nossa discussão.* Mas foi necessário. Ela é tudo o que importa.

— Ela é minha filha e isso não tem nada a ver com a pessoa que o meu coração vai escolher amar. Que tipo de mensagem vou passar à menina se eu escolher não ser feliz?

É cruel, mas tenho de dizer:

— Você mesmo preparou a sua cama, Kit. Agora tem que se deitar nela.

Ele abre a porta do passageiro de seu carro.

— Entre, Helena.

Tento argumentar, mas acabo cedendo, pois me dou conta de que a minha energia se esgotou. Sento no banco do passageiro, ponho a mochila no meu colo e a abraço.

— Kit... eu não pude dizer adeus a Annie.

Tento falar de modo tranquilo, mas quando menciono o nome da bebê a aflição se estampa na minha voz. Kit faz que sim com a cabeça, e então se dirige a passos largos para a casa. Eu não esperava que ele fizesse isso. Não vejo a menor possibilidade de que Della permita isso, mas poucos minutos depois ele sai pela porta carregando Annie nos braços, toda suja de papinha de batata-doce. Abro um sorriso. Ele me entrega a bebê, e eu a coloco de pé sobre as minhas pernas, segurando suas mãos. Posso

238

sentir Della fervendo de raiva atrás das suas cortinas de popeline. Isso provavelmente vai causar uma briga entre eles. E eu me sinto mal por causa disso.

— Amo você, Annie — digo à menina. Com seus joelhos gorduchos, ela balança de um lado para o outro, tentando se manter em pé. O vento sopra de leve sobre os tufinhos do seu cabelo enrolado enquanto ela olha com curiosidade para as coisas a sua volta. Beijo as bochechas dela, que estão cobertas de papinha, e ela sorri e agarra o meu cabelo, puxando-o com força. — Seja boa e gentil — eu continuo —, por mais linda que você se torne quando crescer.

Eu a devolvo ao pai, e levo a palma da mão à boca para reprimir o choro. Abalado, Kit carrega Annie de volta para dentro da casa. Quando ele retorna, vejo que a camisa dele, na parte da frente e ao longo das mangas, está toda suja de batata-doce.

— Ela conquistou a gente completamente — comento, prendendo o meu cabelo. Ele ri alto, e isso serve para diminuir a tensão entre nós.

Kit só volta a me dirigir a palavra quando entramos no aeroporto.

— Helena...

— Você não precisa me dizer nada — eu me adianto. — De verdade. Está tudo bem. — Amasso a minha passagem, dobrando-a e desdobrando-a sem parar, fingindo buscar algo dentro da minha bolsa.

— Não, não está tudo bem. E pare de me dizer o que fazer.

Levanto as mãos num gesto de rendição.

— Certo, vá em frente — digo a ele. — Sou toda ouvidos, Kit Isley. — Ele me olha com espanto quando pronuncio seu nome assim, mas não ligo.

Paramos no meio do caminho para a fila de embarque. A minha mochila está no chão, aos meus pés. As pessoas precisam se desviar para passar por nós. Um casal de idosos nos olha feio ao passar.

— Vocês levam cinco minutos para tirar os sapatos e colocá-los na bandeja. Por que eu não posso atrapalhar um pouco de vez em quando? — digo a eles.

Kit cobre a boca com a mão para abafar uma risada e se vira de lado.

— O que foi? Por acaso eu disse alguma mentira?

Ele agarra o meu pulso e me puxa para longe da aglomeração.

— Não seja rude com as pessoas de mais idade — ele diz. — Eles não tinham nem forno de micro-ondas quando eram jovens, e isso é muito, muito triste.

— Olhe, isso não é minha culpa — respondo, séria. — Fomos obrigados a viver bastante tempo sem iPhone. Às vezes, a vida é dura.

Ele me agarra pelos ombros e me balança.

— Pare de fazer piada. Estou tentando falar sério.

— Tuuudo bem. — Coço a têmpora e olho para cima, para as luzes no teto. Faço de tudo para não olhar para ele. O hipócrita.

— Helena, eu sei que você odeia toda essa situação, mas tenha paciência e me escute só por um minuto. Há cinco meses, você voou para cá trazendo só a sua mochila. Você veio até nós quando precisamos da sua ajuda, e tomou conta da minha garotinha. Quando Annie está com você eu fico totalmente tranquilo. Para tomar conta dela confio em você mais do que em qualquer outra pessoa. Jamais vou me esquecer do que você fez.

— Não tem de quê — digo, arrastando os pés.

— Mas eu nem agradeci ainda, Helena.

— Não precisa se dar ao trabalho, Kit. Já está na minha hora, tenho que ir.

Pego a mochila e começo a andar até o fim da fila, mas Kit segura o meu pulso e me puxa de volta. De repente, eu me vejo rodopiando, cheia de graça e elegância, e aterrisso bem no peito dele com um *opa*.

Ele me envolve em um abraço tão apertado que por um momento mal consigo respirar. Fico rígida no início, com o rosto pressionado contra o ombro dele. Mas o fato é que ele está me abraçando, e preciso muito ser abraçada. Isso é demais para mim, e, de repente, começo a chorar. Não há surpresa nenhuma nisso, sou uma chorona mesmo. A surpresa é que Kit também está chorando. Por fim, eu retribuo o seu abraço, enquanto passam ao nosso redor as pessoas que não tinham micro-ondas e iPhone quando eram jovens. Antes de ir embora, ele encosta os lábios no meu ouvido.

— Obrigado, Helena. Eu amo você.

Então sinto os braços dele me soltarem, e no momento seguinte estou observando-o desaparecer na multidão. É um bom dia para sofrer. Tenho a impressão de que esse foi o jeito que Kit encontrou de dizer adeus para sempre. Eu poderia deixar as coisas assim. Aceitar o meu adeus e seguir meu caminho sem olhar para trás. Mas estou furiosa. Furiosa com as coisas que Della disse. Ela hoje determinou um valor pela minha cabeça e colocou uma etiqueta na minha testa com o seguinte preço: "não é tão bonita quanto eu"! Eu me pergunto há quanto tempo carrego comigo essa etiqueta. Será que todas as amigas dela são escolhidas por não serem tão bonitas quanto ela? Já nem me lembro mais por que nos tornamos melhores amigas. Ela era uma pessoa diferente? Ou será que eu estava cega todo esse tempo?

Embarco no avião e me espremo pelo corredor até chegar ao meu assento. Nunca me senti assim antes. Em geral engulo os meus sentimentos, lido com eles na privacidade da minha própria mente. Desperdicei cinco meses da minha vida para ajudar uma pessoa que disse que não sou tão bonita quanto ela. Que merda foi essa? Eu me jogo no meu assento, que fica bem no fundo do avião e faço uma *selfie*. Em todas as minhas *selfies* pareço chocada, triste, confusa ou insanamente feliz. Nesta *selfie*, porém, é a primeira vez que pareço furiosa. Ela fica bem ao lado de *Foda-se o Amor*. Então dou a ela o título *Foda-se a Melhor Amiga*. Se as coisas continuarem nesse ritmo, vou chegar ao fim do ano sem acreditar em mais nada. Exceto, talvez, em Greer — que está me esperando no aeroporto, vestindo uma saia tutu roxa e segurando um balão de unicórnio.

Eu a abraço com tanta força que ela grita. Então pego o meu balão, e, a partir desse momento, começo a planejar o meu futuro.

CAPÍTULO 42

#vroumostraraelesquesoubonita

FODA-SE O AMOR, FODA-SE A FLÓRIDA E FODA-SE KIT ISLEY E A sua namorada mais bonita que eu.

CAPÍTULO 43

#avidacomoelaé

GREER NÃO GOSTA DE DELLA. ELA ME DIZ ISSO QUANDO ESTA-mos no piso superior da balsa, bebendo suco de maçã em copos de papel e vendo o sol se pôr em gradações de rosa e roxo.

— Como ela teve coragem, Helena? E por que Kit ficaria com uma mulher assim? — Greer parece genuinamente indignada. Com observações ácidas e engraçadas a respeito de Kit e Della, ela está acabando com os dois, e quase me fazendo rir.

— Você nunca a conheceu — pondero. — Ela não é uma pessoa tão ruim assim.

— Sei, sei... mas quantas garotas que conhecemos são exatamente iguais a ela? Essa gente está por toda parte. Fazem até *reality shows* só com elas agora.

— É verdade — respondo. — Mas ela era a minha melhor amiga. Eu não a via dessa maneira.

— Enxergar não é o seu forte, Helena. Quase tudo passa batido por você. Você tem uma alma cega.

Despejo o meu suco no canal.

— Ei! O que você quer dizer com isso? — Tento não dar à minha voz um tom de mágoa, mas Greer me conhece bem. Ela massageia o meu pescoço como se pudesse fazer o insulto desaparecer.

— Tinha. Você *tinha* uma alma cega. Mas ela está despertando — para a arte, as pessoas... os homens.

— É? Mas é uma coisa meio dolorosa, sabe? — digo. — Como ser atirado na água gelada.

— É a natureza da verdade, Helena. O que há de engraçado em ser atirado na água gelada? É por isso que tanta gente vê tudo cor-de-rosa, assiste a comédias românticas e lê romances água com açúcar.

Olho de esguelha para Greer. Caramba, eu adoro comédias e romances.

— Se você é tão realista assim, por que se veste dessa maneira? — pergunto. — Você se veste como uma fada, usa a mesma cor todo santo dia.

— Eu me visto da maneira como gostaria que o mundo fosse. Estou expressando a minha fantasia de forma visual. Mas não estou me escondendo da realidade.

Sempre fico mal-humorada por alguns minutos depois que ela me mostra o sentido de alguma coisa. Não é justo que ela seja tão bonita e tão sábia. E se eu estivesse vestida do modo como quero que o mundo pareça, então o mundo teria um tom bem chato de bege. Estou vestindo um agasalho de moletom bege porque sou ridícula, e porque a minha alma tem deficiência visual.

— Mas eles não fazem isso de propósito.

— Quem? — pergunto.

O vento faz o cabelo dela tremular em movimentos rápidos. Fios prateados acabam se prendendo em seus lábios roxos. Ela ergue a mão e os retira com suas unhas cor de lavanda. Eu a ouço com atenção, e fico quase imóvel para não tirar a concentração dela.

— As pessoas que se negam a enxergar a verdade. Elas estão apenas tentando sobreviver.

Eu me distraio por um minuto, com o dedo encostado ao botão da câmera do meu celular.

— Quem pode sobreviver sem a verdade? — indago.

Greer dá de ombros, e a alça de sua blusa desliza pelo seu ombro esguio de maneira perfeita.

— Talvez as pessoas que tenham experimentado verdades demais na vida. Ou as que experimentaram muito pouco. Ou as pessoas que são superficiais demais para apreciar as possibilidades tremendas que a verdade traz.

Bato a fotografia, e então abaixo o meu celular para olhar nos olhos dela. Greer é a verdade. Neste exato momento, ela é a verdade para mim. A única pessoa que se importa o suficiente para me dizer que meus olhos ainda estão vendados. Dos três tipos de pessoas que ela mencionou, eu me incluiria entre as que são superficiais. Não tive doses nem cavalares nem pequenas de verdade. Minha infância transcorreu dentro dos

244

padrões da normalidade. Fui tão protegida de tudo que acabei virando uma chata do bege. O que aconteceu com o cor-de-rosa? Eu gostava do rosa na terceira série.

— Greer, tenho uma pergunta. Você ainda ama o Kit?

Não sei dizer de onde veio isso. Greer jamais me deu o menor motivo para que eu acreditasse que ela ainda sentia algo por Kit. Porém, quantas vezes ela já me disse que a arte brota de uma fonte de dor?

"Arte é o sangue que escorre de uma ferida. Você não pode estancá-lo, deixe que continue sangrando. Deixe sangrar até que você tenha sangue suficiente para pintar com ele."

Minha pergunta faz a expressão do rosto dela mudar. As sobrancelhas dela se movem, seus olhos perdem o brilho.

— A verdade, Greer.

Prendo a respiração. A resposta a essa pergunta é tão delicada que tenho receio de que o ar saia dos meus pulmões e a destrua. Ela olha para mim, segurando o cabelo com as duas mãos para que não caia no rosto. As tatuagens na parte interna dos seus braços ficam em destaque no contraste com a pele branca. "SEJA VOCÊ PRÓPRIO" em um braço, e "A SUA ARTE" no outro.

— Sim — ela diz por fim. — Ainda o amo.

Viro a cabeça e volto a olhar para o canal. Kit, o encantador de mulheres. Quantas mais ele havia seduzido? Garotas no trabalho, garotas na universidade? Dou risada da minha própria estupidez, mas o vento leva o som para longe.

— Que merda — eu digo, baixando a cabeça e segurando-a com as mãos. As coisas vão de mal a pior.

QUANDO VOLTAMOS AO CARRO DELA, CONTINUAMOS SEM dizer nada uma à outra. Depois que ela fez a revelação, a expressão do seu rosto se endureceu de uma maneira que eu nunca vi antes, e ainda não se suavizou. Sem ânimo, eu me sento no banco do passageiro. Minha boca está seca e sinto um peso no peito. O carro dela cheira a couro e a limão. Inalo esse aroma enquanto seguimos a fila de carros para fora da balsa. Eu me lembro das fotos que tirei, e começo a conferi-las no celular para me distrair. Há uma foto de Greer rodeada pelas luzes do pôr do sol. É tão vibrante. As luzes incidem sobre a parte de cima do seu ombro exposto, onde há um traço de tatuagem. Que imagem maravilhosa. Eu a posto no Instagram — porque é provavelmente uma das mais lindas fotos que já tirei — esperando que Kit a veja. *Veja só como você ficou. Toda púrpura!*

Escrevo como legenda as palavras da própria Greer. *Quem quer se esconder da verdade? Talvez as pessoas que tenham experimentado verdade demais na vida. Ou as que experimentaram muito pouco. Ou as pessoas que são superficiais demais para apreciar as possibilidades tremendas que a verdade traz.* #verdade

A viagem da balsa de Kingston até Port Townsend leva cerca de uma hora de carro, dependendo da velocidade. Durante esse intervalo, a fotografia de Greer recebe três mil curtidas, e o meu Instagram ganha mil novos seguidores. Dois blogs repostaram a foto e me deram o crédito; cada um dos blogs tem mais de trinta mil seguidores. Passo os olhos pelos comentários na foto, e chego a ficar envergonhada com as coisas que dizem a respeito de Greer e do misterioso fotógrafo. Kit, porém, não aparece entre as pessoas que curtiram. Mas ele curtiu outra foto minutos depois que postei a imagem da Greer, então sei que ele a viu.

— Uau — Greer diz ao abrir seu Instagram. — Essa é uma fotografia excelente.

— Tive sorte — respondo. — Nunca tirei uma foto tão linda assim.

Ela para o carro num estacionamento perto da fábrica de conservas.

— Bem, espero que essa seja a primeira de uma série de grandes fotos. Tenho certeza de que a próxima será ainda melhor.

FAÇO MENÇÃO DE ABRIR A MINHA PORTA DO CARRO, MAS Greer segura a minha mão e a aperta.

— Eu segui em frente com a minha vida, Helena — ela diz. — A gente pode amar alguém durante toda a sua vida sem nem saber por quê. A gente pode conviver com isso. Mas isso não muda a nossa amizade.

Um sorriso tenso se estampa no meu rosto.

— É claro que não muda. Mas isso porque ele não é meu. Se Kit fosse meu, você não se daria bem comigo.

— Não é verdade, Helena. Quero que ele seja feliz.

— É fácil dizer isso, mas a coisa muda de figura quando a pessoa que amamos encontra a felicidade ao lado de outro alguém. As garotas sempre escolhem os homens, e os homens sempre escolhem as garotas erradas. É um círculo vicioso. — Eu me pergunto se ela estava ajudando a si mesma ou me ajudando quando insistiu para que eu fosse ao casamento com ela.

Dessa vez, ela não tenta me deter quando eu saio do carro. A chata do bege também pode dizer coisas interessantes.

CAPÍTULO 44

#desconhecido

DEPOIS QUE O SEU CORAÇÃO É DESPEDAÇADO, O TRABALHO de reconstrução pela frente é grande. Por exemplo, você tem que reajustar as suas perspectivas. O que é importante agora que eu não tenho vontade de comer, beber, trabalhar, me divertir, amar, dormir, conversar e pensar? É a cura. Preciso me concentrar nas minúsculas e estúpidas coisas que me fazem feliz todos os dias. Como abrir a minha caixa de meias e tocar as peças uma por uma. Ou postar fotos lindamente depressivas de Port Townsend no Instagram, fotos que geram milhares de curtidas. De repente, começo a ser paga por empresas anunciantes para usar isso e postar aquilo. Sou apenas uma chata do bege com algo a dizer.

O vinho me alegra. Todas as noites bebo uma garrafa inteira e fico olhando para a minha parede favorita. Até gosto da sensação de acordar com dor de cabeça e com o estômago embrulhado em consequência da ressaca. Isso me dá a oportunidade de esquecer por um momento o meu coração melancólico e me preocupar com outra coisa. Meu humor muda a todo instante, e por isso começo a achar que estou ficando louca. Ontem, por exemplo, fiquei parada diante do canal, olhando para a água, e não pensei em me afogar. Tive orgulho de mim mesma. Porém, duas horas depois, eu estava segurando uma embalagem de veneno para rato e dizendo a mim mesma que aquilo parecia delicioso. Greer me diz que eu preciso resgatar o meu poder.

— Que poder? — pergunto.

Sua face se contrai, expressando concentração, e ela leva alguns segundos para responder.

— Mais ou menos como em *Piratas do Caribe*, quando Calypso...

Nunca conheci ninguém tão eficaz em produzir comparações com histórias da Disney. Eu entendi a mensagem. Acho que entendi. O importante é que me fez rir.

EU ME SINTO DIFERENTE. KIT ME MOSTROU ALGUMAS COISAS, E mantenho o foco nelas — nas coisas que aprendi, não nas coisas que não vivenciei. Percebi que as pessoas não olham você realmente nos olhos, porque os olhos delas estão voltados para outro lugar. Estão apontados para dentro delas próprias. Resolvi olhar nos olhos das pessoas para que elas saibam que as estou olhando. Kit me faz sentir assim — como alguém que não apenas olha como também enxerga. Quero ver as pessoas. Também percebi que, quanto mais você enxerga as pessoas, mais elas lhe confiam os segredos delas. Phyllis me diz que entregou um bebê para a adoção quando tinha quinze anos. Uma cliente da galeria me revela que coleciona pedras da cor dos olhos do ex-namorado, e que o marido dela pensa que seu jardim de pedras é apenas um produto da paixão dela por minerais. Uma estranha me diz que foi estuprada duas semanas atrás. E assim por diante. As pessoas sentem quando você se importa com elas. E agora, em meu novo posto como guardadora de segredos da cidade, percebo que Kit fez de mim uma pessoa melhor.

Contrastes são importantes na vida. Compreendemos a luz porque podemos compará-la com o que conhecemos como escuridão. O doce se torna ainda mais doce depois que comemos algo amargo. A mesma coisa acontece com a tristeza. E é importante experimentar a tristeza, e aceitá-la, para saber de verdade o que é a felicidade. A minha vida não tinha graça até ele chegar. Sim, talvez agora eu esteja sofrendo, mas não é isso mesmo que esperamos do amor? Que nos permita sentir, enfrentar, que nos faça olhar para nós mesmos com mais atenção?

Um mês depois da volta de Kit para a Flórida, um pacote chegou para mim na fábrica de conservas com o endereço dele como remetente no canto esquerdo superior. Eu o avaliei com as mãos, e deixei meus dedos explorarem o conteúdo através do envelope. Páginas. Páginas, páginas e mais páginas. Não o abri, porque sabia do que se tratava. Eram as palavras que ele queria dizer. As palavras que nós não tivemos tempo de dizer. Eu também levo essas palavras comigo. Não estava pronta. Carrego o pacote na minha bolsa de um lado para o outro, apenas para sentir seu peso em meu ombro. Não o abri. E até o ignorei. Tive medo de tocar aquelas páginas. Elas podiam contar uma história diferente daquela que eu esperava, a que eu acreditava existir com base na presença e na abordagem de Kit em Port Townsend.

CERTO DIA, POUCO DEPOIS DO NATAL, CAMINHO ATÉ UM BAR na Water Street — um bar chamado Sirens. Ainda há um enfeite natalino na parede do fundo do bar. Um lado dele se soltou da fita adesiva e ficou frouxo, pendendo no ar. Isso me deprime. Sento-me num dos bancos altos do balcão, peço uísque puro e volto as costas para o enfeite que se desmonta. O bartender desliza o copo na minha direção sem olhar para mim. *Está meio depressivo, amigo? É, cara, eu também.* Tomo um gole e fecho os olhos com força. Beber é um bom plano. Você engole milho fermentado na tentativa de ignorar por mais algum tempo a dor que o corrói por dentro. O líquido vai descer e fazer sua garganta arder mais do que o seu coração.

— Dia ruim? — É a voz de um homem, marcante e profunda. Ele está sentado bem diante de mim, do outro lado do balcão. Está na parte mais escura, e por isso é difícil enxergá-lo. Eu me pergunto se ele escolheu esse lugar intencionalmente.

— Chegou a essa conclusão por causa do uísque? — respondo com voz ríspida. Passo a língua nos lábios e olho para o outro lado. A última coisa que estou a fim de fazer é falar merda com um desconhecido num bar.

— Tem muita mulher aqui bebendo uísque puro. Mas você parece que acabou de tomar um gole de água de bateria.

Dou uma risada.

Volto a olhar para ele, apesar do meu estado de espírito.

— É. Foi um dia bem ruim. Mas quase todos os dias são ruins, então estou me acostumando.

Giro o meu copo sobre o balcão e estreito os olhos tentando ver o rosto dele através da pouca iluminação. A voz dele é jovem, mas a aparência não. Faço o sinal da cruz por baixo da mesa. E olha que nem mesmo sou católica.

— Um homem — ele diz. — E um coração partido.

— Isso é mais do que óbvio — respondo. — O que mais faria uma mulher entrar em um bar às três da tarde, no meio da semana, e beber água de bateria?

Dessa vez é ele quem ri. *Jovem — definitivamente é jovem.*

— Pois é. O que mais? — ele comenta. E não diz mais nada. Gosto disso. É como se ele apenas esperasse que eu lhe contasse todos os meus segredos, e de fato eu tenho muitos.

— O que mais? — repito. — Por que você está bebendo sozinho no canto escuro de um bar, tentando bisbilhotar a dor de pessoas desconhecidas?

O homem fica em silêncio por um momento, e começo a pensar que toda essa conversa é fruto da minha imaginação. Tomo outro gole de uísque, determinada a não trair meu nervosismo enquanto observo o lugar onde ele está sentado. *Um fantasma!*

— Porque isso é o que eu faço — ele responde por fim.

Fico surpresa por ter recebido uma resposta, embora tenha sido uma resposta evasiva e tosca.

— Por que eu me daria ao trabalho de conversar com você se vai ficar na defensiva e me dar respostas prontas? — pergunto.

Posso sentir que ele está sorrindo. Será possível? É como se o vento levasse tudo o que ele fez e deixasse você saber disso.

— Tudo bem — ele diz com tranquilidade. Escuto quando ele coloca seu copo sobre o balcão. — Sou um predador. Espero até que as mulheres me digam o que elas querem, e então as convenço de que posso lhes dar o que desejam.

— Já sei que você é um homem — retruco, rindo. — Diga-me alguma novidade.

Ele se mexe em seu banco, e um pouco de luz passa por seu rosto, iluminando-o rapidamente. Por um instante, vislumbro uma barba e um olho azul penetrante. Meu coração bate mais rápido.

— Como você se chama? — o desconhecido pergunta. Hesito diante da objetividade em sua voz.

— Helena. E devo dizer que você tem razão. Meu coração está mesmo partido. E eu não bebo uísque. Qual é o seu nome?

— Muslim.

Ele não continua a falar, talvez esperando que eu dê o próximo passo. Mas eu me mantenho calada, e então ele prossegue.

— Fale-me sobre esse homem que você ama, Helena.

O homem que eu amo? Faço um som de estalo com a boca e olho para o lugar onde ele está sentado, como se pudesse enxergá-lo.

— Fale-me sobre as mulheres que você não amou, Muslim.

Ele desliza o copo para a frente e para trás em cima do balcão, analisando o que acabo de dizer.

— É uma questão de poder. De controle — eu continuo. — Levar as mulheres a lhe contarem as histórias delas enquanto você guarda as suas para si mesmo. Acha isso certo?

— Talvez.

Noto a hesitação na voz dele.

— O que o motiva a querer esse poder?

Ele então ri. Uma risada profunda e rouca.

— A falta ou a visão deturpada de alguma coisa geralmente causam uma profunda necessidade dessa coisa — ele responde. — Você não acha?

— A menos que você seja um sociopata. Nesse caso, você busca possuir as coisas porque nasceu com essa sede. Você é um sociopata, Muslim?

— Primeiro a sua história, depois a minha — ele diz.

A voz dele é cativante. É tão melodiosa que me deixa zonza. Uma delicadeza áspera.

Tenho vontade de beijá-lo só por causa de sua voz.

— Vamos lá, então — concordo por fim. Eu me viro e me posiciono de frente para o desconhecido, porque estou levando essa brincadeira realmente a sério. — Ele é o noivo da minha melhor amiga, ou melhor, ex-amiga. E eles têm uma filha. — Conto a ele sobre Della, sobre o tempo que ela passou no hospital, e falo do tempo que passei ao lado de Kit e Annie. Quando termino, ele levanta o copo até a boca para mais um gole, e o vidro brilha, refletindo a luz por um momento.

— Sim, eu sou — ele diz.

Levo algum tempo até perceber que ele está respondendo a última pergunta que lhe fiz, e não comentando a história que acabei de contar.

— Eu descubro o que é importante para as pessoas e então uso isso contra elas.

— E quando você diz "pessoas" está querendo dizer "mulheres"?

— Sim — ele responde.

Por essa eu não esperava.

— Você não... não se sente mal por causa disso?

— Sou um sociopata, não se lembra?

— Mas você não devia admitir isso — comento baixinho.

— Ele sente por você o mesmo que você sente por ele? — Muslim pergunta de repente.

— Não sei — respondo. — Ele sente alguma coisa.

— Então por que você não faz algo a respeito?

Sou apanhada de surpresa, coisa que eu não deveria deixar que acontecesse, considerando que o homem acabou de admitir que é um sociopata.

— E o que eu posso fazer a respeito? Ele está com outra pessoa. E os dois têm um bebê.

— Você tem alguma coisa dele — Muslim diz.

Balanço a cabeça numa negativa. Não, não tenho nada que seja de Kit. Bem que gostaria de ter. Mas então sinto a pressão no meu ombro. Há um manuscrito na minha bolsa, o envelope amarrotado e maleável. Como ele pode saber? Sinto um calafrio na espinha.

— Sim, eu tenho. Um livro que ele escreveu. Não abri o envelope para ler o material.

Espero que ele reaja pelo menos com algum espanto diante dessa resposta. Em vez disso, vejo os ombros do homem subirem e descerem, como se eu não tivesse dito nada de mais.

— Ele escreveu isso para conquistar você? — Muslim pergunta.

— Boa pergunta. Não sei. Pode ter sido para dizer adeus. — Meus olhos procuram o enfeite que está se soltando da parede. Na verdade, ele não parece tão ruim. Não sei por que esse enfeite me incomodou tanto.

— Você jamais vai saber a menos que leia. Então, depois de ter lido, você poderá decidir o que fazer. — A voz dele soa meio melancólica. Não havia notado essa nota melancólica antes. Melodiosa e triste.

— Não posso fazer mais nada. Ele seguiu em frente com a vida dele. Eu disse a ele que seria o melhor a fazer. — Onde está o bartender? Minha bebida acabou. Preciso me livrar desse sujeito que está tentando dar um nó na minha cabeça. — Na certa, você acredita que vale tudo no amor e na guerra — digo. — Mas isso simplesmente não é verdade.

Ele ri. É uma risada rouca. Não é falsa, mas também não é de todo sincera.

— Onde o amor estiver, a guerra vai estar também — ele diz. — Quem afirmar que isso não é verdade estará mentindo. A batalha reside na constante luta para manter o amor na ordem do dia, enquanto você amadurece e se modifica como ser humano. Você luta pelo outro, luta para mantê-lo, luta para amá-lo. Você está lutando em benefício de si mesma ou em benefício do relacionamento? Qual desses dois está ausente na sua vida? Aí está a sua resposta.

Escuto com atenção. Muslim fala com convicção e, concordando ou não com as palavras dele, sou compelida a avaliá-las. Ele se levanta do banco por um momento, e tenho um rápido vislumbre de seu rosto quando ele puxa uma cédula da sua carteira e a coloca sobre o balcão. Ele é ainda mais jovem do que eu pensava, é bonito, e tem a barba muito bem aparada. Ele se aproxima de mim, e eu fico tensa. É o modo como seus ombros se movimentam — o homem se move como um leão. Não quero saber quem ele é, mas ao mesmo tempo eu quero. Ele parece perigoso, como um homem com uma missão. No instante em que penso na palavra "missão", o desconhecido para bem na minha frente, e sou obrigada a olhar para ele. A luz do sol atravessa as janelas e ofusca os meus olhos. Eu me agarro ao banco como se fosse uma criança.

— Só temos uma vida para viver. Se você prefere desperdiçar a sua travando uma guerra contra você mesma, então vá em frente, é um direito seu. — Ele estende a mão e coloca o polegar no espaço entre os meus olhos, e depois se inclina para sussurrar algo ao meu ouvido. — Ou você pode lutar pelo que deseja — ele diz com brandura. Sua respiração agita alguns fios do meu cabelo. — Do que é que você tem tanto medo, Helena?

Eu jamais disse isso em voz alta. Jamais confessei isso a nenhum amigo, mas aqui estou eu, confessando a um estranho.

— Tenho medo do que possam pensar de mim. Se eu assumir quem eu sei que sou.

Estou trêmula. Minha confissão faz desaparecer de mim toda a energia, e também o uísque do meu copo.

Ele sorri, como se estivesse esperando por isso o tempo todo. A pele desse desconhecido é quente; posso sentir o calor que a pele dele irradia. Meu Deus, ele nunca deve ter sentido frio na vida.

— Deixe as pessoas saberem exatamente quem você é, e depois elas que engulam isso com casca e tudo.

Fico sem respiração — de boca aberta, e com os olhos vidrados. A verdade provocando orgasmos.

Ele joga um pedaço de papel no balcão ao lado do meu copo vazio e então vai embora do bar.

Minha testa, no ponto exato tocado por ele, está formigando. Ergo a mão e a esfrego.

Exatamente quem eu sou. Lidar com isso é responsabilidade deles, não minha. Muslim tem razão. Sou o que sou e ponto. E quem não gostar... que vá se danar.

As palavras dele calaram fundo em mim. Penso nelas e estreito os olhos. Não preciso acreditar. Não mesmo. Mas acredito. E é então que as coisas mudam. A mudança pode tomar conta de você em questão de segundos? Sim. Basta apenas que seja o momento certo, as palavras certas, e que coração e cérebro estejam em sintonia. Eu vou à luta.

CAPÍTULO 45

MUSLIM BLACK MORA EM MANRESA CASTLE. OUÇO DIZER QUE tem problemas com a justiça por envolvimento com uma seita religiosa, da qual parece ser o líder. Um tanto deprimente, sem dúvida, mas não me espanta saber que Muslim está metido com coisas desse tipo. Demoro algum tempo para telefonar para ele. Levo o pedaço de papel em meu bolso. Parece que o papel tem vida. *Você só está curiosa, nada além disso*, digo a mim mesma. O que será que sinto por ele, medo ou atração? Talvez as duas coisas. De qualquer modo, o que isso mostra a meu respeito? Quando finalmente decido ligar para Muslim, ele atende dizendo o meu nome com sua voz rouca e charmosa, do tipo que deixa todos os pêlos do corpo em pé. E ainda pronuncia o meu nome. Ele pronuncia as letras "E" num tom mais velado, e a última sílaba com mais força. É assim que ele diz o meu nome, e ninguém jamais o pronunciou dessa maneira antes.

— Olá, Helena.

— Como sabe que sou eu? — Sinto o meu coração apertado, e então levo o meu tronco para baixo e escondo o rosto entre os joelhos, esperando a minha vez de falar novamente.

— Não dou esse telefone pra todo mundo.

— Você me deu esse telefone.

— Não consigo ouvir você, Helena...

Endireito o corpo e repito o que havia dito.

— Você não é todo mundo — ele diz.

Eu me pergunto se ele está deitado na cama do hotel ou se está andando pelo quarto.

— Então quem sou eu?

Escuto alguns barulhos do outro lado da linha. Talvez ele esteja mudando de posição. Será que está avaliando a resposta mais apropriada para me dar? Não quero jogar esse jogo; não foi por isso que telefonei. Quando ele responde, sua voz soa calorosa como sempre.

— Você é Helena. Isso não basta?

— Não faça isso — digo. — Não tente fazer parecer que sou especial para se dar bem.

Ele fica em silêncio por um momento.

— Entendi — Muslim diz por fim.

— Você pode me ensinar a fazer o que você sugeriu?

— E o que seria?

Não quero jogar esse jogo, repito para mim mesma. Quero que ele leia a minha mente, como fez da última vez. Não quero ter de implorar.

— Esqueça, vamos deixar pra lá. — Começo a desligar o telefone quando ouço a voz dele.

— Não, não, não! Espere. Helena...

Será que toda a confiança que ele demonstrava era só fachada? Estou curiosa. E é só por esse motivo que levo o celular à orelha outra vez. Não tenho tempo de me arrepender de ter ligado, pois ele logo me diz o que quero ouvir.

— Sim. Sim, eu vou ensinar você.

Conseguir o que você quer, mas ainda assim se mostrar culpada — que gesto canalha. Como se estivesse fazendo alguma coisa errada. Mas eu estou, não estou? Decido checar os motivos de Muslim, não os meus.

— Por quê? — pergunto.

— Porque você me pediu. — E ele emenda, sem me dar tempo para pensar: — Quer sair para jantar comigo?

Concordo em encontrá-lo no Alchemy na noite seguinte. Sugeri um lugar com boa iluminação, quente e com paredes roxas que me fizessem lembrar de Greer. Muslim gostou da ideia.

— Gosto do nome — ele disse antes de marcarmos nosso encontro para as seis horas.

EU ME VISTO TODA DE PRETO, MAS QUANDO ME OLHO NO ESPE-lho pareço louca e assustada. Então desisto da roupa preta e visto um suéter bege e uma calça jeans rasgada que, segundo Greer, me transforma em um "pedaço" de mulher. Faço um rabo de cavalo bem grande e poderoso enquanto caminho na direção do Alchemy, às 5h55. Não me sinto poderosa, e acho que era a isso que o Muslim se referia. Estou realmente fazendo isso para ter Kit de volta? Ou algum tipo de reação reflexa, gerada pela tristeza? Antes de entrar no Alchemy, faço uma *selfie*, com o título *Sem Saída*.

MUSLIM JÁ ESTÁ SENTADO À MESA, COM UMA BEBIDA DIANTE dele, o copo transpirando. Ainda bem que não sou a única que está suando. Pode me aguardar, Kit. Há quanto tempo eu não penso em Kit?

Quando me vê, Muslim se levanta. Ele não é um cara de cidade grande. Levantar-se para uma mulher é uma coisa que o meu pai faz, e faz porque o pai dele o ensinou a fazer.

— Pelo visto você sempre tem um copo à mão — comento, enganchando minha bolsa no encosto da cadeira. Ele espera que eu me sente, e só então volta a se sentar.

— Acaba de falar a garota que bebe uísque às três da tarde de um dia da semana, enquanto bate papo com sociopatas.

Bem, ele não disse nenhuma mentira.

Passo a língua nos lábios e peço uma elegante e feminina taça de vinho para combinar com a minha felicidade.

Muslim observa com interesse tudo o que eu faço. Quando dou risada e brinco com a garçonete que nos atende, Muslim olha para nós com curiosidade, com um leve sorriso nos lábios. O guardanapo escapa da minha mão e cai devagar no chão. Cinco minutos depois, eu quase derrubo meu vinho também. Ele ri e balança a cabeça ao assistir às minhas trapalhadas. Se ele não tivesse admitido todas aquelas coisas sobre si mesmo antes, eu poderia pensar que ele está apaixonado por mim. Tudo isso faz parte da estratégia dele. E eu respeito isso — do mesmo modo que respeitaria uma cobra cascavel. Um certo nervosismo me mantém alerta. Na expectativa de que ele dê o bote e me envenene. Mas ele age de modo surpreendentemente normal, natural, carismático. *Meu Deus, ele é bom mesmo nisso.*

— PRECISO SER HONESTO COM VOCÊ — MUSLIM DIZ NO momento em que a nossa comida chega. — Estou aqui hoje porque quis jantar na sua companhia. Não há nada que eu possa lhe mostrar sobre você mesma, nem nada que eu possa lhe ensinar, que você já não saiba.

Acho graça e dou risada. É a minha terceira taça de vinho, e a essa altura tudo me parece engraçado.

— Sou um desastre — digo.

— Um adorável desastre.

— Como assim? — Olho para ele sem levantar a cabeça. Muslim me atrai e me repele ao mesmo tempo. Eu me sinto outra pessoa quando estou com ele. Uma pessoa audaciosa e sexy.

— Você é genuína, e é linda. Não precisa que ninguém lhe dê nada. Você só precisa do tipo de amor que a priorize, que a coloque no topo, sempre.

— Que me priorize com relação a quem? À bebê dele? À noiva dele? — Balanço a cabeça com desdém. — Ele não consegue fazer isso. Eu tenho de convencê-lo.

Faço menção de pegar minha taça, mas Muslim põe o braço sobre a mesa e toca a minha mão antes que eu mova a taça. O ponto em que ele me toca começa imediatamente a pulsar.

— Você não deveria ter de convencer ninguém a escolhê-la como prioridade. O amor não é uma simples questão de escolha.

Ele volta a se recostar em seu assento, e eu fico parada, com a taça ainda entre as pontas dos meus dedos.

— O mais importante, Helena, não é o fato de ele priorizar essa ou aquela pessoa. O que importa é que ele priorize a si mesmo.

— Então é melhor você me treinar na arte de seguir em frente e não dar a mínima — eu respondo por fim. — Porque isso não vai acontecer.

— Você já tentou se afastar de alguém que você ama? — ele me pergunta.

— Kit Isley é o primeiro cara que eu amei de verdade na vida. Ainda não me afastei dele.

— Não há como se afastar. — Ele despeja azeite num pedaço de pão. Quando morde o pão, seus lábios ficam lustrosos por causa do óleo.

Prontos para serem beijados. *Senhor!* O que há de errado comigo? Parece que estou no cio.

— Tentar se afastar da pessoa amada é como tentar se afogar. Você decide fugir da vida, pulando na água, mas vai contra a natureza não buscar o ar. Seu corpo clama por oxigênio; sua mente insiste que você precisa de ar para sobreviver. Então você acaba subindo à superfície, arfando, incapaz de negar a si mesmo essa necessidade básica de ar. De amor. De desejo ardente.

Fico tão fascinada com as palavras de Muslim que nem noto que há lágrimas em meus olhos. Ele está me dando respostas.

— Com quantas mulheres você já dormiu? — pergunto.

Não é muito legal fazer perguntas pessoais a estranhos. Foi o que minha mãe me ensinou. Não pergunte a idade deles, nem o peso, nem com quantas mulheres dormiram. Este último item a minha mãe nunca mencionou, mas imagino que ocupe um lugar importante na lista de coisas que não devemos fazer.

— Não tenho a resposta para essa pergunta, Helena. Com quantos você já foi pra cama?

Penso em Roger, dos tempos da escola secundária. Doce Roger, um menino com espinhas no rosto. Gostei dele durante uns cinco minutos. Mas ele tirou a minha virgindade.

— Com dois — respondo. — Você não devia fazer perguntas tão íntimas às pessoas, sabe?

— Eu sei.

Muslim mexe em seu copo com as pontas dos dedos. Leves e furtivos empurrões, como se ele precisasse fazer alguma coisa com as mãos. Noto que seus dentes incisivos são mais longos do que os outros dentes. Quando está pensando, ele passa a ponta da língua na extremidade dos incisivos.

— Você parece um vampiro. Em mais de um sentido.

Muslim ri pela primeira vez. É uma risada amena. Chega aos olhos dele, mas não chega tão nítida aos meus ouvidos.

— Eu gosto de você — ele diz.

— Acredito nisso.

— Você gosta de mim?

— Não sei.

Em vez de ficar magoado com a minha resposta, ele se mostra feliz.

— Talvez eu goste de você. Mas não sei afirmar de fato, porque não tenho certeza de que você está se mostrando como é de verdade.

— Ah, minha cara Helena Conway. Você sem dúvida diz tudo o que lhe vai à mente, seja o que for.

— Seria uma grande sorte se nós dois fôssemos assim — retruco.

Muslim solta mais uma risada, olha para o lado, e ri mais um pouco. Quando se volta para mim de novo, está passando a língua nos lábios.

— Vamos embora daqui, Helena?

Hesito por um instante antes de concordar.

CAPÍTULO 46

#chatadobege

— COMO VOCÊ PRETENDE FAZER ISSO? — GREER PERGUNTA.

Diante dela há um bloco de notas e vários pincéis atômicos de cor roxa. Sua mão está pousada sobre o papel enquanto ela espera. Olho para ela enquanto lavo a louça. No minuto em que lhe revelo minha intenção de dizer a Kit como me sinto, Greer fica alerta.

— Eu meio que... sei lá, talvez a melhor abordagem seja a honestidade.

Greer escreve HONESTIDADE em seu bloco de notas, e então olha para mim com curiosidade.

— Não tenho um plano — digo.

Ela arranca a página e a entrega para mim.

— Não se desvie do plano — ela diz, dando-me uma pancadinha leve na cabeça. Depois disso ela escapa para o seu quarto. Ainda não vi a droga do quarto dela. De repente, sem mais nem menos, isso me deixa irritada. O que ela esconde ali, afinal? Caminho determinada até seu quarto e bato à porta. Provavelmente com mais força do que deveria. Quando me atende, Greer está enrolada em uma toalha, como se tivesse acabado de sair do chuveiro.

— Perdão — digo, embaraçada. — Eu só... eu...

Greer se move para o lado, e com relutância olho para o interior do quarto.

— Nossa — murmuro.

— Pois é...

Não há nada diante dos meus olhos espantados. Só um quarto branco e vazio, com um assoalho gasto e dois cobertores empilhados num canto.

— Mas o que aconteceu? — digo. Greer está olhando para o chão.

— É que eu ainda não tive tempo para cuidar das coisas aqui.

— Sem essa, Greer. Você não tem nem uma cama.

Olho ao redor, esperando encontrar algo que possa explicar a falta de... bem, de absolutamente tudo no quarto de Greer.

— Os móveis no seu quarto... — ela diz. — Os móveis eram meus e de Kit. Eu não queria usá-los. Não conseguia. Então o tempo passou e eu acabei não substituindo essas coisas.

— Tudo bem. Mas você não precisa dormir no chão.

As feições dela se contorcem expressando confusão, como se ela não soubesse o que dizer.

— Ah, Greer... Você quer que eu lute por ele, mas não consegue superá-lo.

— Eu o superei, sim — ela responde rápido. — Mas foi uma fase muito difícil, e o que aconteceu ainda me afeta. Foi um rompimento traumático, Helena.

Faço que sim com a cabeça. Kit, se me lembro bem, não me disse que as coisas ficaram tão feias assim. Ele me contou a história como se não tivesse ocorrido nada de mais. Ele fala de muitas coisas como se não fossem nada de mais.

— Certo. Bem, eu preciso ir agora — digo a ela. — Mas compre uma cama imediatamente, entendeu?

Greer balança a cabeça e sorri. Sinto que ela me observa enquanto eu me afasto. De repente me ocorre que estou dormindo na antiga cama deles. Faço uma careta de nojo. Eu também preciso comprar uma cama nova.

DELLA JÁ MARCOU A DATA DO CASAMENTO. ELA SABE QUE visito o seu Instagram. E quer que eu veja a novidade. June me manda uma mensagem depois da primeira postagem da contagem regressiva para o casamento.

J: *Você já viu o post?*

Positivo, respondo.

J: *Ela me convidou para ser madrinha.*

Isso não me espanta. Della tem três amigas inseparáveis, duas das quais ela conheceu através de mim, beneficiando-se do meu esforço para ser sociável na faculdade. Eu me pergunto quem serão os padrinhos de Kit — será que são daqui da cidade?

J: Você devia vir para cá. Para tomar alguma providência a respeito disso.

Essa mensagem me surpreende. Eu não esperava que June pudesse dizer uma coisa dessas. Penso em avisá-la que planejo fazer justamente isso. No final das contas, porém, largo o telefone e tento não pensar mais nisso. Mas acabo pensando. Aliás, é só nisso que penso. Penso em Kit com o colarinho do casaco levantado em volta do pescoço, seus ombros salpicados de gotas de chuva enquanto ele esperava por mim com uma garrafa de vinho. Penso no modo como os sorrisos se desenhavam em seus lábios quando ele me via caminhando em sua direção. Penso nos momentos em que nos despedimos um do outro, mas permanecemos no mesmo lugar porque não queríamos ir embora, e assim adiávamos nossa partida por mais alguns minutos. Penso no modo como nos beijávamos — com entrega, num ritmo alucinado. Lembro-me de que, para não perder o equilíbrio e cair, eu tinha de segurar firme a nuca de Kit, comprimindo o meu corpo contra o dele. Estou no trabalho enquanto esses pensamentos passam pela minha mente, e sou obrigada a ir ao banheiro lavar o rosto.

Ele sente as mesmas coisas também. Ele voltou para cá, para Port Townsend, para sentir isso. Agora está nas mãos dele, porque eu ainda não saí do jogo.

Ouço o tique-taque de um relógio. O tempo está passando, passando, passando. Tenho uma passagem de avião, mas nenhum plano. Só palavras que eu preciso dizer a ele. E isso é tudo o que na verdade posso fazer, não é? Vou tocar a minha vida depois disso, e o resto ficará por conta de Kit Isley. Não posso pedir a ele que se lembre de um sonho que não teve, mas posso despertar nele as lembranças de um sentimento que compartilhamos.

EMBARCO NO AVIÃO COM UM RESFRIADO TERRÍVEL. MEU corpo treme e a minha cabeça dói. Começo a pensar em Annie. Talvez eu consiga encontrar um modo de vê-la. Tenho feito um grande esforço para não pensar nos meses que passei com ela, mas o som da sua respiração está gravado em minha mente. Não é tão simples assim. De súbito, a minha ficha cai. Annie. O pai e a mãe de Annie. Mas que merda eu estou fazendo? Quero pular fora do avião, mas é tarde demais, já estamos deco-lando. *Muito conveniente, Helena, que você tenha ignorado essa parte da situa-ção*, digo a mim mesma. Tomo os comprimidos que Greer me deu quando nos despedimos na fila de embarque. Depois, encosto a cabeça nos joelhos e cubro o meu rosto. A mulher no assento ao lado do meu me pergunta se estou bem. Balbucio alguma coisa sobre ter enjoo em aviões e fecho os olhos. Quando acordo, meu pescoço está todo endurecido, e nós começa-mos a pousar. Foi o remédio para gripe. Greer me sedou para que eu não entrasse em pânico. Sou a última pessoa a sair do avião.

June está me esperando no desembarque. Ela está vestindo uma parca verde-escura sobre um vestido de verão rosa-choque — e usando óculos escuros, claro, mesmo dentro do aeroporto. A estranha deselegân-cia dela me traz conforto, e então corro para abraçá-la.

— Sua grande maluca — eu lhe digo. — Amo você demais.

Depois de nos abraçarmos, ela me segura pelos ombros e me olha de alto a baixo.

— Você continua vestindo bege.

— Eu adoro bege, porra! — digo, sorrindo. — Longa vida à chata do bege.

June faz que sim com a cabeça.

— Você está diferente — ela comenta. — Gosto disso. E agora vamos lá, vamos deter esse casamento.

Faltam quatro dias para o casamento. Eu não quero detê-lo. Tudo o que quero é desabafar e me livrar desse peso em meu peito. Eu me hospedo na pequena casa de campo onde June mora. Ela aluga de um casal de ido-sos que resgata periquitos. Não estou inteiramente convencida de que esses periquitos precisam de resgate, mas posso ouvir o trinado deles vindo de todos os cantos da casa principal. Isso me deixa tensa e ansiosa. June me dá protetores de ouvido, mas, descontrolada, só consigo amassá-los entre o polegar e o indicador, distraída, pensando em Kit e Annie.

— Ei, isso não é bola antiestresse — June diz. Ela os enfia nos meus ouvidos, e de repente os periquitos deixam de me afetar.

Ela me serve sopa e depois tiro uma soneca, porque ainda estou meio doente. Na verdade, estou bem doente. Quando acordo, vejo que June me deixou um recado avisando que saiu para trabalhar. Tento caminhar um pouco, acreditando que o ar fresco me fará bem, mas acabo voltando sem ter andado nem meio quarteirão. Estou tremendo sob um calor de quase trinta graus, passando vergonha debaixo de palmeiras e do céu azul. Consigo chegar até o sofá com estampa floral de June, jogo-me nele e me cubro com um cobertor. E então tenho um sonho induzido pela febre. Mais um sonho que vai mudar a minha vida.

CAPÍTULO 47

#delírio

A CASA ESTÁ DIFERENTE. CAMINHO POR ELA, PROCURANDO O sofá azul-marinho da Pottery Barn. E procurando as crianças. Mas não há crianças, e não há azul. Tudo está preto. Preto, preto, preto. Aciono o interruptor, e a sala onde estou se enche de luz vermelha. Olho para os meus braços, e vejo na minha pele um brilho rosado sob a forte luz vermelha. Meus braços estão cobertos de tinta — espirais de tom preto-esverdeado. Figuras, palavras sobre uma espécie de fundo estampado. Eu rio alto. Que raio de sonho é esse em que meu corpo aparece todo tatuado?

Caminho de um cômodo a outro, atenta a tudo. Cozinhas, banheiros, quartos sem móveis. Eu o encontro do lado de fora; as portas de correr estão escancaradas, e ele está bem ao lado delas.

— Olá — cumprimento.

— Olá.

Ele não se volta, apenas continua a fitar... o nada. Ele está contemplando a escuridão. Eu o envolvo com meus braços, porque não quero que ele seja tragado pela noite escura.

— Volte para casa — ele diz.

— Não — respondo. — Não é mais minha casa.

— Já foi sua algum dia?

— Não.

Pressiono o rosto nas costas dele, entre as omoplatas, e inspiro profundamente.

— Você vai me deixar? — ele pergunta.

— Não. Jamais.

— Se você não enfrentar o inimigo cruel com determinação, um dia ele se aproximará sem que você perceba e a destruirá.

Não sei o que dizer diante disso, e só o abraço com força.

Ele se volta e olha para mim, e sou arrebatada por sua beleza e suas palavras. Muslim.

— Venha comigo — ele diz.

— E Kit? — Kit está se infiltrando nesse sonho, e as luzes vermelhas vão se tornando amarelas. Ouço uma voz me chamar em algum lugar ao longe.

— Você já experimentou esse sonho.

Dou uma risada, porque é verdade. Na vida real, passei todo o último ano lutando para compreender o meu sonho. Para entender partes dele. Talvez eu esteja cansada de tentar buscar um sentido para esse sonho. Não sou uma artista. Não sou esposa nem mãe. Não sou coisa nenhuma. Sou só a Helena.

— Então me deixe acordar — digo a ele. — Para que eu possa encontrar você.

E então eu desperto.

NO DIA SEGUINTE, MINHA FEBRE CHEGA À CASA DOS 39 GRAUS, e June ameaça me levar para o pronto-socorro. Ela chega bem perto de mim, vestindo as roupas mais normais que eu já a vi usar.

— Estou bem — digo, enfiada debaixo de uma pilha de cobertores. — É só uma gripe. — Mesmo dizendo isso, sei que uma gripe não causa tanto estrago. Não consigo nem me levantar, quanto mais ir andando até o pronto-socorro.

Eu me enrolo nas cobertas úmidas e penso nos momentos que passei com Muslim em nosso último encontro. A frieza em seu olhar quando ele me levou não para o seu quarto de hotel, mas para um cemitério.

— Por que você me trouxe aqui? — perguntei a ele.

Com os lábios curvados num sorriso, ele tocou meu pescoço com seus dedos frios, e depois tocou meu cabelo. Acabei percebendo que algumas vezes ele era quente, mas outras, frio. Eu me refiro ao temperamento dele e também à temperatura de seu corpo.

— Eu precisava trazê-la até este lugar. — Por quê?

— Porque você está apaixonada por outra pessoa, e quero que esse sentimento morra.

Deixei que Muslim tentasse matar o meu sentimento. Ele me suspendeu de encontro à parede de tijolos de um mausoléu, e eu cruzei as pernas em torno do quadril dele. Ele me deu um beijo suave, surpreendendo-me com sua delicadeza. Tudo em Muslim me fazia lembrar de um leão. Quando pressionava a ponta dos meus dedos em sua pele, eu sentia o poder passando do corpo dele para o meu. Ele não era um homem como os outros.

— FALE COMIGO, HELENA — JUNE DIZ. — VOCÊ ESTÁ AGINDO DE maneira estranha. Estou ficando assustada.

Olho para June e decido ceder. Balanço a cabeça indicando que vou deixar que ela me leve ao médico. Só quero que isso passe. Ela corre de um lado a outro da casa, recolhendo as coisas freneticamente, e depois me ajuda a chegar, ainda enrolada nas cobertas, até o assento do passageiro do seu carro.

Ainda tenho tempo de ver a preocupação estampada em seu rosto antes de eu cair no sono outra vez.

— HELENA? ACORDE, HELENA.

Abro os olhos aos poucos. Sinto-me como se tivesse mil anos de idade. Tudo parece difícil e penoso. Estamos no hospital. Pessoas caminham na direção do nosso carro. Elas me ajudam a sair e me colocam em uma cadeira de rodas. Ofereço resistência, e tento afastá-las de mim.

— Eu estou diferente — digo a essas pessoas.

Mas elas não parecem saber do que estou falando. Sinto ar frio em minha pele, e penso no cemitério. A boca de Muslim devorando a minha, as mãos dele agarrando as bordas da minha calcinha e abaixando-a. Como fez frio naquela noite.

— Helena, nós vamos levá-la para uma cama...

Não quero uma cama. Quero a parede do mausoléu. Que dor é essa no meu braço? É uma dor acentuada. É um tijolo da parede? Ou uma agulha? É uma agulha. Estou gemendo. Acho que isso não é uma gripe. Onde está June? Onde estão os meus pais? Se vou morrer, eles deveriam estar aqui. Ele está dentro de mim. Ele morde o meu ombro, e eu me arqueio em seus braços. Eu me movo para cima, e então caio para trás. Um orgasmo... sono... é tudo a mesma coisa agora.

KIT ESTÁ NO QUARTO QUANDO ACORDO. PONHO A MÃO NO rosto e gemo.

— O que está acontecendo aqui? — repreendo.

— Pneumonia atípica — ele diz. — Desidratação extrema.

— Isso é ridículo. É só uma gripe.

— Claro que é. — Ele se inclina para a frente, com as mãos entrelaçadas no meio dos joelhos.

Penso em pedir a ele um espelho, mas uma mulher hospitalizada provavelmente não deve ter esse tipo de preocupação.

— Já estou hidratada o suficiente? — pergunto. Deus, eu não o vejo há tanto tempo. Ele está tão lindo.

— Logo, logo vai estar.

— Por que está sendo tão frio e ríspido comigo, Kit? Você veio me ver porque quis, então poderia ser pelo menos simpático.

Ele sorri. *Finalmente!* E se levanta e vem se sentar na minha cama.

— Por que você está aqui na Flórida? — ele pergunta. — E não na sua preciosa Washington? — Kit diz isso de um modo engraçado, e então solto uma risada. *Minha preciosa Washington.*

— Duas pessoas que eu amo muito estão na Flórida — digo a ele. — Eu vim para...

— Para quê? — Kit me interrompe. — Veio impedir o meu casamento?

— Quanta presunção da sua parte. — Respiro fundo. — Tudo bem, isso... me passou pela cabeça.

— Ah, é?

— Mas estou reconsiderando. — Há algo no olhar dele que não me agrada. Esperança, talvez? Se ele não quer se casar com Della, ele mesmo precisa impedir o casamento. Meu Deus, o que mudou em mim para me fazer sentir assim?

— Está reconsiderando *ficar comigo*? — ele indaga. — Ou reconsiderando o que sente por mim?

Balanço a cabeça numa negativa.

— Como sabe que eu sinto alguma coisa por você?

— Eu sinto também.

— Certo. Acontece que estou reconsiderando *você*. Porque você é um covarde. E vai se casar com uma pessoa sem nem ao menos gostar dela. E agora eu é que não sei se gosto de você.

Ele faz que sim com a cabeça, devagar, com expressão séria. Não está sorrindo para mim agora.

— Mas você me ama, Helena. Você não precisa gostar de uma pessoa para amá-la.

O pior é que ele tem razão. Mas não gostar de uma pessoa é motivo suficiente para se afastar dela. O amor não faz você lutar para sempre.

— Me peça para deixar Della — ele diz.

Essas palavras me assustam. Não quero ter de pedir. Tudo está errado. Foi um erro vir até aqui. Balanço minha cabeça em negativa.

— Não, Kit. Não vou lhe pedir isso. Se você quiser terminar com ela, a iniciativa terá de ser sua. Não é justo colocar nas minhas costas a responsabilidade de tirá-lo do seu relacionamento.

— Helena, fui até você uma vez. Eu a segui até Port Townsend. Ninguém me obrigou a ir para lá.

Bem, isso é mesmo verdade. Levo uma mão até a boca e empurro com a língua um dos cateteres. Quero mordê-lo, mas tenho medo de me meter em encrenca. Greer está provavelmente jantando neste exato momento. Talvez salmão e um pouco de risoto...

— Helena! O que você está fazendo? Tenha calma.

— Meu Deus, meu Deus, Deus! — Esfrego as têmporas. — Onde estão as enfermeiras? Elas não vão checar o meu estado?

Ele segura o meu rosto. Com todos os cinco dedos. Isso me faz recuar. Não posso evitar as lágrimas quando olho para ele.

— Helena, você está tentando se convencer de que não fiz o suficiente, só assim você vai poder se safar dessa situação com a consciência limpa.

— Não — respondo. Mas sem convicção.

— Você não pode pôr a boca nisso, Helena!

Ele então segura firme o meu queixo, forçando-me a olhar para ele.

— Diga-me o que você está sentindo. Com sinceridade. Diga-me agora mesmo.

Empurro a mão dele, afastando-a.

— Não! — Dessa vez eu falo com convicção.

Ele se inclina na minha direção e encosta a testa na minha, fechando os olhos.

— Por favor, Helena.

Sou fraca. Sou uma pessoa fraca.

— Eu deveria ser uma desenhista de livros para colorir — digo baixinho. — E sua mulher. E nós embarcaríamos naquele maldito Trem Azul! Nunca acordei dessa droga de sonho, Kit. Está me ouvindo?

Estou soluçando como uma criancinha patética. Ele se aproxima e esfrega a testa na minha.

— Então por que você está tentando acordar agora? — Kit pergunta.

O que eu posso dizer?

— Conheci alguém — digo. Kit fica tenso na mesma hora. E não olha para mim quando se afasta.

— Quem?

— Alguém que não vai se casar amanhã com a garota que era a minha melhor amiga até bem pouco tempo atrás.

Ele se senta com as mãos entre os joelhos e olha para a parede.

— Quem?

— Isso tem mesmo importância, Kit?

— Tem importância para mim. Você sabe que tem.

— Ele apenas me fez ver as coisas com mais clareza. Não tenho de convencê-lo de nada, como estou fazendo com você, como viajei até aqui para fazer com você. Não quero ter de convencer alguém a ficar comigo.

— Você nunca precisou me convencer de nada. Foi tudo questão de sincronia. Faltou sincronia entre nós. — Ele balança a cabeça lentamente.

— Bem, então você não quer ficar comigo? É isso que está dizendo?

— É isso mesmo. Quero ficar com ele.

Nem consigo acreditar que consegui articular essas palavras. Vir para cá foi um erro. Tenho que pensar em Annie, e também em Della, e na família de Della. Quantas pessoas eu acabaria magoando?

— Quem é o covarde agora, Helena?

Ele se levanta, e eu me encolho. Quero a minha mãe. Isso não é estranho? Eu nem mesmo sou apegada a ela.

Kit sai pela porta afora, e poucos segundos depois June entra no quarto, de boca aberta e com os olhos arregalados.

— Ele... — June diz, e olha para trás furtiva. — Helena...?

— Ei, não aconteceu nada. Foi tudo uma grande perda de tempo. Ele precisa viver a vida dele. Com a família dele. E lhe disse isso. Cometi um grande erro. Eu me sinto uma idiota.

June põe a mão no meu braço.

— Você se sente uma idiota, Helena?

— Sim, June... Deus do céu. Eu vim de tão longe e...

June balança a cabeça, desolada.

— Merda, Helena. Mas que merda.

— O que foi?

Ela leva as duas mãos à cabeça e se senta na beirada da minha cama.

— Você dormiu por bastante tempo. Tempo demais. O casamento foi... devia ter sido ontem. Kit cancelou a cerimônia. Eles não se casaram. Ele desistiu do casamento por sua causa.

Arranco as agulhas da minha mão e jogo as pernas para a lateral da cama. E é nesse exato momento que a enfermeira resolve aparecer no quarto. Antes mesmo que eu tenha tempo de dar um passo, ela me puxa de volta para a cama, dando-me uma bela bronca. Mas que tipo de sincronia dos infernos é essa?

— Precisei de ajuda dez minutos atrás, não agora! — eu me queixo à enfermeira. — Encontre-o, June! Por favor!

June parece um cervo surpreendido por holofotes. Balança a cabeça para cima e para baixo sem parar, mesmo quando já está quase saindo do quarto.

— E o que digo a ele? — June pergunta.

Eu me encolho quando a agulha entra na minha pele.

— Fale sobre o sonho. Peça a ele para se lembrar do sonho. Diga a ele que o nome da nossa filha é Brandi. Diga também que sinto muito e que o amo.

273

CAPÍTULO 48

#coca-cola

UMA COISA APRENDI NA VIDA: UMA PESSOA NÃO PODE FUGIR para encontrar a sua essência. A sua essência o acompanhará, não importa aonde você vá. O problema é que se você estiver em fuga, então estará ocupado demais para desembainhar a espada e enfrentar os inimigos. Algumas vezes, o seu inimigo será você mesmo; outras vezes, serão aqueles com poder para feri-lo. Tire os seus calçados e pare de correr. Com os pés descalços no chão, lute pelo que deseja. Fugi dos meus sentimentos — do que sentia por Kit e da culpa por ter esses sentimentos. Acreditei que se me distanciasse dele o suficiente, meus sentimentos desapareceriam. Eu devia ter parado e enfrentado a mim mesma tempos atrás.

JUNE NÃO ENCONTROU KIT. NINGUÉM CONSEGUIU ENCON-trá-lo. Ele desligou o celular e sumiu. Della me liga histérica no dia seguinte, quando estou deixando o hospital, e exige que eu lhe diga o que fiz a ele. *O que eu fiz a ele.* Como se não houvesse a menor possibilidade de ele ter me escolhido por livre e espontânea vontade. Será que Della acha que recorri a alguma magia ou coisa parecida?

— Não fiz nada, Della. Nem sou tão bonita quanto você. — E desligo o telefone.

— Acho que já é hora de acabar com isso — June comenta. — Ele já fez uma escolha entre vocês duas, e fez uma escolha clara.

— Merda — eu digo. — Acha que devo ligar de novo para ela e me desculpar?

— De jeito nenhum — June diz. — A Della merece sofrer um pouco. — Ela olha para mim com o canto do olho. — Ela disse aquela bobagem de novo de ser mais bonita que você. Quando ele cancelou o casamento.

— Por que isso não me espanta?

— Você sabe — June prossegue. — Ela é tão insegura que quase se torna feia. Tipo, vamos dizer... ela é tão indecisa que a gente acaba ficando indecisa com relação a ela também.

Faço uma careta. Isso não importa. Agora só estou preocupada com o Kit, não com o rostinho bonito da Della. Não sei onde ele está. Kit não sabe o quanto estou arrependida, e isso está me matando. Ele não pode se esconder por muito tempo. Não vai querer ficar longe de Annie.

— Ele se isolou para esfriar a cabeça — digo a June. — Ele desaparece quando escreve e quando quer pôr os pensamentos em ordem.

— E o que você pretende fazer para que ele apareça?

— Tenho de ir para casa — respondo. — Acho que ele está lá.

QUANDO CHEGO A SEATTLE, ALUGO UM CARRO NO PRIMEIRO lugar que vejo. Tudo o que eles têm para alugar é um Ford Focus branco com placa do Oregon e uma marca de batida no para-choque. Nada de Range Rover desta vez. Eu me sento no banco do motorista, exausta; não consegui dormir nem um pouco no avião. Faço uma *selfie* com o título *Mau Pressentimento.*

Quando paro o carro dentro da balsa, resolvo não sair do veículo, batendo impacientemente o dedo no joelho. Para mim, a balsa foi sempre sinônimo de liberdade, mas neste momento eu não poderia me sentir mais encurralada. Tenho que encontrá-lo. Isso é tudo que sei. Porém, nada me leva a acreditar que ele esteja em Port Townsend. Ligo para Greer a fim de perguntar se ela sabe de algo a respeito dele, mas ela não sabe. E o meu pressentimento ruim não me abandona. Se ele estiver mesmo em Port Townsend, tem quanto tempo de vantagem sobre mim? Um dia? Dois?

Acabo de sair de carro da balsa, em Kingston, quando o meu celular toca. É Greer.

— Você precisa voltar, Helena. — Ela parece estar sem fôlego, como se estivesse correndo. — O Kit está partindo na mesma balsa em que você acabou de chegar.

— Quê? — Piso no freio, e alguém berra comigo. — Como sabe disso?

— A mãe dele me contou. Ela acabou de voltar do casamento que não aconteceu. Kit passou dois dias no apartamento dele, e agora vai voltar para falar com Della e ver Annie.

Dou meia-volta no carro, invado a calçada e quase atropelo um pedestre.

— Estou a caminho — informo a Greer.

Desligo o telefone e me inclino para a frente, quase abraçando o volante. Deus, por favor, permita que eu consiga! Vai ser impossível alcançá-lo se eu perder a balsa.

— Você vai ter de esperar pela próxima balsa — diz a funcionária no guichê de vendas de passagem. — Não há mais lugar nesta.

— E se eu entrar a pé? — pergunto. Ela faz que sim com a cabeça.

Compro a minha passagem e guardo o carro num estacionamento. O último veículo está sendo levado para a balsa; isso significa que terei de correr para alcançar a rampa antes que a passagem seja bloqueada. Largo tudo dentro do carro, agarro o meu celular e saio correndo.

Um funcionário está fechando o portão quando chego, esbaforida.

— Espere! Espere aí! — eu grito. O homem mantém o portão aberto para mim, e pulo para dentro.

— Eu amo você! — digo.

Estou dentro! Estou na balsa! Só não sei bem para onde ir. Será que ele vai ficar dentro do carro? Ou caminhar pelo convés? Tenho vinte minutos para descobrir isso.

Sem perder tempo, passo pela cafeteria e entro no convés principal. Há algumas poucas pessoas do lado de fora, segurando copos de papel e piscando por causa da ventania fria batento nos olhos. Sigo para a esquerda, envolvendo o meu corpo com o meu suéter fino. Ando em círculo pelo convés, e quando volto ao ponto de onde parti, meu nariz está escorrendo. Isso não está funcionando, e não me resta muito tempo.

Vou para dentro do café e tiro uma foto da máquina de Coca-Cola. Não sei se o celular dele está ligado, mas envio a fotografia assim mesmo. Depois eu continuo procurando. Volto até a máquina de Coca-Cola duas vezes para checar. Ele não está aqui. Talvez a mãe de Kit tenha se enganado, ou então a informação de Greer não estava correta. Sento-me em uma cadeira diante da máquina e começo a chorar.

— Pegue alguma coisa para beber. Você vai se sentir melhor.

Olho para cima, e vejo uma senhora com cabelo cinza parada na minha frente. O cabelo dela me faz lembrar de Greer, e choro mais ainda. Ela me cutuca e coloca umas moedas na minha mão, e então aponta para a máquina de refrigerante.

— O açúcar — a mulher diz. — Vai ajudar.

Não quero ofendê-la, então afasto as lágrimas com as mãos e me levanto.

— Obrigada, senhora. É muito gentil da sua parte.

Pressiono a testa contra o vidro da máquina e fecho os olhos. Sem olhar o que estou fazendo, coloco as moedas, uma a uma, no buraco da destinado a elas. *Clink, clink, clink.*

De repente, sinto duas mãos me segurarem, e um corpo entra em contato com o meu. Sinto um calafrio. Todo o meu corpo se arrepia. Sinto o cheiro dele no ar.

Com o nariz, ele acaricia a parte de trás da minha orelha, e seu braço aperta a minha cintura com força. Minha boca está aberta e meus olhos estão fechados quando ele esfrega o meu pulso com sua mão livre. Ele beija a minha nuca. Solto as moedas que restam. Ouço quando elas caem no chão, e no instante seguinte ele gira o meu corpo, e nós ficamos cara a cara.

Ele está bem aqui. Bem diante de mim. Nossas testas, de repente, estão coladas. Nossos lábios se tocam, mas não nos movemos. Estou um pouco desnorteada com a sensação do meu corpo tão junto ao da pessoa que esperei por tanto tempo.

— Nunca se esqueça disso — ele diz. — Se não fosse a Coca-Cola nós não teríamos ficado juntos.

Ele diz isso com uma expressão tão séria que levo um longo momento para assimilar e cair na risada. Acaricio seu rosto tão adorado, e depois deixo minha mão passear por sua nuca. Ele me pega de surpresa e me beija enquanto ainda estou sorrindo. E é definitivamente o melhor beijo da minha vida. *De toda a minha vida.*

#epílogo

NÃO SE ABORREÇA SE A FELICIDADE NÃO FOR UMA CONSTANTE na sua vida. Isso pode levar rapidamente uma pessoa a se sentir um fiasco. Se a nossa vida pudesse ser representada pela página de um livro, a felicidade seria a pontuação do texto. Ela interrompe partes que são longas demais, e divide outras para lhes dar ritmo. Mas ela é breve — aparece quando é necessário, e enche de pausas os parágrafos mais cansativos. A sensação de satisfação é um estado mais fácil de alcançar e manter. Ela nos permite amar nosso destino sem a embriaguez da euforia. Aceitação corajosa e determinada, isenta de amargura. Seja gentil consigo mesmo. Aceite os momentos ruins para poder aproveitar melhor os bons. Ame a luta. Ame-a de verdade, e deixe que ela o salve quando a sua musculatura emocional estiver desgastada. Kit e eu vivemos assim. Algumas vezes, o nosso coração parece quase explodir de tanta alegria. Outras vezes, a tristeza é inevitável, quando estamos longe de Annie ou de Port Townsend. Nós nos sentimos divididos entre as coisas que amamos. Lutamos e fazemos amor.

    Não voltei a ver Muslim. E depois de um telefonema, nunca mais falei novamente com ele. Escuto falar muitas coisas sobre ele, e me lembro dos nossos momentos. Isso me faz pensar se existe espaço no coração da gente para mais de uma pessoa. Acho que existe, sim.

    Depois daquele dia na balsa, voltamos para a Flórida. Resolvemos morar na Flórida para ficar perto de Annie e colocar nossas vidas em ordem. Temos o nosso apartamento em Port Townsend, e voamos para lá sempre que podemos. Compro um sofá azul-marinho da Pottery Barn para o apartamento, e penduro sobre ele um dos quadros de Greer retratando as ondas do mar. O meu coração está em Port Townsend. Levamos Annie a Port Townsend algumas vezes, e caminhamos com ela pelas ruas da cidade para que todos possam mimá-la. Ela é linda como a mãe e sagaz como o pai. Ela acredita que Greer é mesmo uma fada, e Greer entra na brincadeira. Della jamais me perdoou, mas eu já esperava por isso. A nossa amizade tinha prazo de validade.

Não obtive muito progresso no campo da arte. Tenho alguns momentos bons, aqui e ali. Mas tudo bem para mim. Sou uma amadora.

Quando a mãe de Kit ficou doente, decidi vir para Port Townsend a fim de ajudá-la. Kit se junta a nós nos fins de semana, mas o tempo que passo com ele nunca parece ser suficiente. Estou dividida. Quero estar com Kit e com Annie, mas quero estar aqui, também. Sinto-me feliz por ter um pretexto para estar no lugar que amo.

A certa altura, resolvemos sair do apartamento e comprar uma pequena casa em Port Townsend. Numa rua que não poderia ser mais difícil de encontrar. Não que não queiramos ser encontrados; só preferimos dificultar as tentativas.

A casa tem uma grande varanda. Kit tem duas cadeiras de pedra vermelhas enviadas para nós pelo pessoal da fazenda das cabras. Nós as colocamos no lado oeste da casa, para escutarmos o som das águas do canal batendo nas pedras. Quase todas as noites trago para fora uma xícara de ponche quente e o bebo lentamente, vendo o sol se pôr e ouvindo as criaturas de Washington. Elas são barulhentas e me fazem rir. É como se eu estivesse esperando alguma coisa, embora não saiba ao certo o quê. Tudo me deixa excitada — ruídos, sombras, o som de pneus de carro sobre o cascalho.

No início do mês de agosto, a minha espera chega ao fim. O verão varre do céu todas as nuvens de chuva, e o litoral sopra um vento quente por todo o Noroeste. O clima me estimula a sair de casa com mais frequência do que o habitual. Certa tarde, estou bebendo vinho numa velha caneca lascada quando vejo uma caminhonete sacolejando pela estrada de terra numa velocidade espantosa. Ela atinge um buraco, e quando parece que vai bater no meu ipê, vira para a direita e freia na frente da minha casa. Curiosa e apreensiva, eu me inclino para a frente, sentada em minha cadeira. Meu humor não é dos melhores nesse momento. Pelo contrário. Mais pareço uma velha brava porque alguém quase bate em sua árvore favorita.

A porta da caminhonete se abre, e botas pretas pisam na minha calçada. Eu me levanto, com o coração aos saltos, e derrubo a caneca de vinho no chão. O sol ofusca a minha visão. Droga de sol! Ponho a mão sobre os olhos para evitar a luz e piso sobre o vinho quando começo a andar, deixando pegadas arroxeadas no chão. Vejo um rosto, olhos azuis penetrantes e um andar de leão. E fico completamente sem ação. Mesmo depois de dois anos, eu reajo da mesma maneira. Volto a me sentar na cadeira, temendo que os meus joelhos fraquejem. Meu medo é tão grande que nem quero olhar, porque assim já é demais, porra! Não consigo aguentar mais um sonho! As palmas da minha mão estão úmidas de suor e meu coração bate acelerado. E ele se aproxima da cadeira ao lado da minha e se senta nela, como se fizesse isso todo santo dia.

— Tudo bem, Helena?

— Como conseguiu me encontrar? — pergunto. Ele apenas sorri em resposta. — Ouvi coisas sobre você no noticiário — prossigo. — Está metido em muitas encrencas.

— Tudo por sua culpa — ele diz.

— Ah, é mesmo?

— Você era a minha cara-metade. Se ficasse comigo, eu poderia ter mudado, me transformado em uma pessoa melhor.

— Bem típico de um narcisista, não é? — retruco. — Culpar os outros por suas próprias escolhas.

Ele ri.

— Você pode vir comigo agora...

Balanço a cabeça numa negativa, mas meu coração bate loucamente no peito.

A cadeira estala assim que ele se levanta para ir embora; nosso encontro parece ter chegado ao fim. Ele para a um passo de chegar à rua e se volta para mim.

— Você acha que eles vão me pegar, Helena?

Eu me levanto e caminho até a cerca da varanda, e passo um braço por uma das vigas.

— Acho que eles deveriam.

— Você é a única que sempre me diz a verdade. — E ele então segue em frente, com as pedrinhas rangendo embaixo de suas botas. — Adeus, Helena.

— QUEM ERA AQUELE HOMEM? — KIT PERGUNTA, APROXImando-se e parando ao meu lado. Seu cabelo está todo desarrumado por causa do cochilo que acabou de tirar. Estendo a mão e ajeito o cabelo dele.

— Aquele líder de culto de quem eu lhe falei. O cara com quem eu quase fui embora tempos atrás.

— Merda — ele diz. — Acho melhor ir buscar a minha arma.

— Que nada. Ele só precisava me dizer uma coisa, veio apenas pra isso. Agora já se foi.

— E o que ele veio dizer?

— Que eu era a cara-metade dele.

— Já estou pegando a arma. — Ele se vira para a casa, mas eu o agarro, às gargalhadas.

— Eu sou a *sua* cara-metade, Kit Isley!

Ele se inclina para me beijar, mas não tira os olhos da estrada por onde Muslim desapareceu.

— Você acha que ele vai ser apanhado?

Penso na natureza ardilosa e escorregadia de Muslim. Ele sem dúvida é capaz de se safar de qualquer coisa, mas sua confiança o faz correr muitos riscos.

— Pela polícia, eu não acredito. Mas vai ser apanhado algum dia.

— Bem, acho que é hora de pensar em casamento — Kit diz.

Empurro o peito dele e levanto a cabeça com ar desconfiado.

— Mas que diabo você...?

— Você não vai adiar isso por mais um ano, Helena. Não com um líder de culto bonitão tentando recrutá-la.

Volto a me recostar no peito dele e fecho os olhos. Ah, se ele soubesse...

— Você está pensando em pegar agora mesmo a sua bendita caixa de meias, não é? — ele diz.

— Sim, estou. E é porque você sabe que vou aceitar a sua proposta.

Ele beija a minha testa.

— Maravilha, *baby*. E agora eu vou preparar um peixe que peguei com as minhas próprias mãos.

Ele desaparece dentro da casa, mas dois minutos depois me envia uma mensagem pelo celular. É uma foto da nossa cama. E embaixo da imagem eu leio: *Vamos transar, amor?*. Solto uma risada. Antes de entrar em casa, dou uma última espiada na estrada, e me pergunto para onde Muslim irá agora. Então ouço um ruído — um som distante. Parece o barulho de um... helicóptero?

Ra

ta

ta...

LEIA TAMBÉM AMOR & MENTIRAS DE TARRYN FISHER:

"UMA SÉRIE SOBRE AMOR MUITO REALISTA, NA QUAL NÃO EXISTEM MOCINHOS, CAPAZ DE SURPREENDER A CADA NOVA PÁGINA."

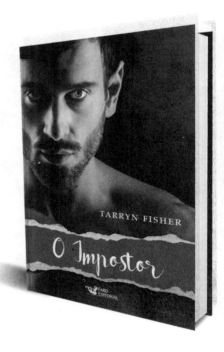

Conheça a história sob o ponto de vista de três pessoas lutando pelo amor de suas vidas, Olivia Kaspen, Leah Smith e Caleb Drake.
Reviravoltas, tramas encobertas e fatos surpreendentes...
Cada um tem a chance de apresentar a sua versão.

THE GAME SERIES, de J. Sterling

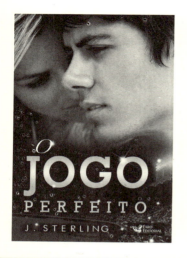

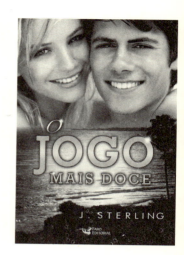

A VIDA ÀS VEZES FICA TRISTE ANTES DE SE TORNAR MARAVILHOSA...

Ele é o tipo de jogo que ela nunca pensou em jogar.
Ela é a virada no jogo que ele nunca soube que precisava.

O jogo perfeito conta a história de dois jovens universitários, Cassie Andrews e Jack Carter.

Quando Cassie percebe o olhar sedutor e insistente de Jack, o astro do beisebol em ascensão, ela sente o perigo e decide manter distância dele e de sua atitude arrogante.

Mas Jack tem outras coisas em mente...

Acostumado a ser disputado pelas mulheres, faz tudo para conseguir ao menos um encontro com Cass.

Porém, todas as suas investidas são tratadas com frieza.

Ambos passaram por muitos desgostos, viviam prevenidos, cheios de desconfianças antes de encontrar um ao outro, (e encontrar a si mesmos) nesta jornada afetiva que envolve amor e perdão. Eles criam uma conexão tão intensa que não vai apenas partir o seu coração, mas restaurá-lo, tornando-o inteiro novamente.

Ele tem todos os talentos.

Algumas vezes, tamanho é documento.

"A MAIORIA DOS HOMENS NÃO ENTENDE AS MULHERES."

Spencer Holiday sabe disso. E ele também sabe do que as mulheres gostam.

E não pense você que se trata só mais um playboy conquistador. Tá, ok, ele é um playboy conquistador, mas ele não sacaneia as mulheres, apenas dá aquilo que elas querem, sem mentiras, sem criar falsas expectativas. "A vida é assim, sempre como uma troca, certo?"

Quer dizer, a vida ERA assim.

Agora que seu pai está envolvido na venda multimilionária dos negócios da família, ele tem de mudar. Spencer precisa largar sua vida de playboy e mulherengo e parecer um empresário de sucesso, recatado, de boa família, sem um passado – ou um presente – comprometedor... pelo menos durante esse processo.

Tentando agradar o futuro comprador da rede de joalherias da família, o antiquado sr. Offerman, ele fala demais e acaba se envolvendo numa confusão. E agora a sua sócia terá que fingir ser sua noiva, até que esse contrato seja assinado. O problema é que ele nunca olhou para Charlotte dessa maneira – e talvez por isso eles sejam os melhores amigos e sócios. Nunca tinha olhado... até agora.

> *Este livro é o mais divertido que li nos últimos anos. Spencer é um herói perfeito: macho alfa com dez tons de charme, muitos centímetros de prazer e o oposto de um cretino. Cada página me fazia sorrir e, no momento em que fechava o livro, era o meu marido quem estava a ponto de sorrir também.*
>
> **CD REISS** – autora da Submission Series

ASSINE NOSSA NEWSLETTER E RECEBA INFORMAÇÕES DE TODOS OS LANÇAMENTOS

www.faroeditorial.com.br